———————— 果仁精选集

NO. 1

KERNOVEL

孤独的调频

果仁精选集

果仁/主编

阿丁/监制

作家出版社

图书在版编目（CIP）数据

孤独的调频 / 阿丁编著. — 北京：作家出版社，2015.5

ISBN 978-7-5063-7996-0

Ⅰ.①孤… Ⅱ.①阿… Ⅲ.①短篇小说 — 小说集 — 中国 — 当代 Ⅳ.①I247.7

中国版本图书馆CIP数据核字（2015）第095837号

孤独的调频

作　　者：阿丁 等
责任编辑：丁文梅
装帧设计：hanyidesign
出版发行：作家出版社
社　　址：北京农展馆南里10号　　　邮　编：100125
电话传真：86-10-65930756（出版发行部）
　　　　　86-10-65004079（总编室）
　　　　　86-10-65015116（邮购部）
E-mail:zuojia@zuojia.net.cn
http://www.haozuojia.com（作家在线）
印　　刷：三河市汇鑫印务有限公司
成品尺寸：145×210
字　　数：200千字
印　　张：8
版　　次：2015年5月第1版
印　　次：2015年5月第1次印刷
ISBN 978-7-5063-7996-0
定　　价：38.00元

序 / 仁 远 乎 哉

阿丁 / 作家、果仁主编

先说个略有些奇怪的现象，为数不少的苹果产品使用者，对iTunes软件多颇有微词，嫌其使用不便，想"便"的话，难免要耗费一些脑筋。不过仅限于骂骂iTunes软件，狠下心来"问候"乔布斯的几稀。这并非只是为逝者讳，一种说法或可解释人们持有这种"厚道"心态的原因——

话说有三枚苹果改变了世界，第一个诱惑了夏娃，人类始有知耻之心；第二个命中了牛顿，十七世纪最伟大的科学成果万有引力定律得以诞生；第三个苹果被白雪公主咬了一口，乔布斯捡了去，才有了改变当今世界的"苹果"。

在这个段子中，乔布斯之所以与牛顿勋爵并列，非只他的计算机与手机，而是他催生了App（应用软件），一个改变了现今人类生活方式的小东西。App，全称"Application"，"应用、适用"之意。它的出现，的确适用于几乎所有的人类活动和需求。据说当某个粗心大意的家伙蹲在马桶上出净存货，却发现无手纸可用之时，点开FaceBook（脸谱）的应用，不管是有五十个人来给他送手纸，还是收到了五十个赞，都不妨碍人们慨叹应用软件的无所不能。

假以时日，你我的墓碑或许都将是一款应用，孝子贤孙们慎终追远之时，不必远足，伸指点击虚空，祖先们光鲜的履历及音容笑貌便跃然"坟"上。一切的一切皆有可能。

而继iOS系统之后出现的安卓系统与微软系统，即便是把各自的智库累得吐出胆汁来，其血液中流淌着的"苹果汁"也驱之不尽。

这奇妙的东西同样适用于文学。纷繁的阅读应用软件早已安卧于人们的手机和平板电脑屏幕上，并不新鲜。从环保的需要出发，纸张终有一日会成为奢侈品，未来的略萨、马尔克斯们，书架之上仅仅摆放着几本自己的著作，那是出版商给作者的私人订制。而他们的作品，更多的将以电子形式存在于每个读者手中的移动终端。这是个只需少许智商即可预知的趋势，通俗文学已走在前面，纯文学必然跟随。

果仁App的降生之初，即已开始蹒跚行走。在这个技术更迭变化的时代，一款电子产品必须师法牛马，其犊坠地即起，胞衣未净便得尝试小跑，须知电子技术更新之迅猛，已远超草原上虎视眈眈的食肉动物。当大多数纸质文学期刊走向私人收藏或博物馆的时候，果仁的缔造者们决定把纯文学数字化，输送至读者的移动终端，且只做短篇小说。说到这儿，忍不住剽窃一句吾友作家黄孝阳先生的话，即——

"我们不做阅读的超市，做一个分众阅读，做阅读的专卖店。"

出于从移动终端作为阅读工具的普世性和大趋势考虑，敝店仅有一种商品出售，即短篇小说。它是最适合碎片化阅读的文体，比如上班途中在公交地铁上就可以读完一个短篇。如今人类拥有太多的碎片时间，但碎片时间并不等同于垃圾时间。假如被它的主人利用好了，无异于黄金时间。好的短篇小说恰恰具有这一力量。这种短促而精准的文体，最适合作为变废为宝的工具。果仁的使命之一，就是协助热爱阅读的人，把碎片时间转化为金色质地。

同样，对于小说写作者而言，刊发于纸质文学期刊已非唯一选择。果仁刊发的作品中，就不乏"传统作家"。这是文学作品发表的趋势。未来的布克奖，甚至诺贝尔文学奖得主，其作品大量发表于某些文学App亦可预期。这一幕景象，不会延宕太久。

未来并不像你我想象得那么遥远，果仁也绝不会落落寡合，形单影只。都说做文学难，可是世上总得有几个脑子不大灵光的人一门心思做些不那么容易的事。放之于物质层面，文学也许全无用处。但是对世上大多数拒绝仅仅耽于享乐地过完一生，不想当走肉行尸的人来说，文学如宗教般，可皈依，可安放灵魂。

阻止思维的荒漠化，文学是最好使的，没有之一。

果仁的野心是做一个容器，容纳最可读的短篇小说，供热衷于阅读的人饮用。有关阅读小说的妙处，可以参考作家王朔的话："我不想变成畜生，很大程度上要靠优美小说保护我的人性，使我在衣食无忧一帆风顺中也有机会心情暗淡，绝望，眼泪汪汪，一想起自己就觉得比别人善良、敏感、多情以及深沉。很多时候，我还以为从小说中能发现人生的真相。"

果仁的想法与其说是致力于呈送最好的小说，不如说是提供一种不同，不同于传统的文学观和阅读观的不同。聪明如你，定会读出不同。

以乔布斯始，以乔布斯终——"要有勇气追随心声，听从直觉——它们在某种程度上知道你想成为的样子。其他事情都是其次的。"乔氏励志鸡汤饮罢，果仁听从直觉继续上路。

此刻在你手中的精选集，献给依然留恋墨香的诸君，愿你好读。

WRITERS | 作者

阿乙/作家
曾为警察、编辑，代表作《下面，我该干些什么》《鸟，看见了我》《寡人》。

孙一圣/前农药厂实验员、酒店服务生
现为作家、编辑，代表作《爸你的名字叫保田》《倒退》。

余西/青年作家、编辑
代表作《另一个世界的花朵》。

盛可以/作家
中国当代最杰出的女性作家之一，代表作《北妹》《水乳》《道德颂》《死亡赋格》。

瓦当/青年作家、诗人、出版人
代表作《到世界上去》

任晓雯/作家
代表作《她们》《岛上》《飞毯》。

阿丁/作家、"果仁"主编
前麻醉师，后弃医从文，代表作《无尾狗》《胎心、异物及其他》《我要在你的坟前跳舞唱歌》。

于一爽/青年作家

现任凤凰网文化频道副主编，代表作《一切坚固的都烟消云散》。

巫昂/作家、诗人
创办手工品牌 SHU。代表作《春药》《爱情备胎》《什么把我弄醒》。

双雪涛/写小说的、80后作家
台北文学奖得主，代表作《翅鬼》《融城》。

李晁/编辑、80后青年作家
《青年文学》杂志长期撰稿人，代表作《男孩与辣椒》《四季》《本命年》。

曹寇/作家
被誉为最具才华和潜力的当代青年小说家，代表作《割稻子的人总是弯腰驼背》《我和赵小兵》。

北影/摄影师

水鬼/机械类工作者

野夫/作家
中国自由作家，代表作《乡关何处》《1980年代的爱情》《父亲的战争》《身边的江湖》《丘陵之雕》。

目录 | CONTENTS

　　卑鄙是卑鄙者的通行证，高尚是高尚者的墓志铭，看吧，在那镀金的天空中飘满了死者弯曲的倒影。

via 北岛

+

胆 怯 者

+

阿乙/作家

+

一准下雨，中午或下午，顶多下午，届时，我们的影子消失，像有无数黑黢黢的坦克、舰队开到天空，停在那儿。

（清晨，漫长的关于宏阳的讲述暂时告一段落，宏梁摁停电风扇，关好窗户，给伏案而眠的许佑生盖了件衣服。地面有些返潮。在听讲时许佑生差不多翻完那本《爱经》。上面画满横线，页面空白处做了大量批注，全是宏梁对自己的训诫与激励。当许佑生认真地看着这些龙飞凤舞的字时，宏梁也在跟着一行行看。"这里都是男欢女爱的技法，就你还问我。"许佑生说。宏梁发出准备已久的叹息，说："只是看着玩，包括我问你，也是问着玩。它是写给罗马上层社会看的，教导贵族如何去剧场、廊庑、跑马场、筵席勾引名媛贵妇，跟我们乡下人没关系，它没有提供如何在牛棚和田埂示爱的技巧。它没有用具体的言辞侮辱乡下人，但正是从它的不置一词里我看出，它认定乡下人和牲畜一样，没有资格谈情说爱。"）

你应该问我一句，可我们不就是渴望这样的女人吗？然后我会回答，癞蛤蟆不能因为肩部长出两个翼尖便认为自己有资格占有天鹅。我们得明白这个事理。

伊莲，光听名字你就明白她是城里人的后裔，悄无声息地降临时，我正背对大门修理那台随时可能爆炸的电视机，我将显示屏拆下来，小孩子们如风般自门前掠过，他们比谁跑得快好获得将新的信息传播出去的优先权。"村里来了个洋气女人呢。"他们喊。这和我没任何关系，我继续用起子猛戳主电路板。这时与其说我是在尽一切可能拯救它，还不如说是在愤怒地捣毁它。就像医生看不见手术成功的希望，举起手术刀戳烂病人的胸腔。就是在这烦躁的声响中我听出一阵异常：一层薄纱或者说一层雪轻盖于地上。我们在农村活久了就会对空间变得异常敏感。阴影是有质量的。一截阴影轻盖于我身后的地面。它同时有着味道，我闻到林间河水那特有的阴凉味道。我听见十几米外的邻居停下"喊咔喊咔"的脚步声，他扛着锄头屏住呼吸望向这边，在我和他之间一定有位陌生人。我转过身来，看见伊莲活生生地站在那儿，胸脯平静地起伏，嘴唇微微颤抖，一颗汗珠沿着腮部滑落，一只大脚趾从她的平底凉鞋里探头探脑地翘起来，放下去，又调皮或者说羞涩地翘起来。我脸色通红，看着这从虚无、虚构或者说是意念中走出来的人，束手无策。就好像只有几粒小石子在蹦蹦跳跳地朝下滚，我的身体空如山谷就像有一场大雨要在其间歪歪斜斜地下起来。我在幸福地受罪。

我愿人生永远停驻于这一刻，不再倒回去，也不往下走。我们看见幸福的热浪正翻滚着朝我们奔来，这就够了。我们不应该再往下走。不应该让这还活在谎言中的女人亲眼看见马尔克斯在小说里写的：厕所里，那股浓烈的氨水气味真是呛人、催人泪下。这是像固体一样凝结在半空中，让人不得不屏住呼吸的气味。而在居所之中，在人类足迹不能到达、在手也够不到的角落，老鼠任自己极其腐烂地死掉。尚在昨日，它可能还矫健地跃上餐桌，钻进纱罩，神不知鬼不觉地吃掉你三分之一剩菜。草席之下是干燥的稻草。锅内有擦不完的黄锈。开水总有一股让人想到癌的味儿。姑娘啊，这和你想象中的田园风光是两码事，在你的想象中"穷"是清淡雅致的，但你不知道那穷也是由富裕搭建起来的穷，而我能提供给你的便只是实打实的像铁一样硬的穷。是杨白劳那种穷。是连一块牛粪也要珍惜的穷。

伊莲是换乘多辆客车从修水县城赶来的，临行前既未通知其父母也未通知我。从这种不打招呼甚至是自作主张的特性里，我看出她"原教旨主义者"的一面，也许在很小时因为看见某篇杂志的文章她便坚定自己对爱情的看法并一直让自己活在这种信仰下，我们知道，那时的媒体总是鼓吹爱情面前人人平等，有时候为了故意平等不惜制造出一些残忍的佳话，以至有不少心地简单的姑娘就此得出"爱情=献祭"的公式，认定凡不做出牺牲的爱情便不能称之为爱情。因此有不少人跳水式地下嫁给肢体残缺者，也许她们要嫁的也不是什么具体的人，而只是心中的一个理念吧。

现在，当伊莲踏入我家门槛，我在她眼睛里看见的也正是这种过于神圣、过于残忍同时过于虔诚的光。她太单纯同时也太自以为是了。可是用不了多久，不是吗？很快，非常快，随着越来越多地接触到现实，她准会后悔自己的一时头脑发热，而这是她的父母早就预料到的。他们预见她会这样反思自己，她会沉浸于一种蒙难的情绪中不能自拔而终日以泪洗面，她会以这种方式抗议将要度过的漫长而恐怖的一生。

（许佑生呜咽着，用普通话说梦话：想你，当然想，好想。）

几天后，我将伊莲连人带皮箱推出门，她显得悲伤，脚步却没停下来，就像发动机不灵的汽车在人为地推了一段路后打着火自己行驶起来并且再没停下来。我觉得这么做没什么不对。那几天，她在我面前并未表现出什么不满或者说为难，然而我却觉得越来越受用不起她。此所谓匹夫无罪，怀璧其罪。而说起来我之所以要在极为痛苦的情况下将她赶走，也仅仅只是因为一个梦。就像佑生你现在在做的梦，入睡前你不知道会发生什么，醒来后却可能变得异常坚决。是的！一个梦！而与其说它是个梦，还不如说是一位理性的智者将我单独唤过去，向我交代这场爱情很快便会迎来的结局，这位智者就像你死去的外公，他总是对我负责，在他的教导里没有一丝诳欺、遮蔽和夸大其词。相比之下，我和伊莲待的那几日倒更像是个梦，那就是一个不懂事的女人（她会懂的，而且很快）和一个有意欺瞒自己的男人联手上演的一出戏。

在我做的那个梦里，阳光真是好极了，我和伊莲走进范镇街，阴影像一层透明的纱罩在我们身后。而根据我们十指紧扣的情形判断，我们的关系已发展到极为稳固的阶段，可能还会登记结婚。但这并不能保护我。去趟镇上是她反复提出的要求，我总是有不好的预感，但不好违逆。我对她说，好，我们这就去镇上，我尽量显得真诚却在心里企盼着能早点归来。阳光是银色的，像一整块镜子摔碎在地面，塞满建筑物间的空隙。在进入集市前我有意和她说着情话，因为她的回应总是让人不尽满意。我反复说着那些情话，我在试探她，直到我自己也厌烦了：有谁在即将走进热闹的集市时还顾得上全心全意地回答"你爱不爱我"的问题呢？那天的阳光真是好极了，佑生，特别清晰特别光明，事物简直纤毫毕现，然后因为她买来一件又一件明显是用来过日子的商品（包括喷着"囍"字的洗脸盆、痰盂，以及绣着小宝宝图像的童衣），我不禁羞愧难当。我越是羞愧，对她的爱意便越是汹涌，我差不多要捧住她的脸狂吻。然后，我就像是惴惴不安的毕业生抚摸着盖过章子的录取通知书，抚摸着那些作为证据的货物，目送她走向厕所。我被一种踏实的感觉包围着，坐在石头上。

一个男人走过来对我说话，声音里夹杂着一股吊儿郎当的气息，你可以理解他是在表达熟人间的亲昵，也可以理解他本性就很轻浮。我感到慌乱。"过来了啊？"他说。"嗯。"我说。"这些都是什么？要生孩子吗？"他拨弄着我手上的东西。"在计划。"我说。"哦，"他的眼睛在集市转了一圈，"你的女人呢，我还没见过呢，听说她很漂亮。"我像是饿极了，想回答，却缺乏气力。我怕他看见我在发虚。啊，这就是一个色狼在问一个男人你的妻子呢，对他来说这是不用忌讳的事，他色胆包天可是出了名的。而让人奇怪同时气愤的是，那些女人在察觉到自己被他关注了后，就像遇到什么了不得的奇迹，一个个呼吸不过来，就快要晕倒过去。他确实和这里的男人不同，他穿着奇装异服，言行举止装腔作势，他就像是被临时贬黜到此地的王子，从不为生计发愁，一门心思只想捣毁号称是这镇上最坚固的几样东西之一的道德，就像要捣毁一个鸟窝。他简直坏透了。他直白地向猎物（女人）表达好感，与此同时，强调这并不意味着他们之间就存在什么长久的契约。按理说，这样的男人没办法赢得女人的心，可事实是，只要他的目光在她们身体最骄傲的部位逡巡几遍，她们便马上软下去，就像那眼睛是一剂春药，我就是喜欢你的身体怎么样？我就是喜欢，我现在就想亲近它。他的眼睛说。她们诚惶诚恐地点头，宁可第二天被他踹出门来并接着被自己的丈夫或父亲反复鞭打。他用魔法唤醒她们身体内可怕的欲望，有几个女人已经疯掉，开始没日没夜地在他的窗外，脏兮兮地裸奔。

现在，他沿着伊莲走过的方向走去，我祈祷那想象中可怕的事不要发生：一、按照这个速度走下去他将在伊莲走出来之前走过厕所，你也知道女人在厕所待的时间总是很长；二、即使他们打了照面，他也可能会在最后时刻停止罪恶的念想，总会有底线的，无论是多么糟糕的人，我和他是熟人不是吗？我们多少算是兄弟或朋友，他知道那就是我的妻子。但我还是感到痛苦，我清楚这不过是自我安慰。我不能过去推着他的肩膀让他走快点，也不能朝他的脚底扔一块石头让他跳着跑开，我只能揪着头发反复祈祷，并不时抬头瞅向那边。他走近厕所时，脚步忽然奇迹般地在一两尺长的地面来回滑动，就像那块地面是跑步机的滚送带，他不停地走着，而人却一直滞留在原地，他优雅得像是走太空步的迈克尔·杰克逊。他知道传说中的美人就在厕所，他刚从我的话里嗅出来了。然后，在我重新抬起头时，虽然对不幸的结局早有准备但还是差点惊呼出声来——他已经抓住她的手！而她的手就像一只安顺的小鸟眯着眼躺在他的手里。刚刚它还在我的手里。这并不意味着什么，我对自己大声说，这并不意味着什么，这只是他在习惯性地占便宜，这个便宜说大不小说小不大，她不想将事情闹大，很多女人面对这种情况都会选择忍让。是他捏紧她的手！你瞧，她的手并没有反握过去，这并不意味着什么。果然，几秒钟后，在他的手稍微放松时，她迫不及待地抽回它。他显得很失落。这是他头一回经历这样的事故吧。他的那只手被迫空着，醒目地抬在半空，就像龙虾僵硬地举起螯足。但是我没高兴多久。她从包里翻找出一面小镜子，旁若无人地照起来，她侧过左脸又侧过右脸，刚才她预感到有什么不妥，现在就是在找出它好对之进行修补。他像斗败的公鸡，虽然披着华贵的斗篷，却是沮丧地站在一旁，他还沉浸在这罕见的失败中，直到她将镜子塞回包内，摁上子母扣，像瞎子一样将手向后伸去。在没得到回应后，她晃晃它，意思是你来抓住啊，他便乖乖地抓住。然后，他拉着她，他们，手拉手，欢快地走进阳光深处。我坐在那儿无法动弹，感觉自己正被沉默地杀害。

我在梦里沉默地哭泣了很久，才醒来。我看着熟睡在一旁的她，眼神贪婪而悲壮。她是沿着一条脆弱、单薄、摇摇欲坠的管道侥幸走到今天，走到我身边的，她侥幸保住处女之身以及像处女一样的思维，而所有像她这样年轻貌美的女子都早已被两个强盗绑架、占有并心甘情愿地成为他们的侍妾和性奴，他们一个叫权，一个叫钱，他们不会受到历史制裁，就是连起码的抗议也看不到。她们的家人也不会感到痛心（要我说，这些家人还会感到荣幸）。她伊莲迟早也会变成这样。她来到艾湾并不是什么奇迹，奇迹是她到这么晚还没接受到那全体人民都已获知的信息。她的同学，也是我的同学，那些过去是女孩现在是女人的人，已经知道用手臂或乳房擦碰那些就像电梯一样能将她们捎到社会顶层的成功男士。当那些西装革履的男人"吭哧吭哧"地扑上来，心急火燎地解她的裤带并仓促且认真地发誓时，她们还觉得不可思议：不就是做个爱吗？所有的道德、情感与理想都在覆灭，只有权力与货币是坚固的。我们这些鱼，在权力与钱这个杠杆的驱赶下，呈放射状地朝社会游去。伊莲迟早是别人的人。一件衣服打动不了她，十件也许可以；十件不行，一百件就会。只要她一出现在那男人较多的场合（她总会在那儿出现的），那所有人便都抛下他们诚意的钩子来。我们不要以为那就是在侮弄她，不，相比他们的挥金如土，清贫的我才更像是骗子。我悲壮地看着这迟早要滑向名利圈的女人、这巴黎明天的交际花，束手无策，心如刀割，然后我开始扒她的裤子。此前我一共扒过三次，均未成功。这一次也没成功。她仍然在说："你急什么，我迟早会给你的。"唉，我真想摇着她的肩膀，疯狂地说："怎么不急，你叫我怎么不急？"我开始生闷气，然后趁着这股气没消，让她收拾东西走人。

　　然后，就像要将一件事完成一样，我去嫖娼。我低着头跟着那分不清年龄的妓女走，往后我将知道她有着一具童稚的身体而在性爱上却是我的祖母。我控制不住紧张的情绪，虽然我喝了很多酒而且仍在喝，我提着酒瓶。我躁动得难受。倒不是害怕被抓住，而仅仅只是意识到那件事注定要发生，而她痛苦地闭上眼，我的心情很复杂，这是我第一次干这事儿。当我走向那孤独而荒凉的房间时，我感觉快要爱上对方了。以前这里是一排活动工房——建筑工的宿舍，也许只用了一个下午便建好，然后也只用了一个下午便拆毁，但不知为什么就留下这一间。我们踩着瓦砾走过去，推开门时，那些气味儿像是长了脚扑过来。没有窗户，没有枕头，只有一床破棉被以及一张与其说是白还不如说是黑的床单，我感到头昏脑涨，无数个老男人曾躺在这里，毫无疑问。有的得了疝气，全身的斑点，到现在还能闻到他们的烟味，他们坐在这里，用铁钳般的手抓住她的头发让她低下头。我那缥缈的爱好像在这里稍稍得到依附，我忧伤地看着这个从阳光中走进室内的可怜的人的阴影。但是她熟练的动作惊醒我，就像扯掉一根线，那些衣裳便全然滑落，她的臀部移动着，将身体移到床中央，然后像是递一盘瓜子那样将自己递过来。我还在错愕之时，听到她沙哑地说："脱呀。"我脱了，悲哀地躺在她身边，任由她爬上来对着我碾来碾去，她带着极大的嘲讽哼叫着："啊——啊——啊。"谁知道她脑子在想什么呢？她的身体在我身上心不在焉地碾动着，嘴巴在无聊地哼叫着，就像一只磨盘将我的大腿骨压得很痛，"啊——啊"就像是在早晨的山坡上练嗓子，直到她意识到一切都结束了，才茫然地看我一眼，然后从床边抽来一张纸扔给我。这他妈的和卖一碗面卖一碗豆腐脑卖一根油条有什么区别？这就是一门生意！我心里是这样想的，但嘴上却忧伤地说："你应该去念书。"她说："念过。"我说："你可以好好做点别的，比如去当一名家庭主妇。"她说："你们怎么都喜欢说这个，你们可真好玩儿。"我沉默下来，她接着说："不就是一道缝儿吗？"这句话让我惊愕很久，佑生你跟着我念，你念着念着就一定能念出深意来。

（"不就是|一道|缝儿|吗?"宏梁比画着念，"不|就是|一道缝|儿吗?"一阵风将沙土吹到窗户上。光线晦暗不堪，一点朝气也没有。大半天都会这样，直到雨下来。)

阿乙说：写作的人都出不来。

愚人创造了世界，智者不得不活在其中。

via 王尔德

猴 者

+

孙一圣/前农药厂实验员、酒店服务生

+

　　父亲不是一座山，这也不是山的故事。村子对面的那座山活像一场旺盛的大火。昨夜下的一场雨，浇不灭大山，却浇透了人心。湿漉漉的父亲，没死在雾气的开头。雾气将山挪得更远了，人们听到父亲在开枪，枪声又把山挪回来。

　　没人能确信，父亲不是个怯懦人。父亲瘦削、黝黑，是申楼镇小学为数不多的语文老师，书生气虽浓，却也有傲人的性子。自妻子跟人私奔后，父亲闷在屋里七个昼夜，人们都道他死了，但他偏偏出了门，逢人也不言语，只管吃酒，夜夜喝醉。过了子时，父亲敲响每家的门，害得户户把门锁死。父亲只得倚在门边睡觉。人们听到父亲频频的咒骂与支离的鼾声。待到第二天露水浸湿了身子才醒转。自此，人们怀着嘲讽注视父亲正常或不正常的行径。父亲躲不掉众人的耻笑，却听到人们聊到那座山时的畏惧。那硕大、不可抗拒的山，险恶得如一股冷风，带来沁骨的寒。没人敢进那山，人们说。父亲进来时，潜伏于四周的恐惧一动没动。闷闷的光亮如同撕开了空气的口子。"我敢进。"父亲说。他的声音仗了酒，比他的身子高大许多。几乎所有人都认为父亲疯了。父亲拿了猎枪夜夜走在通往坟地的小道上，蹚过河水，来到山林的边沿，晃到半夜也没打响一枪。白天，父亲遭到更大的蔑视，这蔑视既来自人们凉飕飕的目光又来自父亲的内心。这使父亲觉得羞辱，虽尽力保持，却更忧虑不安。这山林的险恶哪能高得过人之险恶。终有一日，父亲瞧尽了月色，眼看要下雨，什么也没说，出门过河，到了对岸，扎进幽暗难测的山林。

在雾气里，那山几乎是一动不动地、慢吞吞地冒了头，人们不晓得父亲是怎样进的那山。父亲深陷于繁茂的山林，对抗众多野兽，又惊又骇。这是父亲的困境，也是这故事起的头。子弹打光了，猎枪也早冒了烟，这群野兽眈眈视之，父亲没敢作声。这么近的距离，只消一动，父亲便会没了命。父亲趾高气扬地告诉众人。不晓得哪儿的人声惊动了这对峙，听到的这个"喂"声，救了父亲的命。野兽们受了惊，四散奔逃。它们的折腾扒开了树枝和蒿草。神色仓皇间，父亲远远望见那只猴。

父亲问："你从哪里来？"

没人考证山的凶恶，更没人确认父亲是否真的进了山。而这些，已不重要了。尽管人们还沉浸在山之险恶的光辉和对父亲的嘲讽里，但父亲浑不在意，得意扬扬甚至是小人得志的脸突然冒出来，像是被灯光突然发现了脸膛一般，想要搅动一下人们早已变得淡漠和木然的脸。父亲说："这是神迹。"人们的聒噪愈积愈多，撑大了房子，没人肯听父亲说什么。父亲说："这是神迹。"窗外坚硬的风只是刮剌剌一刀，这喧嚣破个洞，散了声响，人们这才听清父亲说的话。没人绷得住，莫名地哈哈笑起来。父亲说："这猴子说了'喂'，这猴子说了人话，这是神迹。"父亲不容置疑的神情，在这些相同的脸里，犹如广袤平原里一块新翻的耕地。人们慌张地停下，嘈杂凝于上空，仿佛头上的三尺神明。只片刻，人们又一阵哄笑。这哄笑试图戳穿父亲的谎言，而父亲却真从山林深处带了这猴子回来。

这年头早没人能见到活的或死的猴了，方圆几百里有的只是"猴"这个字和这个字的响了。

俘获神迹之猴的消息走了漏，再看那飞鸟回旋，树叶子磕碰，该是跟了风的脚步遍传乡邻。父亲回忆那日，整个街衢，挨挨挤挤的人群，茫茫然携着声响。嘲笑过父亲的人们本没在意，却抵不住日渐增多的人数，开始怀疑当初的执守，也个个围拢过来。因为来人过多，为了控制人数，父亲挡住院门，售卖起门票，每人收取十块钱，权当扎口的绳子。即使如此，人数依旧难消。"更像动物园了。"人们说。直到深夜，人们高举了火把或者手电筒，将夜晚戳出一个个窟窿，一张张脸不罢休，配了亮。松松垮垮、晃晃荡荡的声响，混进犬吠或鸡鸣拥成了喧嚣，难以分辨哪个是人话。这庞大的喧嚣被火光烧得"噬噬"响。

父亲揉"碎"了眼睛，看夜风掀翻了火舌和光柱，零落的星光絮絮低语，如万物缄默。突然，静悄悄的，众人的喧嚣悬停在上空，无数的目光刮擦、削减得如钝刀般笨拙。人们没闭眼，瞧见笼子时，猴还蜷缩着。父亲喝了酒，淡定地坐在屋檐下，仰望人头攒动。人们睁开眼，瞧见了栅栏里笼着的东西——这猴蜷缩在笼子里；铺着干草的笼子散发着畜生的酸臭。这些个观众，川流不息了好些日子，无论滂沱大雨还是晴天日朗，都难减好奇的兴致，而猴的表演却没有起伏。每次猴都像陷入了沉思，双目紧闭，任谁都不理会。即使人们伸进胳臂到栅栏里，也搅不起他的惊慌。人们的热情日渐冷却，众人的脸在火光中一个个垂下去，焦灼的目光纷纷塌陷，一些愤怒的人群甚至以文明人的语言吼出兽一般的响。他们带着预定的失落和遥远的路途归去。那些愤怒的人们临走前也没忘朝父亲讨还票钱，而嘲笑过父亲的村民，为了纠正自个的怀疑，以及更正确地嘲笑父亲，只要求父亲退还一半票钱。而那剩余的一半，才是"动物园"的票价。

父亲遭遇了这场挫折，整宿不眠，愈发寡言少语。很多个日子，父亲和闯进屋子的风儿共处一室。偶然一个阴雨天，才憋不住，放了风。风儿刮拭父亲的脸膛，呼呼地好像要将他的脸剖成两瓣。村上的人见了父亲，仍如先前般薄寡。父亲总诏诏地要找个借口似的。他们的嘲弄也不似以往，仅是淡淡地一瞥，或低头一抿，就能直抵父亲的心门。更多的时候父亲愣愣的，不置一词。有时借了酒劲儿，父亲也做过一番徒劳的尝试，父亲说：

"猴子说了'喂'的，这猴子说了人话，这是神迹。子弹打光了，猎枪也早冒了烟，又恐惊了那熊，我没敢作声。这当口，不晓得哪的人声惊动了这对峙，听到的这个'喂'声，救了我的命。"

这时候父亲几乎没了桀骜不驯的劲头，声音被僵硬的语气撑开，并带着原封不动的不安反复回响。

故事有了这么个糟糕的开头，人们也早晓得父亲的意图。尽管没能奏效，终是勾起人们的另一种乐趣。人们听父亲一个字一个字地说完，也一丝不苟地笑起来。有些没听过这故事的人，大多出于好奇，也特意寻来，一面听父亲说，一面庄重地笑，临走也没忘留些廉价的彬彬如礼。少有的不满于嘲讽的人，也反问了父亲："你怎的不帮它说嘞？"这些人每次听完父亲的辩解，都忍不住这么做："你怎的不帮它说嘞？"父亲晓得他们的立场，逢到这时便闭了嘴。他们这样故意地嘲弄，也启发了父亲，以至父亲不再徒劳地解释他听到的这个"喂"，而是做起另一件事来。

"我明明听到这猴说了'喂'的。"

父亲反复向村里人解释，企图洗刷过去的耻辱。起先人们尚能引趣逗乐，时日一长，也是厌倦了。连起码的嘲笑也懒得有。以至再后来每次远远瞧见父亲，没等父亲开口，就利落地逃了去。

每月的第一个日子像一斩刀的挥出，劈开了前一月和后一月。父亲整宿地睡不着，白炽灯一亮，影子就会撞着四壁。拣了这个首日子，父亲不再徒劳地解释他听到的这个"喂"，而是做起另一件事来。父亲执拗地抖搂一个个动作，撂响一声声言语，变法儿地逗引这猴子。也怪父亲忕性急，没个停歇，东转西转，使尽了招数，那猴还是不吭气。父亲心下寒了半截，却仍没放弃，而是改换了策略。连续好几日不理它，那猴一日弱势一日。父亲任它昏昏聩聩，直到奄奄地喘成一团，仅剩了一纸薄命。父亲才取来食物，试图诱惑这猴子说出早先的那一声"喂"。那猴一面瞧，一面喘，眼珠子才转了半转，半口歇停的没接上，冷了气，歪头栽倒，身子硬邦邦地喊了声"扑通"。父亲着了慌，一连捧来好几口热气续上它的命，急慌慌地解了它口头的饥荒。然而父亲并未被艰难击倒，把心一横，撂翻了好几次即将达成的妥协，折腾了好些回，这猴的发音始终没有字词的音节。愤愤然好些个日子，父亲又悲又哀哉，叹息数声，只能作罢。

然后父亲停下了，像开始做时那样突然。父亲的心井几乎全枯了。好些个夜晚，父亲听着村里动物的声音——犬吠、鸡鸣、牛吼、驴嘶——辗转反侧，难以入眠。他早顾不上那猴了。父亲虽如往昔般吃饭、走路、睡觉、抽烟、喝酒，样样没落空，但脚下却软绵绵的，似踩了风，面色也如雪，没一丝血色，神气昏沉。没事可做的漫漫长夜，父亲经常独自喝酒，任由着性子，摇摇摆摆乱撞了一夜。自那夜起，父亲偶然的眼珠子一转，看到笼子里头的猴也学父亲摇摇摆摆乱撞。父亲起先以为它饿昏了，站定了瞧时，它也定定地站着，并学了父亲脸上古怪的表情对抗父亲脸上古怪的表情。这猴不止一次地学人样，不但学这些动作，即使那些喜怒哀乐的细微表情也被它模仿得惟妙惟肖。

村上一些人听父亲说完"我明明听到这猴说了'喂'的"之后往往做些廉价的彬彬如礼笑着离去。这当口，那猴也学着那人的样子，背着双手兜头直走，冷不防一头撞上铁栅栏，引得那人又正式笑起来。

村民们背地里的话，搁不住这一嘴咬给下一嘴，定然走了样，晓不得轻重，瞒不住的漏子钻进父亲心里，一口一口吃掉他的自尊。父亲闷闷地喝醉了酒，抄起手边一根铁棍子戳猴子。这猴有样学样，也拿了根空气棍子戳父亲。父亲觉着羞辱，脚下阵阵发烫，火烧火燎，慌慌地乱蹦着，沾不得地，手下的劲道更大，仿佛脚底所承受的重量全压上了手。它这才晓得疼，蜷缩在角落里好几宿，舔舔一道道血口子。父亲夜夜听见它身上伤口愈合的响动，那声音如竹笋破土的生长，令父亲不安。那声响一夜强似一夜，惊醒了父亲好几回。开了灯，光像翅膀一样扑打下来，父亲看到那猴手上紧攥着铁棍子，正学着父亲的样子敲击铁栏杆。父亲觉着快要溺死在这些个声响和光线里了。

　　大致一九九五年前后，农村会习惯性的停电，也没个固定说法，人们猜测，将不多的电量匀给城市和新建的工厂。村上每每停了电，父亲就会点燃蜡烛，这一小团亮，被黑暗压得黄黄的，仿佛父亲叹出的一口气。临睡熄了烛火上床，一个囫囵觉醒来，天也亮了。记不得是哪个黎明，父亲瞧见原本剩了多半的蜡烛全燃没了，以为做梦，又以为是记忆的差错，也没在意。但这状况连连出了几次，燃尽的烛芯也烫了桌上好几块黑窟窿。到了夜晚，没有停电，父亲扳下电闸，点燃新买的蜡烛，吃过饭，熄了烛火，上床假寐。歇了半晌不见动静，挨到三更，将要睡着时，"哗"的一声，凭空盛开一朵火焰破了夜，这火的光端好捧亮猴的脸，这是含苞待放的一张脸。而这一朵火焰将要坍塌时，凑近了桌上的蜡烛，烛芯被周匝饥渴的欲望只一推，一口衔住火头，成就了烛的亮。俄而，父亲起身，坐到桌子旁，瞧猴子时，才晓得自个和灯光已被猴子盯住，遂叹了口气，由它那儿拿来火柴，点烟抽。这时候，父亲搁了火柴在桌上，又抽出一支烟，凑近烛火燃着，吸了才一口，递给笼里的猴子。猴接烟以及抽烟的姿势像极了某个老烟鬼，刚含进去，连同吸进的空气整个儿呛出来。猴子的脸被烛光映出了脸的形状，并铺满了黄澄澄的颜色，这刹那，父亲瞧着它，又开始相信这是说过那声"喂"的猴了。

　　镇上人都道父亲是教学好手，方圆百里鲜有人能得这声誉，多年来也没人搅得动，尽管父亲早荒废了许多年。父亲时常带点卑怯忆及过往——刀背般宽阔的教室、学生们盯住他的一刹和滤进来的阳光里的灰尘——像是仅仅为了虚妄地回顾，父亲裁开回忆的长河撷出发黄的小学教册，企图凭此教猴子学说话。尽管这猴子聪颖非常，毕竟是只猴，身负的仅是无愧于猴的本领，它最大的智慧依旧高不过人类的愚蠢。父亲竭尽所能也教不成猴子，尝试了一次再一次，次次没甚动静。无论空费几多气力，猴子喉咙里挤出的只是干瘪瘪的"吱"的音节，这音节直直地没有弯度。父亲没有一条道扎到黑，而是岔开路径，以"吱"做引子，开始教猴子写字，因"吱"本是拟声字，从某种意义上说，猴子对这个字的与生俱来的发音，比人类发明的并依赖了人类的学习模仿才读出的发音更精准，剩下的，父亲只需教猴子写出这个字，并告诉它这字的含义。经过了父亲不倦的教诲和猴子不懈的努力，没几月，这猴子学会了书写它这第一个字。这字虽歪歪的，扭动得厉害，却浇不灭父亲的兴致。逐渐的，父亲经了数十年的坚持，教会猴子认识并书写三千五百个常用汉字，遗憾的是，除了那首一个字，猴子仍没学会发音，而且父亲也不晓得，它是否通晓这些汉字的含义。也许是因为年老，也许是别的缘由，父亲每教会猴子认识一个字，没几日便会将那个字忘了，仿佛猴子识的字不是从父亲这儿学来的，而是从父亲身上偷去的。也因此，父亲要将他早年的一些书烧了取暖。父亲抱了柴回屋时，那猴竟拣了本书蜷在笼子里翻页，是父亲翻烂的一册《西游记》，一页页扑腾翅膀似的翻过，瞧它的新鲜劲儿，父亲真以为它瞧得懂这书呢。后来再瞧它掠过那些字句的惊讶，晓得它只是在寻找认得的字，就像我们这些个被时间排好序的日子，从这本日历里跑出来，而后突然遇到另一本同样日历的那种惊讶。

日子一天天过，寒冬去了会再来。父亲听得见内心的火焰烧得身子"毕剥"作响。尽管没能让猴子开口说话，也足够堵了众人的口。谁料到这猴子竟然失踪了。父亲最先熄灯睡去，到得夜半月儿落，猴子设法打开笼子，逃了。

这夜我猛然意识到我的生长，曾冲父亲喊了一声，他一翻身又沉沉入了梦。待到清晨阳光捎来飕飕亮，父亲瞧见好端端的笼子，开了门。再细细察看笼子的铁锁，锁孔里插了根铁丝，一根磨了十数年才纤细如发的铁丝。父亲吃了惊，终于爆发了一声揪心的怒吼，却喊破了喉咙，咿咿呀呀，说不出话。父亲就此哑了嗓子。

自那夜猴失踪后，父亲足不出户，日日躺床上，宿宿不眠，目光也渐渐涣散了他的意图。尽管我日夜守候，也挡不住父亲的身子一天天干瘪，飞短流长，人们又道父亲死了。如人们所言，家里确是短了水。我跑了一里路去河边取水，竟望见对面幽暗难测的山林早光秃秃了。人们拿斧头砍了树，又撅了草，留一根根木桩在山上，像是打了一方方补丁。山林一日日消退的时候，人们说，瞧见了山鸡、野兔、野猪、狍子甚至是熊窜逃，唯独没见着猴子。人们至今不晓得父亲是如何捉的那只猴，仿佛它是雷雨一般突然而至。人们砍伐了林子，填了崎岖，修了上山的公路。然而村村通出条条柏油路以后，非但没能更繁荣，反倒徒增了荒凉。父亲足不出户没几年，人们早忘了他。人们也早没了嘲弄他人的闲情，更多的青壮年凭着抑制不住的冲动舍家弃田往大城市奔波劳碌。他们揣着庞大的淘金的梦想一去不返，甚至客死异乡。这些叫作北京、上海、广州的城市过多地承载着他们的反叛、情爱、活着和繁殖的希望。少数较为富足的人家，也耐不住，举家搬迁，去了就近的县城。余留的孤鳏老人游魂一样蹒跚踱步。你若进来我们村，定然瞧得见这些像游魂一样的孤独老人。再经些年岁，这些老人也都相继离世。浩荡荒草埋盖了村里的院子以及屋顶。起的风，乘着夕阳的光，跑啊跑，枝叶哗哗响，声音落了地，悄然蔓延于荒草晨露里。灌满凉风的屋子，黑洞洞的，像一头头黝黑的兽，伺机反扑确立了几千年的社会形态。

经过这许多年，村子早荒芜了。而父亲还沉浸于现实和幻境的虚妄里，只是发怔。没有担心，不抱以希望。即使没了周遭的村民，他们的嘲弄依旧存在，既没膨胀，也不瘪陷。同样的，父亲也难消扳回耻辱的企图。他晓得，即使没了村民，也会有旁的人物，仿佛这嘲弄和耻辱不是村民们赠予的，而是他主动索取并收好保存的，在漫长的生涯里任意拎出，以此抗拒愈来愈弱的活着的勇气。在这些深深浅浅的夜晚里，父亲日渐消瘦，脸色蜡黄。父亲这般光景，我也知劝不过来，只悬着心不懈怠。洗衣、做饭样样不缺。父亲痴心不解，又添了屎尿屙床，将衣服床被撂地上，身形一天一天垮塌。父亲的脚一次次刚沾了地，又跳到椅子、桌子，甚至床上才停下，伸手够到电线，犹如树枝遇到春风时的兴奋。我断不透症状，只得变法儿地安抚。搁不住辛苦，我也曾劝说父亲，他却不理会。他不再说话，总像个哑子那样跟我比画（仿佛父亲只是父亲想要说的那些无音节句子，只能等待人类解析发声）。瞧他出的气儿里不再捎出语言的执拗劲儿，确乎是个哑子了。每次与父亲争论，我至今难以确定是否是争论，父亲总以生猛的手势跟我对话，胳臂挥舞得犹如一场暴雨，嘴里努力呕出的只是徒劳的干瘪的声音，仿佛他刚想出口的句子突然倒吞了回去，徒留了这些句子被揉皱时发出的骨折声。

这些总让我回想父亲教我说话教我识字的时候。我始终怀疑人类发明字、词、句的初衷。语言非但没能使人类的沟通简单，反而更复杂了。语言迟钝的表述难以得体，也更难真实，只会诱惑人类。比如父亲给我取的名字，人们叫我名字时，名字背后凝固的形象并非真实的我，我不等于我的名字。词语说到底只是一堆尸体，了无生气。语言只迫使词语完成对现实或事物的模仿，当人们说出语言时那意思已经走了样。后来我才晓得，生活是可怕的，人们老是通过语言相互利用。我总想，语言的形体也非人类赋予，却老妄图消除人类的戒心。人类老躲在语言的背后指手画脚，却不晓得语言早骗了他们。当人类表达语言，倾听的人依自个儿的理解再以自个儿的语言回应，这回应经了两次转折早曲解了原意。因此人类的语言交流永远存在误解，并使语言自身的交流和人类相隔的交流这两个体系永不相交，却又赖以存活。而历史的传承又是另一种境况了，这些古老的词汇虽历经繁衍进化，却没丢失承载的野心。语言所记载的历史是个独立的语言王国，当语言再次发生，一个人理解的历史只是这一个人的历史。而每个人的理解又不同，这样依赖语言活下来的历史，再经了千千万万人理解，又会有千千万万个不同的历史了。就人类而言，人们还都误以为这些个历史是同一个历史呢。由此，人类语言的横向交流和纵向繁衍是一种网状和树状结构的既错误又精准无误的顽固体系。

谁晓得呢？

日月罔替，世事演变。荒芜的村子又生出繁茂的荒草和野树，浓荫蔽天。这些草茎枝叶耐不住性子，翻过墙头，盘进屋子，改变了屋内的颜色。父亲又开始一天天萎缩，以不惯有的习性生活着，以一种令时间猝不及防的像是快速倒带的速度衰老，脱水的皮肤皱作一团。父亲的腰背也驼得厉害，走路的姿势怪模怪样。父亲的头发、胡子则以时间固有的速度生得更悠长了，这些没有宽度的长遮住父亲的半张脸，意外露出的两只眼睛，虽是昏昏浊浊，却也有着看清尺寸的目光，并试图在文明的困境里寻求栽进野蛮的公式。没多少日子，我听到了人们砍伐树木的声响。一棵棵树木倒下来，一寸寸阳光照进来。父亲失踪那天我出门到镇上，弄些吃穿用度，许是耽搁的时间过长，到了家，父亲已经离开。摔坏的桌子和椅子塌了一地。我寻到半夜，也没个消息。过些日子，伐木的声响来到我家门前，随着树木的倒地，阳光得寸进尺，照亮并漫过我的家。过不了几月，原本的村子又是一派荒凉景象了。我藏在屋子里，听到了伐木工人们的对话，他们谈到了我父亲。说我父亲像出门一样从窗口跳了出去。他们费了好大劲才捉住他。他们说现如今父亲已经到了县城了。

我来到县城。这里没有崎岖的山路、险峻的地形，连陡峭都是人造的（拔地而起的墙），我从没遇到过这么平坦的地面，并惊讶于走在如此平坦的地面上像是每一步都要崴了我的脚似的。寻到伐木工人告诉我的地方，然而这些县城的人却说，父亲已经去了更大的城市。我跋涉千里，一步步走来，历经市区和省城，来到这个叫北京的城市。这里的房子甚高，且全是尖锐的直角，没有柔和的过渡，像是败坏了风格的长方体，这抑或是一再汲取欲望的形体。这房子的拥挤像是攒起来的，并叠放整齐。人群熙攘，间不留隙。我找到一茬茬的人们告诉我的地址，费劲了周折，也没找到父亲。我以为他们诳了我，人类的险恶和玩笑同样让我厌恶。我坐在动物园的铁栅栏外掩不住自个儿的伤悲。我的目光透过人群，落在各色动物的身上。一切都那么平常，我竟在铁栅栏里头看到我父亲。我深陷于茫茫人群，远远地瞧着父亲。现如今，父亲已深陷铁笼，佝着背，不停地爬上爬下，我几乎认不出了。以前父亲总对我说，人哪，只是猴子直立起来的痛苦，开始我还不信，后来经了人事才晓得；而父亲以弯下去的痛苦对抗失败，似乎取得了胜利——父亲已经确乎是只猴了。我不晓得父亲是否认我。父亲远远地呼喊，并朝我招手，那手势仿佛摘桃一般要摘下悬置半空的呼喊，他近乎撕裂般又像耗尽了一生气力冲我喊："喂！"

我将这些写下来，缘于父亲教我认了字，又教我写了字。我不晓得写什么，只得写一下父亲，这个我叫之为"父亲"的父亲。

父亲教我认字前，先是为我取了名。父亲为我取名时，翻遍了所有藏书。最后由一册名叫《西游记》的书得来启示，以书里已经有了人的形态的猴子的名字给我取了名。那猴叫孙大圣，父亲说："你就叫孙一圣吧。"后来很多人听了我的名字问我："你父亲为什么不直接给你取名孙大圣呢？"我相信你们现在定然晓得了我，但你们依旧晓得不了我的名字。父亲是将"孙大圣"里的"人"字拿了去，才取了我这名字，那时候父亲还不晓得我现在已经是人了呢。

孙一圣说：人哪，只是猴子直立起来的痛苦。

人类侥幸拥有了智慧，就应该善用它。

via 王小波

我 的 朋 友 卡 夫 卡

余西/青年作家

那年秋日的一个下午，天气晴朗，有蝉鸣。卡夫卡在上语文课。一位老师出现在他的教室，把他领到校门口。他的叔叔正站在那儿，沉默木讷，看着他们走来。老师跟叔叔嘀咕了几句，丢下他走了。叔叔把手放在他的肩上。手很沉，黏糊糊的，似乎带着汗渍。叔叔说："回家吧，你爸走了。"

有一瞬间，他不明白"走了"是什么意思，也不明白"回家"和"走了"有什么关系。但很快的，几乎没有任何暗示，空气中的某种气息让他明白了。他的父亲死了。

那年，卡夫卡十二岁，在读小学四年级。他没有悲伤，也并不快乐，说不上有什么情感。或者，更确切地说，他什么情感都没有。他的体内一片空荡。一路上，叔叔在前，卡夫卡在后，他们走着，没有说话。直到快到家的时候，他才想起来，自己忘了收拾课桌上的语文课本和铅笔盒。他忘了带书包回家。他担心课本、铅笔盒、书包。他想回去拿。他想继续坐在教室里把课上完，他怕赶不上其他同学的进度。他想到了松树。教室的窗外，松树沐浴在阳光里，有一对松鼠沿着枝丫跳跃着。他想再看看松鼠，看看阳光隐匿后，遗留在松树的黑暗。但他没有说出来，只是跟着叔叔走到村子里。一路上，人们在门口看着他。一张张脸，寂静无声地滑过。在自己门前，他看到了一群人。他听到了声音。他们在交谈，但卡夫卡不知道他们在说什么。他们像一群苍蝇，嗡嗡地响着。

她母亲站在人群背后，没有哭。也许她已经哭过了，卡夫卡不清楚。卡夫卡看着母亲，觉得母亲不想让他走近，好像父亲的死都是他的错。于是，他停在人群与母亲中间，不走了。他不知道，往下他该做什么。

他父亲死在北方一个遥远的城市里。旅馆老板发现他的时候，他已经死了。至于死因，卡夫卡到现在也没搞清楚。村里的人说，父亲被人害了，但怎么害的却不知道，有的说是喉咙被割开了，有的说被人用枕头按住口鼻窒息死的。他觉得这些都不重要，重要的是他父亲死了，而且没人知道是谁干的。父亲就这样死在了北方一个遥远的城市。等他回来的时候，已经成了一瓮骨灰。骨灰的形象代替了那个强壮、健康的男人。卡夫卡无法想象，父亲死时的模样。

父亲死后的一段时间里，卡夫卡没有去上学，整天在山林间游荡，对着鸟儿说话，饿了就去邻居家吃饭。他没有意识到父亲的死意味着什么。有时，他会梦见父亲，一身鲜血淋漓地躺在洁白的床上。但醒来后，他更多的只是感到害怕、无助。没有别的。至少在那段时间里是如此。但母亲却精神崩溃了。她躺在床上，不吃不喝，蓬头垢面，形容消瘦。夜里，会听到母亲的哭泣声。卡夫卡捂上双耳，告诉自己这是一个梦，或者想着自己要是睡着了该多好。白天里，婶婶阿姨会不时地过来劝慰她。她们的低语会不时地被母亲的哭泣所打断。

后来，母亲起床，打扫卫生，买菜做饭，给邻里送鸡蛋，感谢他们这段时间对卡夫卡的照顾。母亲好了，恢复了往日的模样。小学毕业后，母亲卖了房子，带着卡夫卡离开村子，搬到县城。母亲给人当月嫂，为垃圾回收站捡垃圾，做清洁阿姨，在制鞋厂做工。为了活下去，她不断地变换工作。母亲拖着疲惫的身体，带吃的回家，有时手指划伤了，或是脸上带着污渍。直到那时，卡夫卡才想起父亲，想到死，想到那个男人留下的空白，想到母亲在这个空白里涂抹的灰暗的颜色。死多么可怕，多么让人忧伤。卡夫卡在睡梦中哭泣。

　　卡夫卡读高中的时候，家境开始好转。母亲拿出积攒多年的钱，在他就读的县一中附近开了家饭馆，招待学生和老师，生意兴隆。那时，我和卡夫卡在同一个学校、同一个年级，但不在同一个班级。当卡夫卡说起他母亲的饭馆的时候，我记得自己还去过几次。然而，那三年里，我从来没有见过他。即使见过，他也没给我留下半点印象。

　　高中毕业，他考上大学，攻读中文系，地点在杭州。大一下学期，卡夫卡自觉像是个气球，生活轻飘飘的。他需要一个维系的支点。他开始写诗。在一个名为"窄门"的八〇后诗歌论坛上，他开始频频发诗，署名为卡夫卡。是的，就是写《城堡》的那个弗兰兹·卡夫卡。他的诗很受欢迎，每首诗后面都拖着长长的跟帖。他很少回复。时间久了，有些人开始抱怨，说他傲慢了。但他依然如故，继续发诗，不做回复，仿佛这个论坛只是他个人私密的空间。那时，我也在"窄门"里，也写诗，写的不过是一些模仿海子或兰波的作品。自知没什么天赋，不过是靠写诗消磨时日。我喜欢卡夫卡的诗。他写在时间中失落的东西，诸如童年、故乡、父亲，以及在时间中必然来临的东西，诸如死亡、孤独。没有意象，没有隐喻。简单直接。语言干脆，甚至接近于贫瘠。但他写诗，就像蜘蛛编织丝网。那张网在雨后的空气中闪着微光。无论忧郁，无论天真，都那么自然。

　　我经常在他的诗后面跟帖，坚持不懈。有一天，我收到了他的邮件。邮件很短。他说谢谢评论，让他很感动。然后说，我们约个时间见面吧，而地点就在我学校附近的枫林晚书店。我若有所悟，立即查看他帖子后面的IP地址，才发现我们在同一个城市。

卡夫卡，我在网上这么叫他，后来见到了真人，也这么叫他。我很少叫他的真名，也没觉得这么叫有什么别扭。卡夫卡，我的朋友卡夫卡。身高一米八二，很瘦，身形匀称，总是穿着一身干净的衣服，很干净。脸上带着一副郁郁寡欢的表情。要不是他的眼睛，卡夫卡几乎没有什么存在感。在人群中，他会像空气一般被忽略。但他的眼睛很大，清澈明亮，没有一丝荫翳。每当我想起卡夫卡，我都会想到他的眼睛。

我们在枫林晚第一次见面。卡夫卡一身蓝色的衬衣、灰色的裤子，白色的布鞋。他站在书与书之间，很安静。他与书很和谐，好像他本身就是一本书。我们找了家咖啡馆，一起坐下来喝咖啡，开始聊天。我不记得那天我们聊了什么，但我们肯定聊到了诗歌，聊到我们原来来自同一个小镇，上的是同一所高中。我们感到惊奇，为高中三年彼此没留给对方丝毫的印象，也为我们在他乡的相遇。

之后两年，我们时常见面，去他的学校，或者来我的宿舍。我们喝酒，吃饭，在西湖的长椅上坐坐，去灵隐寺拜佛，爬爬宝石山，走走苏堤，在网吧上网，躺在草地上望着天空。我们聊各种事情，但我们似乎很少聊诗歌。偶尔有那么一两次，我们谈到了卡夫卡。他说，他写诗就是因为卡夫卡。卡夫卡的日记就是诗啊。一个冬日的深夜，我们在一家饭馆喝酒。他喝多了，从书包里拿出一本卡夫卡文集，黑色封皮。他给我念《给父亲的信》。他读的时候，声音变得柔和、温暖。"卡夫卡的父亲把卡夫卡拽出被窝，拎到阳台上，面向关着的门站着。"读到这里，他的声音哽咽，阻滞了。他开始哭。我不大明白，只好看着他哭。我也喝多了，所以并不感到尴尬。

卡夫卡很快就停止了哭泣。他一脸羞愧，跟我说起了他的童年，他的父亲。

一九八七年，卡夫卡六岁。他父亲，跟村里其他孩子的父亲一样，在全国各地跑，为了营生，推销拉链、皮带头、纽扣或是打火机之类的小商品。每次出去都要两三个月后才回来。也就是说，一年当中，父亲回家的次数绝不会超过十次。但在有限的时日里，父亲却留给卡夫卡非常鲜明的印象：强壮、健康、食欲旺盛、能说会道。然而陌生，十分陌生。在最好最亲的人面前，感觉比陌生人还陌生。

他体弱多病，阴郁沉默。我完全可以想象，卡夫卡年幼的这副模样。有父亲在家的时日，他时常躲在房间里不出来。有时，特别是在吃饭的时候，父亲会用困惑的眼神看他，心里想着，这孩子怎么啦？他会是我的孩子吗？卡夫卡总能捕捉到父亲的这种眼神。他没敢直视父亲的眼睛，只是低着头，看着停在父亲手中的筷子和饭碗，心里泛起一股忧郁。那情绪是酸的。忧郁是酸的。而父亲呢，他的脸上想必会掠过嫌恶的神情吧。很细微，很短暂，但他能够感觉到。

卡夫卡说，他的童年就这样被分割成了两半：大部分平静、自由，剩余的小部分蒙着阴影。

他母亲是宠爱他的。从不反对他做什么。也许是她生性平和、乐观的缘故。当卡夫卡远远躲开别的孩子，像一个女孩，成天沉浸在自己的世界里，看书，或者跟花草讲话的时候，她相信自己的孩子会变好的，就像在生活最为艰难的时候，她相信艰难是暂时的，一切都会变好的。而父亲在的时候，他有时会自我嫌弃，觉得自己为什么不能成为像父亲那样的人：强壮、健康、食欲旺盛、能说会道。有时他会不安，害怕。夜里，天花板上有老鼠在跑动。他开始羡慕老鼠。老鼠们都有自己的洞穴。他渴望有属于自己的洞穴，无人能进来的洞穴。

"多年以后，我读着卡夫卡，想起了父亲，想起父亲也曾这么待我。"卡夫卡说。我说："怎么待你？"他说："把我从房间里拎出来，把我扔在外面，让我跟别的孩子玩。"我说："为什么呢？"他说："因为我老是躲在房间里不出来。"我说："我不明白。"他说："我也不明白，但现在想起了却很悲伤。"

　　这是他第一次在我面前哭。此后，我还见过他哭。那是第二次，也是最后一次。卡夫卡在他的学校里很受女生欢迎。不时有女生约他出去吃饭、看电影。在我们多次的谈话中，时常聊到女孩子。卡夫卡感到困惑。正如他在一首诗中说的，他贫穷，怯懦。他的生活没有意义。为什么会有女孩子喜欢他？他不明白。我也不明白。卡夫卡，内向，沉默，被动，说话不动听，没有力量，除非他在朗诵诗歌，而这样的机会又少之又少。他几乎没有特别突出的地方，除了他的眼睛，除了他的诗，但现在又不是一九八〇年代，没有一个女生会因为他是诗人而喜欢他。她们更希望自己的男友是一个普通人，有着切实可见的一技之长。但就是有女生喜欢他。卡夫卡感到欣喜，也感到害怕。欣喜是自然的，但害怕却让我不明白。卡夫卡说："我已经习惯了一个人。我不知道生活中多了一个人该怎么办。让一个陌生的女孩介入我的生活，对我的生活指手画脚，想想就害怕。"我对他说："你不试试看怎么知道呢？"他说："我害怕，还因为别的事情。"我说："是什么呢？还有什么让你害怕呢？"他说："我不知道该怎么解释，你想想看，你和一个女孩子共处一室，接下来发生的事情，我一点也不知道。我该怎么做呢？"我说："你不试试看怎么知道呢？"卡夫卡笑了，笑得很羞涩。

　　大二上半学期，一个女孩子夺走了卡夫卡的处子身。第二天，卡夫卡在陌生的旅馆醒来。他看着熟睡中的女孩时，想起前一晚发生的事。他发现一切都没有他想象的那般困难。卡夫卡不再害怕跟女孩做爱。他在这方面开始有了自信。但他接受不了，他的生活中突然多了一个人。于是，他换了一个又一个女孩。做爱，争吵，分手。每段恋情都是如此。大三快结束的时候，卡夫卡认识一个叫乐乐的女孩。乐乐很高，胸部丰满，嘴唇肥厚。她很性感。除了肤色黑了点，她长得有点像《晚娘》里的钟丽缇。她在床上的需求很强烈，每次总能带给卡夫卡不同的感受——这是卡夫卡跟我说的。大四开学，卡夫卡租了一个房子，跟乐乐同居。我理解，卡夫卡做这个决定是艰难的，但也明白他为什么要这么做。乐乐是个活泼、健谈、乐观的女孩。她会画画，会弹吉他，了解文学和诗歌。卡夫卡一个人将自己锁在房间里不出来的时候，她懂诗人需要自己的空间；卡夫卡半天不说话的时候，她懂卡夫卡的情绪很低落，她可以默默地陪着他。如果需要她走开，她可以去做自己的事情。只要能和卡夫卡在一起，她就满足了。他们一起听讲座，逛博物馆，一起外出旅行。她带卡夫卡去了很多城市、很多景点。在这之前，卡夫卡甚至没有去过浙江以外的地方。我曾见过几次乐乐。当卡夫卡坐在她旁边，当卡夫卡和她一起走在路上的时候，很像一对母子。

然而发生了一件事情，一件很意外的事情。乐乐怀孕了。她需要卡夫卡陪着她，一起去堕胎。他很紧张。他无法想象，也无法忍受在医院里别人看他的眼神。他叫嚷着："障碍，一切障碍都在粉碎我。"他把自己关在房间里，关掉了手机，什么人也不见。那时，我们要毕业了，生活的压力突然奔涌而来。也许就是在那个时刻，乐乐意识到，她的生活中需要一个更强健、更有担当的男人。于是，她一个人默默地做了剩下的事情。然后，她向卡夫卡提出了分手。

那天，卡夫卡跑到我的宿舍。当时宿舍里没人，或者有一个人，我不记得了。他刚坐下来就掩面哭泣。在啜泣的间歇，他断断续续地说："非得发生这样的事情吗？非得这样吗？这太可怕了。"卡夫卡像是在对我说话，又像是在自言自语。这便是我第二次，也是最后一次见到他哭泣。当时，宿舍的窗外阳光耀眼，操场上有一群人在打篮球。

我知道和乐乐这段恋情，对卡夫卡有着不一样的意义。但我不知道的是，这次分手对卡夫卡的打击有那么大。当时，我们都在为了毕业后能得到一份好工作而疲于奔命。制作简历，在不同的招聘会中投着相同的简历，不断面试，不断失败。卡夫卡却什么也没有做。只是沉溺于感伤中，写着感伤的情诗。我曾经给他做了简历，帮他投简历，而机会来了，他却不接电话。次数多了，我就什么也不做了。我开始怀疑，他那样子是否仅仅是因为失恋，还是失恋成了他逃避找工作的借口。我不知道。总之，我们毕业了。我在宁波一家航空公司找到了一份文宣的工作，而卡夫卡在失恋后，又失业了。

离开学校的那天，卡夫卡将我送到火车站。在站台上，我们俩沉默不语地站着。我希望自己的那列火车永远不会到来，然而火车终究还是来了。我上了火车。我的位置靠窗，我坐在靠窗的位置上，看着窗外的卡夫卡。他仍旧瘦瘦高高的，仍旧衣着整洁，但脸色更苍白，眼睛更大了。在那双更大的眼睛里有着不可见底的忧伤。我想对他说，一切都会好的。但我知道，即使我说出来，他也不会听到。所以我什么也没有说。火车启动。火车带着我离开了我生活四年的城市，离开了卡夫卡。

此后几年，我再也没有见过卡夫卡。最初，我们还通信来着。他告诉我，他回到了我们的县城，帮母亲打理饭馆。生活压抑。他继续写诗，但很少发表。诸如此类。后来，通信终止了，而生活在继续。我的工作还算顺利，但没什么发展空间。我认识一位好姑娘。我们打算交往一段时间，看看是否彼此合适。我们对婚姻保持审慎理性的态度。我渐渐淡忘了有卡夫卡这样一个朋友。

二〇〇八年二月初，我再次收到卡夫卡的来信。此后，我们的通信没有中断过。不那么频繁，很节制，但我们在通信。虽然有电话，我也多次暗示过这点，但卡夫卡似乎更愿意写信交流。在第一封信里，卡夫卡说，他母亲再婚了。一个不幸的消息。他成了孤儿。他母亲找了个带孩子的男人。两个残缺的家庭组合成一个家庭，而他却没找到自己的位置。一想到要对一个陌生的男人叫爸爸，想到眼前陌生的男孩是他的弟弟，想到家里变得如此拥挤、嘈杂，他就恶心。他母亲珍惜现在的家庭，爱护那个男孩。她是幸福的，但卡夫卡不快乐。他不想这样。不想带给母亲痛苦。所以他走了，离开母亲，来到叔叔的家里，来到自己出生地，一个没湖泊没岛屿，却叫湖屿村的村子。那里有一座小山、一条小河和一片稻田。很单调，很陌生，好像他从来没在故乡生活过。

卡夫卡度过了一段平静的时光，没有情绪波澜。然后，他恋爱了。毕业这几年，他唯一一次的恋爱。像生活重新接纳了他，卡夫卡觉得很幸福。女孩叫晓丽，比卡夫卡小几岁。按理，他们之前认识才对，但卡夫卡对她没有印象。他不在乎她之前是什么样的。他喜欢她的现在。童年时，晓丽就喜欢他，喜欢那个躲在家里、隔着玻璃望着外面的大哥哥。她觉得卡夫卡很神秘。现在他们彼此喜欢。他们在林间，在河边，在田野里，在蓝天下，牵着手，走着，谈论着。他们谈论童年、往事、未来；谈论村子里过去的传闻和正在发生的事；谈论花草的名字、萤火虫的消逝，早晨的布谷鸟为什么到了中午就不发声了；谈论农忙时节，金色的稻田，人们一次次地劳作和收获。

"晓丽不懂电影，不看书，不喜欢涂脂抹粉，不漂亮。像个男孩。不拘泥于小节。但她简单，淳朴。"这是卡夫卡在信中说的。但从卡夫卡随信寄来的照片中，我看到的晓丽却截然不同。她纤巧，柔顺，文静，有一头长发，眼中有伤感，很淡，但不难察觉。但信中的语调是那么轻快，这种轻快又是那么少见，我也就在回信中没有提及自己的感受。

我想这不重要。

半年后，卡夫卡谈到了婚姻。在信中，他说他二十七八了，在乡下，这个年纪的人早已结婚生子，他们的父母都抱上孙子了。是时候结婚了。也许婚姻能给他的"单身汉"生活带来些许改变。他已厌倦了乡村生活，也不再想看到叔叔的白眼（卡夫夫从来没有提及他寄居在叔叔家的情况，但从这句话中看，想必也不怎么如意）。结婚后，他和晓丽会离开村子，到别的地方开始新的生活。至于是哪里，他还没想好，不过这无关紧要。他会在那样的一个地方，租一个房子，找一份工作。也是时候找工作了，他不能这么一直闲着，像寄生虫。他相信他们的婚姻会很美满。相信晓丽会成为一个贤惠的妻子，为他做家务，为他生养一个孩子。男孩和女孩都无所谓，只要是个孩子就可以。成为丈夫，成为父亲，他会变得更好，更健康，更强壮，更能言善道。想想看，实现这样的愿景是如此简单。结婚，不是每个男人都会做的事情吗？

那封信语调热切，书写潦草、凌乱，有很多错别字。逻辑混乱，不时会有些地方重复着，而他却不知道。我可以想象，他是怀着怎样激动的心情写下这封信的。那时，也许是在深夜，他无心睡眠。他起床，开灯，在灯光下写着长信，而外面是无边的黑夜。

对婚姻的想象，让卡夫卡吃不下饭，睡不着觉，整日昏昏沉沉。几天后，他向晓丽求婚。她同意了。她父母也没说什么。那年，晓丽二十五岁。在乡下，过了二十五，就成了老姑娘，往后想嫁人就难了。卡夫卡也跟母亲说了，但母亲不同意。她觉得自己含辛茹苦地培养他上大学，结果他却娶了一个高中没毕业的乡下姑娘。她似乎把自己看成了城里人，忘了自己也曾是一个乡下姑娘，而且小学都没毕业。卡夫卡心态很好，还懂得这样挖苦他的母亲。又说，母亲到底还是不明白，她是否同意，不会改变任何事情。

不巧的是，我却和女友分手了。在城市里，没有钱，没有房子，婚姻便是纸上空谈，幸福不过是幻象。而为结婚的恋爱，总是无疾而终。我很理解女友的想法，尊重她的决定。但我还是请了几天假，窝在家里疗伤。说"疗伤"太严重了，也许我只是想给自己一些时间，让自己重新步入正轨。这样说，更确切一些。我回信给卡夫卡，讲了自己的悲伤处境，说我的情绪很低落。但我鼓励他结婚，跟他说，我之前一直很担心他，为他的未来和出路感到迷惘。现在，他决定结婚，决定做出改变，这是一件好事。还说，欢迎他回到这个世界，回到我们的尘世生活。说得很夸张，但还算真诚。我没有说的是，婚姻未必有他想象的那般美好，也没有说及上述的想法。我很明白，如果我说了，会对他有怎样的影响。卡夫卡从来不是一个意志坚定的人。

我没有立即收到卡夫卡的回信。之前这样的情况也有，况且又是在他决定结婚的时期。想必他会很忙。我没怎么在意。十月，我的心态好转，生活恢复正常。上班，下班，周六周日休息。日子以既往的节奏悄然流逝。接着，卡夫卡的信来了。

他和晓丽分手了。卡夫卡抱怨说："一切都糟糕透了，我的朋友。"别的什么也没说。几天后，我再次收到卡夫卡的信。在信中，卡夫卡详细描述了这次"变故"。

"事情很复杂。"卡夫卡写道。他完全没有想到会是这样。晓丽的父母提出，他们应按照乡村习俗，先订婚，再结婚。所谓订婚，就是男方要给女方一定的礼金，然后宴请亲朋好友。但他身无分文。他的母亲是有钱，但她不愿意拿出来，也不愿露面。晓丽的父母觉得受到了怠慢，对他的态度起了变化。他们不愿意见他。为了说服母亲，卡夫卡回到家里。他向母亲哀求。他母亲了解卡夫卡，知道他需要的，是一个更强大的女人照顾他。而且，她历经两次婚姻，知道结婚意味着什么。她问他："你们住哪儿，有谁愿意提供一份工作给你，你的薪水能养活女人和孩子吗？当你下班后她拿芝麻蒜皮的琐事烦你你怎么办？你知道拉扯大一个孩子需要多少钱，她父母生病后你知道该怎么照顾他们吗？想想看吧，一旦你结婚，你的生活就这样了，再也没有别的可能，有的只是生孩子，吵架，老去，然后看着我离开你，你愿意忍受这样灰色的生活吗？……"母亲的问题很残酷，也很现实。他想过。但他也明白，他想到的答案都很模糊很苍白，像风中碎屑，飘荡着，没有落到地面。但他没时间，也不愿意往更深处想。他没有示弱，他说自己能应付。他母亲哭了，当着他的面，后来又抱着卡夫卡。但没有用。卡夫卡在家里待了一个月，每天都在跟母亲讨论婚事，但母亲的态度没有软化。

有一天晚上，他绝望了。要母亲同意已不可能了。于是，他想到逃离，带着晓丽逃离。面对困境，他想到的只有这个办法。他电话给晓丽，说有必要谈谈。他觉得这决定如此重大。他不应该在电话里说。

他们约定在次日早上九点见面，地点是县城唯一的一个小广场。我记得那个广场，中间是假山和喷泉；前面，解放街横穿而过；后面是县城最高的大厦，上面几层有宾馆、餐厅、服装店、电影院，底层是邮局和超市，后来邮局搬走，改成了网吧和麦当劳。在大厦和广场之间，有两把椅子，刷着绿漆。

那天晚上，卡夫卡失眠了。他的脑中不断回想着母亲的声音。那些他没有想好的问题，像幽灵般浮现。他不断地起身，在房间里来回走动。等他累了，困了，又回到床上，但凝聚的睡意突然消散，各种声音又再度返回。像风暴，在脑海里回旋。他便又起床，来回走动。如此反复。天还没有亮，他就起身离家，来到了广场上。

夜色淡了，只是仍然笼罩着小镇，勾勒出各种房子的形状。街灯亮着，照着空无一人的街道。街面是潮湿的，似乎下过小雨。一路上都很安静，几乎能听到小镇在呼吸的声音。后来，卡夫卡在一张绿椅上坐下，另一张绿椅与他隔着数米，上面蜷缩着一个流浪汉。他睡着了，一顶肮脏的帽子盖着他的脸。他们的身后，麦当劳亮着光，但照见的只有桌椅，没有人。网吧的门关着，不时有嘈杂的声响传出，有人在通宵上网。其余的，都是黑暗。但这些，对他来说，像是梦境，与现实隔了层薄膜。

他坐着，看着街灯慢慢变暗。开始有早班巴士驶过解放街。开始有人在清扫街道。然后街灯灭了。太阳将小镇的另一边楼房照得通红。流浪汉醒了，咳嗽了几声，往地面吐了口痰。他们对望了一眼，又各自转头，一起望着天空。云朵干瘪、灰暗，但很快就转白，膨胀开来。大厦里响起了各种苏醒的声音。街上的人多了。有几只麻雀落在广场上，跳动，鸣叫，又飞走。这时，他发现流浪汉不见了。他不知道是什么时候走的，像是随夜色消失了。

卡夫卡睡着了。睡去前，他模糊地感到阳光落在了身上，暖烘烘的。醒来后，他看了看手机，九点差十分。这时，他想起自己做了一个梦。不记得是怎样的梦，但很可怕。这种可怕完整无缺地落在身上。他看着阳光，却觉得很冷很孱弱。他冒着虚汗。街上人群拥挤，脚步嘈杂。他仿佛看到了晓丽，在人群中向他走来。有一瞬间，人群模糊了，只有晓丽是清晰的。她是如此真实，但，但很可怕。卡夫卡起身，向相反的方向，逃跑了。

回到家后，卡夫卡发烧了。重度高烧。他充满自怜地强调。他把自己关在房间里，没有告诉任何人。晓丽来过两三次电话，他没有接。后来，他把手机关了。他本以为，这次见面会是一次新的开始。但就在关掉手机时，他意识到，他将不得不给她写一封信，对她说："请离开我，一切都结束了。"

卡夫卡出门，裹着大衣，将信投进邮筒。返回的途中，他一直在哭。所有人都在看他，但就是停止不了。他没有看清所有人的面孔。

我不知该怎么回复。我无法判断，在这样的一件事情上，谁是对的，谁是错的。也没兴趣知道后来发生了什么事情。我只有等待，等待时间告诉我结果，告诉我该怎么判断。卡夫卡呢，我想，也许他也需要时间告诉他该怎么做。但时间总是在流逝，总是流逝得很快。我们越成长，时间就流逝得越快。二〇〇八年结束，二〇〇九年来了。这期间，我没有任何卡夫卡的音讯。春节，我回到家里，但没有告诉他，我回来了。我走在街上的时候，总是想象着，也许我会遇见他。想着见面后，我们该说什么。但我遇见了很多人，却没有看到他。

假期结束，我回到宁波，信箱里躺着一封卡夫卡的信。信的开头，他说了一些晦涩难懂的话，像是独白。他说："存在一种完美幸福的可能，在理论上是如此。但我不相信，也不能追求。我何尝不想结婚，但过往的生活已经败坏了我的内里。原谅我，我的朋友，原谅我做了这些事情。伤害一个人是这么痛苦。我宁愿伤害的是自己。道路无限漫长，似乎有着多种可能，但我不可能了。原谅我，我的朋友，原谅我做了这些事情。好像被伤害的不是别人，而是我。"

卡夫卡已不告而别，离开了母亲，回到了学校，在附近租了一个房子。不大但也不小，正好可以容纳他。在一楼，地面很潮湿，光线阴暗，不怎么见到阳光。他几乎不出门，拉着窗帘。饿了就叫外卖。他把白色的外卖盒，用橡皮筋捆好，堆在床底下。堆得很细致、很整齐。他经常打扫卫生，除此之外很少做别的事。他给快餐盒喷消毒水，喷除臭剂。但在睡梦中，他仍然能闻到剩菜剩饭的味道。有点酸，有点臭。一切都腐烂了。但他不知该如何清理这些快餐盒。信的末尾，卡夫卡说：

不要告诉任何人，我在这里。

又及，不用担心我。我偷了母亲的钱，很多钱。我还能坚持一段时间，很长很长。

你的朋友，卡夫卡

几天后，我坐上了一列从宁波开往杭州的火车。到达时，已是日落时分。我走进他的学校，像是走进我们的往事中。那些年，我们做过的事，在草坪、操场、教学楼，一一浮现。我走得很慢。从黄昏走到了夜晚，仿佛在向往事告别。

我来到卡夫卡的门前，敲门，敲了三下。一片死寂。我又敲了三下。仔细听着。一阵脚步声，是卡夫卡的，很微弱，像是甲虫爬行。门开了，只露出了条缝隙。房间很暗，没有开灯。他的身体被黑暗隐藏着，又像是被吞噬了。我看到了他的脸，消瘦细长，颧骨突出，下巴很尖。我几乎认不出来。但我看见了那双眼睛，很大，很清澈，很明亮，只是太明亮了。我透过门缝，对黑暗中的他说："你好，卡夫卡。"

余西说：写这个故事的时候，我把阅读《卡夫卡传记》的感受和自己听到和经历的青春往事融合在一起。所以，这既是给卡夫卡的，也是给自己的。

上帝等待着人类在智慧中获得新的童年。

via 泰戈尔

弥 留 之 际

盛可以/作家

发生两件事情之后，我才知道我得了病。

上个月十三号，我与副院长在办公室聊业务，意思上有分歧，但这也不至于动粗。那时阳光从窗户斜插进来，尘灰在光柱中飘荡，仿佛射灯下聚了很多蚊子。我和副院长站在这道光柱边，和我们的意见一样分割两立。我暗地里瞧不起他，正如他明摆着不把我放在眼里。但这也不至于动粗。何况都是文化人，摇笔杆子的，耍书面语的，擅长私底下钩心斗角，公报私怨，一般认为肺里呼出的都是雅量。副院长是一个平庸的匠人，坐上这等职位，靠的是在上司面前无节制的自贬奴态，以及对下属的专横霸道。我比他大一个月，却低他三个行政等级，上面没人，周围没有势力，他捏准我这软柿子了。我一直忍着，期待他捏心烦了、没意思了，去捏别的柿子。在获得提拔前，我不想与任何人发生冲突，提拔事宜即将进入民意测评阶段，更得守好晚节。大家都懂得这套虚伪的把戏，什么民意调查、民主投票、领导班子研究，大抵都要倒进黑箱子一通烩炒。

副院长说："你这笔经费，只有处级干部才可以申请。"类似的话我听过多次，大都谦卑称是，不做勉强，可这回却伸出手，在副院长脸上连掴了两下。我自己比副院长更惊骇，站在那道光柱中，瞬间看不清周围一切，以至于副院长扇回两巴掌，我根本不知道他在哪里。

我静静地看了一会儿尘埃飞舞，顺着阳光望向窗外，千万道光柱细如发丝，一把扎进我的眼里，我瞥见血红和苍白。

最终，我察觉我内心有种隐隐的愉悦，我早就想这么干了。

半小时后，我参加了一场紧急会议。踏进会议室门，各色眼神像千万道光柱，齐齐猛扎我的胸膛。我躬腰在预留的边角位置坐好，一种过于庄严的审判气氛使我不敢抬起眼皮。会议桌光滑如镜，我通过桌面倒影观察他们的脸。此时我已回过神来，我敢保证，伸出巴掌打副院长，绝不是我的本意。当我这么说时，他们同时扯动了脸部肌肉，但憋着没有笑出来。

"那你讲讲，是谁在操控你的手？"有人问到点子上。

"苍蝇，是苍蝇。"我说，"我看见两只苍蝇趴在副院长脸上。"

"现场绝对没有苍蝇。"副院长保持优雅，"我在那办公室待了五年，从来没过一只苍蝇，连蚊子也没有。"

"有，我的确看见了。"我诚恳地说，"共事这么多年，你们知道，我不是个撒谎的人。"

办公室主任低声吩咐小职员去现场找苍蝇。她抓住了关键。我向她投去感激的一瞥。她姓邱，是一个体态轻盈的中年女人，机警麻利，善于从一堆乱麻中掐准线头，身上有一股出奇的冷静。她严谨守时，从没错过班机，没误过火车，约人谈事也会比预定的时间先到。我瞬间有些内疚，我本该对她热情一些，比如在小卖铺买矿泉水的时候，替她付那一块五毛钱。

切断邱主任这条线，思路回到苍蝇的问题，如果证据飞走，对我是极大的不利，故意扇上级巴掌，跳进黄河也洗不清。我暗自祈祷证据还在，它们趴在墙上那幅光屁股的画上，或者落在副院长那只满是黑垢的茶杯边沿。

"刘一心，无论如何是你不对，就算真有苍蝇，你的职责只是提醒副院长，要打，也是他自己来打。"某领导语重心长。

"本能反应，我控制不住，小时候打惯了苍蝇，形成了条件反射。"我实话实说，"我们那儿管苍蝇叫饭蚊子，茅房的苍蝇叫绿头蝇，我没打过绿头蝇，绿头蝇太恶心了，尤其是它落在你皮肤上，一想到它那些细腿儿在屎橛子上停留过，你根本想不到要拍死它。当然绿头苍蝇很少飞出来，它们离了茅坑活不了多久……"

"刘老师，话题不要说得太开，讲重点。"邱主任非常柔软地打断我，"事实上，没有哪一种苍蝇是可爱的，它们传播细菌，还嗡嗡地叫，有一次弄得我女儿午觉都没睡好。"

"是的，邱主任，所以我见到苍蝇就打，完全容不得它们在眼前飞，有时会花一个上午追打一只苍蝇，不打死它，我什么活也干不了。"我很高兴遇到知音，忘了眼前处境，愉快地和邱主任聊了起来。我明白邱主任的用意，这样的聊天是一种旁证，是对我有利的辩护。间接证据多少获得了一些理解，因为其他人的脸色比先前缓和了，只有副院长还保持着他近乎强硬的优雅。副院长的心胸有多宽，我知道，以后的日子有我受的了。

小职员汇报，没有找到苍蝇，但发现有干枯的苍蝇尸体。

我心里一下轻松了，至少证明事情并不像副院长说的那样，他办公室从来没见过苍蝇，他的诚实度大打折扣，他所有的表达都将镀上怀疑，形势于我略微有利。

"刘一心，现在的问题，不是我办公室里有没有苍蝇，而是你借苍蝇之名打人。"

"副院长，我那是打苍蝇，你倒是结结实实地扇了两巴掌，我脸上现在还火辣辣的。"我适时搬出另一个事实，给自己再挤出一点空间。

其他人听说副院长还了手，都不吭声了。偶尔有人说些好话，叫我跟副院长道歉，毕竟是我先动手的。他们总是这样，一到要追究领导干部的责任，就草草了事，还装出一副关心屁民的样子。

不出意料，我的提拔，连民意测评都没通过。我没见过那些无记名投票，除了怀疑，别无他法。但我有更重大的疑问，我确实看见两只苍蝇停在副院长脸上，那是怎么回事？

第二件事与我女朋友有关。

我离婚后一直单身，去年八月的某天黄昏，我在小区遛狗，一个熟透了的姑娘走过来和狗打招呼，摸着它的头，说："你叫什么名字呀？"我替狗回答，叫"奥巴马"。熟透了的姑娘笑了，站起来问为什么叫"奥巴马"，我说因为它是黑的。熟透了的姑娘笑得更厉害，暮色昏暝中她的牙齿雪白整齐，其他我没看清。她正要和我说什么，不懂事的"奥巴马"突然抱住她的左腿猥亵起来。我尴尬万分，呵斥它，它不理，我只好亲自把它从她腿上扒下来。

熟透了的姑娘匆匆走了。我在树底下教训"奥巴马"，都说什么人养什么狗，那熟透了的姑娘一定会认为我是猥琐之徒，我心里叫屈，这畜生今天太失态了。

第二天同一时间，我又在小区里碰到了她，她带了一根骨头在等着，显然并不介意"奥巴马"的粗俗。事实上她养过狗，爱狗懂狗。我和"奥巴马"都很高兴。不久，这个熟透了的姑娘就搬过来与我们同住，她叫江晚霞。

江晚霞住过来后，我很久都不适应，有时半夜醒来，突然发现身边有个活物，就会吓一大跳，直到意识到这是自己的女人，才不至于淌下虚汗。说不出对她有什么不满，她也没有令人难忍的缺点，相反挺不错，把我和"奥巴马"都照顾得舒适安逸，心想着从一而终长相守。只是她的牙齿根本不像我当初感觉的那样雪白齐整，它们像米粒，稀稀拉拉地粘在牙床上。据她自己说，前两年洗牙遇到庸医，连牙根都洗坏了，牙齿正在逐渐脱落，用不了多久，她就要去植牙，她想要全副烤瓷的。除此之外，她的背略有些躬，脸色不太好，子宫常常脱落，吃辣就犯痔疮，一生气就撕衣服。谢天谢地，她从不砸东西，撕的也是些不穿的旧衣服，她的美德在于理智清醒，任何时候都不会损伤家庭财产。这恰恰是我最重视的妇德。如今我对妇德的重视盖过她的美貌、金钱、名利、地位，这也是我能和江晚霞同居一室的重要原因。

在我前妻嘴里，我是一个秃头、弱智、无勇无谋无才无能的悭吝鬼。不知道江晚霞对我的评价，她叫我刘一心，像革命夫妻，严肃，里头含着不容置疑的未来。她倒是真有些革命者的倔强，不胡来，凡事讲道理，道理在哪边，另一边就得认错。她还在家里挂块小黑板，有时写些注意事项，有时写些协议条款，遇重要的事情要悬置十天半月，给人"杀一儆百"的感觉。

也就是在我扇副院长之后的周末，江晚霞给"奥巴马"洗完澡，给它吹弄毛发，嘴里嘟嘟囔囔。我接了个茬，你一句我一句，两人抬起了杠。开始还有些打情骂俏耍幽默，慢慢动了真格的。江晚霞扔下电吹风，面对我站着，两眼含泪，正要继续喷吐她肚里的存货，我伸手捆了她一巴掌，紧跟着又捆了一掌，捆完还盯着她的脸看。江晚霞死鱼似的张着嘴，眼白放大，我以为她会昏厥过去，她却像炸开的马蜂窝，黑压压一大群马蜂嗡嗡地撞向我，要与我同归于尽。

"你敢打我，刘一心，你良心让狗吃了，你这个秃头、弱智、无勇无谋无才无能的悭吝鬼，你敢打我………"

"慢着，江晚霞，你说什么？你再说一遍？"我拧着她的脸，她的表现和前妻一模一样，我要试着揭掉她的面具。

江晚霞突然冷静下来："很没意思，刘一心，你不必作践我，我服输，好了，我感觉筋疲力尽。好合好散吧。"

像江晚霞这么爽利的女人恐怕不多。我以为她会来个饿虎扑羊，像前妻那样。与我发生亲密接触的女人极少，我不敢说只有前妻，这样你们会瞧不起我，事实上我对女人的全部了解，都是来自于那个女人。现在我长了新见识，江晚霞的磊落英姿让我五体投地，我对她突生敬意，敬意慢慢消融，变成一股男女之间的怜悯温情，我感到她正展现出前所未有的性感，她的背影像唐代仕女一样圆润丰盈，我的温情沿着冰冷的轨道缓缓滑向肉欲。

　　"晚霞，好了，和解吧，我真的不是打你，只是看见你的脸上有两只苍蝇，你知道我不能忍受这些东西。"我说。揾人之后，我内心有种隐隐的愉悦。

　　"家里没有苍蝇，更不可能出现两只。有没有苍蝇趴我脸上，皮肤比眼睛更清楚。"笑容一旦从江晚霞脸上消失，她那张脸就像冬天光秃秃的山，苍茫，不着一物。"编任何谎言都不如说句实话有用。当然，任何人扇我的脸，我都不会原谅。"她锁死了活口，并且转身去收拾她的衣物。

　　我抱起"奥巴马"跟在她后面，"别闹了，晚霞，我知道你舍不得'奥巴马'。它也舍不得你哩。"

　　"我不会原谅揾我的人。十八岁我父亲揾了我一巴掌，我至今没喊过他一声'爸'。"

　　"我不是说了嘛，我真的是打苍蝇，两只，没打中，全飞了。"不知道怎么才能让江晚霞相信，我只好说出扇副院长巴掌那件事，隐瞒了不能提拔的事实。

　　江晚霞停止收拾东西，脸上回了些暖色，"这么说来，真的是你眼睛有毛病了？"

　　我希望眼睛没毛病，江晚霞也不要走。这是一对矛盾。

　　"要不先去医院看看？"江晚霞那么迫切的样子，暴露了她的动机，她要抓证据呢。

我含糊地点头，显得特别庄重。

感谢肥肉外溢的女医生，她情绪稳定，没有因更年期症状给我造成额外的麻烦，事实上整个过程她都很有耐心，表现出良好的职业道德，墙上挂着她的照片，她是全院模范标兵，我深感幸运。她说我的眼睛得了"飞蚊症"，飞蚊是不透明物体投影在视网膜上产生的。她很了不起，描述的跟我看到的完全一致，仿佛亲历了一般，又说此病是肝肾亏损所致，要补益肝肾，服用明目的黄丸、驻景丸、八珍汤、芎归补血汤，等等。看着她在病历上记录，运笔优雅，我犹豫片刻，鼓起勇气纠正她，我说我看到的是苍蝇，是两只，不多，不少，不是一群蚊子。

"总是两只？"模范标兵一身的肥肉都充满狐疑，"为什么总是两只？"

最后那个哲学问题，她问的是自己，却把我带入思考当中。是啊，为什么总是两只？我望向江晚霞，她自诊断结果一出，瞬间轻松了，好像一只气球，要不是我拽着线头，早浮上天了。她报我以愉快的微笑，并不觉得这是个问题，一只两只和一群没什么区别，因为一只两只和一群的药方是一样的，又不是气枪打鸟，一粒子弹只能打掉一只。她说得很有道理，我略感安慰，而模范标兵仍结眉暗忖，并且拨了一个电话，大约是向她曾经的导师请教。"为什么总是两只？"她倾听了一会儿，谦卑地问。

模范标兵放下电话对我说："应该是两只眼睛各有一只。苍蝇的位置是固定的，还是胡乱飞舞？"

"固定的。就是趴在那儿。"我回答，并且捂住了一只眼睛。

"不要紧，良性。"肥肉外溢的女医生说这话时温柔可爱，仿佛从导师那儿获得能量，全身都亮起来。

这时，我清楚地看见她白胖的圆脸上停着两只苍蝇，正要挥手打过去，江晚霞及时捉住了我，她早就像条警惕的猎犬守在身边。

"不对啊，我捂住一边眼睛，为什么还是有两只苍蝇？"我六神无主。

"是吗？先吃药看看。"模范标兵已经不在意两只还是三只了，对她来说，这个问题已经解决了。

各种中药西药胶囊瓶罐使家里显得更为拥挤，外人进门一眼就知道这家有人病了，地黄丸之类的东西显示病人肾虚。我把药统统塞进柜子里，给隐私加道防护。江晚霞后来又揍过我几捆，她均未计较，这个女人的伟大之处在于，只要不是蒙在鼓里，她能忍受一切光明正大的打击。她履行起护士的义务，每天问我吃药了吗。我老老实实点头。后来发生了另一件事情，我不再吃药，但把每天的剂量带走，扔进楼下垃圾桶。

那天上班，我等了很久的公交车，这趟车总是比别的车慢，车身座位都积了一层黑垢。售票员嘴里像含着萝卜似的，说着语速极快的北京土话，只拿眼睛末梢扫人。我被她呛过几次。车喘着粗气满载而来，我上去后站在驾驶员附近，车票钱由乘客传递给售票员。

我说今天这车也太慢了，我等了快半个钟头。我用的是普通的陈述句，没有任何追究责任的意思，也没有特定的诉说对象。不料驾驶员突然接了话茬，语气暴躁，简直是吼了起来："我也想快，这路况，快得了吗？今天要不是我抄个小路，这车还堵在三元桥，你还得等，妈的。"

起先我觉得驾驶员是在骂北京的交通，可他油腻的脸对着我，应该是骂我了。这样辱骂，我若不回击，旁观者岂不是要笑我厥？

"你骂谁？你是骂我吗？"我问，我感觉自己像是棍子杵起的一件长衣服。

驾驶员狐疑地看着我，表情像是要喷饭，眼神像是在说"你这个二货"。

"怎么着，就骂你了，怎么着？"他很不耐烦。

"我要投诉你。"我憋出这么一句。车里人哄地笑了。

路灯变红，驾驶员踩了一脚刹车，阳光正好从建筑的空隙里投射过来，他和他的方向盘浸泡在耀眼的亮光中。这时，我看见两只苍蝇落在他的侧脸，我迅速出手扇过去，连掴两下。因为角度问题，后一下只掴到驾驶员的耳朵。车内哗然。驾驶员仿佛在倾听耳朵被扇之后的嗡嗡声，又或者在积蓄回击的力量，手臂的肌肉已经在突突地蹦跳。我想退后，但看热闹的人倒把我往前揉了半步。我死死地盯着他，假装毫不畏惧。

"贾师傅，快开车，一车人等着上班呢，别把事情搞大了，影响你的工作岗位。"售票员在中厢大喊。

后面的车按喇叭催促。驾驶员咬着牙关开动巴士。我赶紧在下一站溜之大吉。

我心里有种隐隐的愉悦。

自从出现两只苍蝇，我心里比任何时候都要舒畅，吃药等于给自己添堵。没有任何理由继续吃药。院里的人知道我得了眼疾，对我的同情心骤然上升，事态新转机，重新讨论我的提拔，民意测评几乎全票通过，两个月后我的行政级别和工资都加了一级。让苍蝇飞。自此对眼疾倍加珍爱。只是大家都不敢过于接近我，距离保持一臂长以外。我喜欢这种距离，含蓄节制，显得很恭敬。副院长也没有明目张胆地整我，欺负一个病人，终究是授人以柄。大家对我过于友善，以至我感觉自己仿如弥留之际。这倒无所谓。

不幸的是，江晚霞发现了我扔掉的药物，因为"奥巴马"撞倒了垃圾桶，垃圾散了一地。她持续关注垃圾桶，发现了我的勾当。江晚霞质问我为什么不吃药，不吃药是否就是为了保持扇她的权利。她一下子戳穿了我朦胧的潜意识，我突然发现，的确，就是这么回事。

不能承认。我说："你别胡思乱想，地黄丸不补肾，恰恰相反，它是伤肾的，我好端端的，再吃出个什么别的毛病来，得不偿失。医生也说了，飞蚊症是小毛病，对生活没影响。"

"你根本就不爱我，你只是想有人照顾你和狗。"江晚霞总是这么尖锐。

"你越讲越离谱了，没有你的时候，我和'奥巴马'不是过得好好的吗？"我一时想不出甜言蜜语糊住她的清醒意识。

"刘一心，你他妈的总是弄完倒头就睡，事前事后，你有好好看过我吗？"江晚霞开始翻箱底，算总账。

"你不是怕我打苍蝇，叫我别近距离看你吗？"我心想你又没什么可看的。

"发现苍蝇之前，你也没有过。"江晚霞说道，"我以为两个人在一起，感情会慢慢加深，你会对我好一点，爱我多一些。"

我努力回忆了一下。的确，是那么回事。可他妈的我也尽力了啊。

江晚霞到底走了。我想过用各种浪漫的手法使她回心转意，比如玫瑰花、戒指、安排在教堂的婚礼，以及做她最重视的事情——近距离看她的身体，但她不留余地，原工作辞了，手机号码换了，人间蒸发了。"奥巴马"每天等她，嗓子里哼哼唧唧，用乞求的目光瞟我。我和"奥巴马"几次彻夜长谈，最终对等待感到绝望与厌倦。我们就近去北戴河玩了两天，"奥巴马"第一次见到海，很兴奋，回去终于把江晚霞忘了。

家里迅速凌乱，自己进门都感到陌生，不用鼻子都能闻到屋子里一股臭袜子以及荷尔蒙体液的味道，充满中年男人的沮丧、晦暗与自暴自弃。

我把桌子挪到靠近厨房的窗边，吃饭时候顺便看看对面阳台的粉红丁字裤。我无意识地把丁字裤画在纸上，后来让江晚霞穿着它，再后来撕掉衣物，只画江晚霞的身体。她的身体疙疙瘩瘩，短腿腰长，后背罗锅的弧度优美，小腹上那道长疤是她身体最粉嫩的部分。她得过阑尾炎。怀过孕，被那男的甩了，流产后得到一种怪病——绒毛癌，治了两年，药物杀死了病菌，也杀死了她乐观的青春。

遇到我的时候，她刚刚失去一条陪伴了她八年的狗。

有时候我画得热泪盈眶。我的确应该对她更好一些，在她生日的时候买一百朵玫瑰，而不是一盒打折的午餐肉；周末带她去奥体公园散步，而不是在家里搞卫生；在床上抚摸她身上的疤痕，而不是懒得揭去她的衣服。天知道她的内心被我砸了一个多大的坑。我怀着无比的眷念画她的身体、她身上的疤痕，以及她算得上丑陋的面孔。我在画中放大了她身上的丑陋，这于我来说，是大美，我爱这些，它们在我的回忆里格外温暖。

我画上瘾了。我尝试各式各样的宣纸，棉料、净皮、单宣、夹宣。她躺在不同纸质上，肤色或红或白，或黑或黄，表情是北方的山，苍茫，不着一物。我有空就画，常常忘了遛狗，根本没有时间打理它，正琢磨着将它送出去，它就死了。

那天黄昏我们在街上溜达，"奥巴马"突然向马路对面冲去，我看见江晚霞在站牌底下等车。也就是几秒钟时间，车轮从狗身上碾过。公交车正好到站，江晚霞随车消失，不知她是否看见了我们。

我不停地画。画了就裱，家里挂满了江晚霞的身体。我的眼睛越来越不舒服，画一阵就视线模糊，两只苍蝇裂变成一群飞蚊飞来飞去。我滴上眼药水，闭目休息片刻继续画。院里组织新疆采风，我对到此一游毫无兴趣，不如画江晚霞更有意思。江晚霞的身体相当柔韧，能变出各种姿势，趴着脚尖触到额头，躬身脑袋从胯下伸到另一侧，她还能倒立，能一口气做一百个俯卧撑……和她在一起我很省劲，无论哪一方面。

我像缅怀一个死人一样怀念她。

我后来才知道，江晚霞的确死了，早在我在站牌下看见她之前就死了。尸体被发现时，已经有了臭味。在一栋板楼的最上面那层。那栋破败的建筑，总共没住几个人，路面坑洼总积着脏水。青藤几乎封住了窗，潮湿的外墙长出厚厚的青苔。

法医鉴定江晚霞是犯病虚弱而死。但我知道她不是，她是死于心碎。我了解她。

苍蝇裂变成蚊子之后，我没再扇过别人，隐隐的愉悦从体内消失，蚊子在眼前飞。

单位上的人知道我在画画，画一个女人，一具丑陋的身体，他们窃窃私语，觉得我不仅仅是眼睛有问题，因此他们对我更为友善。副院长尤其仁慈，总找我去他办公室喝茶，聊艺术，说我画得与众不同，很有意思，要给我特批经费办画展，出画册。副院长的艺术鉴赏力突然提高，令人惊讶。我同意他的评价，但并不想开画展。我的画，是我和江晚霞的私事，不需要外界掺和。

我说过，他们的善意让我感觉自己仿佛弥留之际，副院长似乎怕我把埋怨带到棺材里，变成死鬼记恨他，执意要弥补从前的苛刻。他又提到苍蝇的问题，事实他已经是半个飞蚊症专家，给我推荐了他的发小，现在是位著名的眼科大夫，叫我随时去找他。

诸如此类，令人浑身不适。

我继续画江晚霞。某天画得正酣，眼前突然一团黑影，跟随视线，看哪儿，它挡哪儿，抬眼望向窗外，它便涂抹在对面的粉红底裤上。有几次似乎还看到闪电，但天气是晴空万里。不过这对我影响不大，黑影来时，正好趁机抽支烟，喝杯茶，看看墙上的江晚霞。

这是眼疾恶化的前兆。

事情过去很多年，画中的江晚霞和我一样，渐成白发老人，她的背弓得更加厉害。她是在我的手心老去的。描绘她身上的皱褶、松弛的肌肉，感觉它们的柔韧与温暖，我心情愉悦，觉得光阴没有虚度。

顺便一提，给你讲这些事情的人，是个瞎子，住在一栋长满青苔的板楼里，每天画同一个女人，一具丑陋的躯体。他的技法炉火纯青，要是看他现场作画，你会发现，眼睛于他的确多余。

盛可以说：完美生活或完美爱情是一种假象，这是我的观点，我无法抛开我的认识自欺欺人。

凡墙都是门。

via 加缪

织 女 牛 郎

＋

瓦当/青年作家

＋

一天晚上临睡前，我在北京自己的寓所接到一个电话。电话那头是个男的，操着我老家的口音，叫我猜猜他是谁。我自从大学毕业以后就几乎没回过故乡，使劲猜了几个，皆不中。

"靠！我是史可法呀，你个小子连我都想不起来了！"那边便骂了起来。

我一听也骂了起来，"靠！原来是你个小子！你现在搞什么呢？"

其实，到那时候我还没想起他是谁。

史可法继续说："你现在发达了，都不记得我了。我可一直都念叨你。不瞒你说，我都梦见你好几回了。"

"你是怎么找到我的？"我岂关心他什么鸟梦，径直问，"你怎么会有我的电话？"我刚刚换了一个新号码，很少有人知道。

果不其然，史可法又卖了个关子说："天机不可泄露。"

我很烦这种俗气的把戏，想把电话挂掉。好在，他立即说了出来："刘玲告诉我的。"

"谁？"

"刘玲。"

我刚一打哏，他叫起来："你装什么呀，你的老情人！"

"靠！"我咬咬牙，"好吧，她怎么知道？"

"这还用问吗？"史可法说，"当然是你告诉她的。"

"好吧，"我忍无可忍地咽了口唾沫，"你怎么突然想起给我打电话来了？"

"是很突然，不然我也不会给你打电话了，是这么回事，"史可法的语气突然变得低沉起来，"刘玲她老公死了，后天发丧，你能回来吧？"

"什么？"我的惊讶不是因为这桩不幸，而是因为刘玲老公去世，跟我有什么关系？他凭什么认定我应该为这个莫须有的女同学的丈夫的死，千里迢迢回趟故乡？我幼年丧母，最近一次回家是十年前老爹去世。自那以后，我与故乡已经彻底两清，互不赊欠。

史可法误解了我的惊讶，以为我是为死者惋惜。他解释道："昨天晚上，刘玲的老公酒后驾车，一头栽进黄河里了。"

"天哪，"我尽量表示出同情心，"她丈夫是干什么的？"

"什么也不干，什么也干，"史可法大大咧咧地说，"和我一个鸟样。"紧接着，他又大叫起来："她老公是宋兵乙啊！"

史可法说到宋兵乙，我才想起他是谁。几年前，史可法突然出现在我的办公室里。他戴着墨镜，脖子上挂一条小指粗的黄金链子，胳膊上刺着青龙，还有烟头烫出的一排西服袖口上纽扣似的肉坑，像是从香港黑帮电影里走出来的。

我费了半天劲才想起他是谁，然后请他到单位附近的海底捞吃了一顿火锅。酒足饭饱之后，他说他这次到北京出差，结果不小心把钱包丢了，幸好想起我这个飞黄腾达的老同学。他问我有没有钱，帮他买张火车票。我二话没说，把身上剩下的六百块钱都给了他。

"够吗？"我问，"不够我再给你取。"

我说出这句话，立刻就想抽自己几个嘴巴子。我为什么这样说，完全是因为莫名的害怕。刚坐下的时候，他已经说过自己没有工作，何来出差？

"不，不用了。"史可法的眼睛亮了一下。

"那好吧。"我赶紧说。我想，他也一定悔得肠子都青了。

那天，史可法喝高了，拍着胸脯说，以后有什么事尽管找他。从哈尔滨到深圳，他全能摆平。

我没好气地说自己既不在哈尔滨也不在深圳，而是在北京。

"北京？北京也不在胯下，北京也有我八九十号兄弟。"

我小心翼翼地为他纠正，是不在话下，而非不在胯下。

"对，"他说，"就是不在胯下。"

我一面对史可法装出肃然起敬的样子，一面恨不得钻到桌子底下去，因为周围的人都往这边看。我脸皮薄。

那天，史可法临走时问我银行卡号，说回去以后就把我的钱打过来。我说记不清了，你拿着花吧。他眼睛直直地看着我说："那你回头发我手机上。"

我说好，后来我也没给他卡号，他自然也没还我的钱。我只想和他进行一锤子买卖。现在，他再次把电话打来，我潜意识里想：他是不是又来管我要钱？

很不幸，我猜对了。但这次他并不是为了自己，而是为了刘玲。

"刘玲现在挺可怜的，怀着孕，同学一场，你如果不能亲自到场，也尽量帮帮她。何况——"他迟疑了一下，像是不知该说不该说，"何况，你们以前毕竟好过一场。"

"哪有的事！"我惊叫起来。

"不要激动，咱们同学都知道的事，你就不用藏着掖着了。你还记得吗，那次，她在大街上请你吃雪糕？"

我记起来了，是有这么回事。刘玲没等初中毕业就辍学了，骑着个自行车，走街串巷地卖雪糕。有一天，在大街上遇见了，她从车子后座上的木头箱子里掏出一支雪糕来给我吃。我不要，她非要给。推来让去，车子摔倒了，一些雪糕像冬天里的冻鱼从冰窟窿似的木箱口蹦了出来，蹦到了马路上。我赶紧和她去扶车子，然后又和她手忙脚乱地把那些"冻鱼"塞进去。太阳晒得柏油路面发软，我从刘玲连衣裙的领口望见了她的乳房。她居然没戴胸罩，我不可避免地望见了她的乳头——像两颗晶莹的红豆。我的心跳立刻加快了许多，当时我还是一个不满十六岁的少年。

最后，我仍然没能避免吃刘玲的雪糕。当冰凉酸甜的红豆在舌尖上滚动时，我感觉那仿佛是刘玲的乳头，然后一下子硬了。

我不记得当时史可法在场，但这是无法否认的。我还想起来了，刘玲的母亲是赤脚医生，她常从家里带薄荷片给我吃。她坐在我后排，用脚踢我的凳子。

"唉唉。"

我回头说："干什么？"

"给你药片吃。"她递给我一个医院的小纸袋。

"谢谢！"我把薄荷片含在嘴里，刚要享受一份清爽，她又开始踢凳子。

"干什么？"

"唉唉，给你看个东西。"

"什么？"

她手持一张四寸彩色照片，一脸羞涩地说："送给你，毕业留念。"

我接过来一看，上面的她穿着一件红裙子，胸脯高耸。

"谢谢。"

"你的呢？"

"我的?"我说,"等我照了再给你吧。"

我和史可法还有我们共同的好友宋兵乙,在电影院门口的花池前照了一张合影,然后,我自己又照了一张。我把这张照片冲洗了十来张,送给同学。那时刘玲已经离校了,我忘记了有没有托人带给她。刘玲的那张照片,我曾对着它手淫过好几次,后来也不知道流落到哪里去了。

史可法说:"她老公死了,孤儿寡母的不容易,我们同学一场,应该表示个意思。不在多少,表示个心意。"

"好吧。"我听见自己的声音非常干燥。

"我把她的卡号发到你手机上,你看着给。"

"哦……"

说时迟那时快,我的手机上已经收到了一个银行账号,户名果然是刘玲。

"收到了吗?"

"收到了,"我说,"看不出来,你还是个热心肠。"

"力所能及,力所能及。你后天如果能回来最好,我们还能见上一面。"史可法被说得不好意思起来。

"我回不去,等再有机会吧。"

"好,"史可法说,"我会告诉刘玲的。"

我想来想去,给史可法留的那个卡号上转了三百块钱,权当当年的雪糕钱。

过了一些日子,我突然又接到一个电话,是我老家的区号。我开始以为是史可法,结果声音是个女的。我随即反应过来,是刘玲。

"是我。"

"你还好吗?"

"我挺好的,谢谢你。"她的声音听上去有些感动。

"不用客气。"我说。

"你什么时候回来趟？我在黄河边开了一家饭店，就在我们村里。我请你吃饭。"

"哦，是吗？祝贺！"我说。

"自家院子，闲着也是闲着。"

我记起来了，读初中时的夏天，我们常常在黄河里游泳。就在她们村口，时常看见她出来进去。我们站在崖头上，排成一排向河里跳，肚皮被水面拍得生疼。河滩上围绕着村庄的是茂密的树林和一望无际的碧绿的瓜地。我们没少钻进瓜田里偷西瓜、甜瓜、面瓜、黄瓜、哈密瓜，说不定也偷过刘玲家的。

"你什么时候回老家过来做客吧。听说你现在是作家了，得深入深入生活啊。"刘玲一板一眼地说。

"好啊。"

不知为什么，我的心里一下子泛起了乡愁。仅仅过了一个月的暑假后，借着一次去山东开会的机会，我居然真的回了趟老家，顺便去了刘玲家的饭店。我抱着万事随缘、可有可无的心，事先没跟任何人联系。

这个村庄位于黄河臂弯里，紧靠村口就有一家饭店，比较陈旧。我问起那家新开的饭店在哪里，一个五十多岁的中年妇女诡异地看了我两眼，指了指一片树林。

"穿过去。"她说。

屈指算来，我有二十年没来过这里了，河边搞了加固工程，堤坝比以前雄伟了许多，还修了一座凉亭，有点公园的意思。我已经找不见当年的影子，唯有那片树林，还是那么蓊蓊郁郁。

我横穿过树林，对面露出几座崭新的农舍。一只巨大的乌鸦飞了起来，嘎嘎地冲上树梢。

"刘小威!"两个跟我年龄差不多的男人远远地向我招手。他们喊的是我初中时的名字,他们不知道我后来把这个幼稚的名字改成了刘大伟。

我一眼认出了史可法,两眼认出了他身边的宋兵乙。但不敢叫。

"你不是,你不是……"

宋兵乙哈哈大笑道:"史可法这小子骗你呢,我活蹦乱跳着呢!"说着,他屈起胳膊,亮了亮肱二头肌。

"哈哈,我不这样说,你能回来吗?"史可法说。

"靠,"我心想,这一对骗子!"你们怎么知道我今天来?"我感到非常迷惑。

史可法和宋兵乙相视而笑,宋兵乙说:"不瞒你说,昨天晚上我梦见你了"。

"是呀,我也梦见你了,再加上早晨喜鹊叫,必有贵人到。"史可法说。

"对,必有贵人到!"宋兵乙与史可法一唱一和。

我们三个人有说有笑,进了一家名叫观河膳庄的农家小院,一个三十多岁的女人挺着胸脯迎了上来,膛大腰圆,风韵正好。没错,是刘玲!两只手亲切地握在了一起,她热情地拉着我到屋里坐。不多时,面前的桌子上变戏法似的摆满了山珍海味。我们同学一场,很多年没有见面了,一杯烧酒下去,很快就热泪盈眶。

我想起了,有一次下河游泳,正巧刘玲从岸边经过。"刘玲!"史可法先喊的她的名字,宋兵乙接着喊,我也跟着喊了起来。刘玲循声望过来的时候,宋兵乙突然从河里跃起,刚好能露出锋芒毕露的阴毛和挺拔的男根。刘玲猛地低下头,加快脚步从弯路上绕行而去。那一幕在我记忆里非常深刻。

"其实刘玲爱的一直是你!"三杯热酒下肚,宋兵乙突然一脸严肃地说。他把烟头狠狠地掐死在牛仔裤上。他的牛仔裤还像当年一样油渍麻花，我记起来了，他是一名汽车维修工。他干活的私人汽修厂就位于长途车站对面，我考上大学，寒暑假离家回家，经常见他手持工具从汽车下面钻进钻出。那时，我们说话已经很少。只有一次，他从车底伸出手，递给我一根老刀牌烟卷。他满手都是油，烟显得格外白。那是我平生抽的第一支烟，为表示我不仅仅是他们瞧不起的书呆子，我勇敢地接过了这支烟，并用他打着的焊枪点上。往事如浓烟，呛得我一阵咳嗽。

那时候，刘玲还在骑着自行车卖雪糕，像蜜蜂背着蜂箱，白衣红裙，一路跳着"8"字舞。我再次见她时，她已经是修车厂旁边一家超市的女老板。有一次，我走进去买瓶水，她认出我来，死活不要钱。我费了半天劲才把她认出来，当时，她已经挺着个大肚子了。

我忽然想起来："你们的孩子呢?"

宋兵乙的眼睛里掠过一抹阴郁，刘玲的表情有些痛苦和尴尬："没……没保住。"

史可法冲我使了个眼色，我知道这里面有故事，遂不再问。史可法晃晃悠悠地站起来，一身横肉，两臂青龙；我也晃晃悠悠地站起来，要上厕所。

"没有厕所，"宋兵乙吐了一口鸡骨头，"河里拉河里尿。"

我文明的神经受了个小刺激："靠，这可是中华民族的母亲河啊!"

"儿不嫌母丑，狗不嫌家贫，黄河不嫌屎黄。"史可法说。

"好吧，入乡随俗。"

我想起来了，史可法一直这么恶心。有一次我们在河里洗澡，他突然背转过身去，说要送我一个礼物，不准我动。我等了那么半分钟，突然面前浮现出一样东西来，正好齐到我嘴边。靠，是史可法拉了一脬屎! 我差一点就舔到。

想到这里，我狠狠地擂了他一拳。

史可法没防备，一哆嗦，尿到了裤子了。"靠，你干吗呢？"

"没干吗，想你了。"

"神经病，"史可法突然压低了声音，"那孩子不是宋兵乙的。"

"哦？"

"刘玲被人欺负了，宋兵乙娶了她。"

"哦？"

"刘玲被人搞得肚子大了，那人又不要她了。"史可法吐掉嘴里的烟蒂。

"你知道那人是谁吗？"

我摇着头说："是谁？"

"是你！"

"什么？我？！"

"刘玲说是你，宋兵乙对我说刘玲说是你。你们初中的时候就好上了，你考上大学，不要她了。"

"不可能！"我说，"我去问刘玲。"

"别激动，"史可法腾出系裤腰的一只手钳住我的胳膊，"事情过去这么多年了，问这个还有什么意思？有段时间，宋兵乙天天拿着扳手、榔头在车站前晃悠，等着修理你。"

我愣在那里，说不出话来。

"走啊，回去，"史可法拽着我，"事情早就过去了，宋兵乙已经原谅你了，大家还是好兄弟。"他提醒我进屋后不要再提这事。我满腹憋屈，望着刘玲，几次张张嘴，却不知如何开口。

"往事不用再提，让明天好好继续……"房间里不知道什么时候开了卡拉OK，刘玲深情款款地唱着。宋兵乙一个劲儿地跟我碰瓶子，情绪异常激动，仿佛我们共同拥有一个秘密。两个男人共同拥有一个女人，他们的关系就会变得牢不可破。我那天真的喝多了，居然忘记了宋兵乙明明已经死了，而且在他们为我虚构的我与刘玲的爱情中，体验到一种真切的甜蜜与伤感。

在宋兵乙和史可法单挑的间隙，刘玲轻轻碰了碰我的胳膊。

"我对不起你。"她说。

"什么？"

"那个孩子不是你的，"刘玲说，"我诬陷了你。"

"那……那是谁的？"我一时无语。

刘玲的眼圈变得通红，她的声音压得很低，但非常清晰。"史可法是个混蛋！不过，宋兵乙已经将他宰了。"

众声喧哗，我难辨真假。烧酒上头，许多幻象在头脑里如走马灯翻转不停。我们划拳、唱歌、跳舞，兴奋起来，纷纷脱了衬衫，光着膀子，随后又脱下裤子，只穿着三角裤头。此时，我们已经不知不觉地站在了河岸上，临风而立，似雄风不减当年。

"扑通"一声，宋兵乙率先跳下河，史可法紧随其后，我也不甘示弱。身体与河面撞击，发出沉闷的声响，仿佛又回到了年轻时光。沧浪之水清兮，可以濯我缨；沧浪之水浊兮，可以濯我矛。

"看我再给你们表演一番——"宋兵乙再次跃出水面，露出阴毛和性器。史可法屁股向上，朝天拉屎。"扑通"与"哐唧"之声不绝于耳，引来周围渔民和猎户一片，以为是鲸鱼出巡。俄而河水清凉，天上一轮白日，周遭阒寂无声，宋兵乙、史可法和人群都不见了踪迹。

"快来人啊，你们出来！"我大声呼喊，声音在河岸、在林中回荡，却无人应答。恐惧从心中升腾，我的脚下猛地一沉，是宋兵乙和史可法，他们在水下各拽着我一条腿，拖着我向水底去。我奋力挣扎，呼喊救命。

这时，刘玲忽然从岸上走来，裙裾轻摆，袅袅婷婷，举手投足间仿佛回到了羞涩的青春少女时。我朝她大声呼救，她似乎没有听见，默默弯下腰去，轻轻抱起我的衣服，飞快地跑入林中。

瓦当说：写作，向欢乐说起悲伤。

天上永远不会掉下玫瑰。如果想要更多的玫瑰，必须自己种植。

via 艾略特

我 的 妈 妈 叫 林 青 霞

+

任晓雯/作家

+

一

我的妈妈叫林青霞。她报出这个姓名时，仿佛自己也不能确定。停顿一下，若有所待。直至对方说："长这么漂亮，怪不得叫林青霞。"她才"哪里，哪里"笑起来。她笑的样子，仿佛是笑到一半就戛然而止——为了掩饰四环素牙，嘴唇抿得太紧了。

傍晚时分，麻将搭子们在楼下中药铺门口，一声声喊："林青霞在吗？"知道她在，偏要搞出动静，惹得邻近窗口纷纷探头。"快上来。"林青霞滤掉残汤剩油，将碗筷堆进搪瓷面盆。铺好绒毯，倒出麻将牌。

木梯咯吱作响。搭子们上来了，拎着瓜子水果。有时三个人，有时五六个。交替打牌、围观、"飞苍蝇"。林青霞不停嗑瓜子，嘴边一圈红红火气。

婆婆张荣梅提起嗓门："伟明，你老婆不洗碗。"

曾伟明抖动报纸，扔出一句："快洗碗。"

"烦死了，会洗的。"

我放下铅笔，默默出去。他们以为我到过道小便——痰盂放在过道上，遮一挂麻布帘子。我穿过过道，上晒台把碗洗了。

麻将打到后半夜。我被日光灯刺醒。换下场的牌友钻入被窝，双脚搭在我身上取暖。窗外，有人骑轮胎漏气的自行车，"咔嚓咔嚓"，仿佛行进在空阔无边之中。梧桐枝叶受了惊惶，喧哗翻滚。张荣梅也醒了，连声咒骂。一口令人费解的苏北话，犹如沸水在煤球炉上持续作声。

林青霞说，苏北话是低等话，不需要懂。不打牌的日子，她倚在邻居门口，织着毛线，模仿张荣梅的"低等话"。"苏北老太凶什么凶。我娘家也是体面人，十岁的时候，就用上四环素了。嫁到曾家没享过福。我的同事严丽妹，你见过吧，满嘴耙牙那个，老公做生意发了，光是金戒指，就送她五六个。我命这么苦……"

林青霞不像命苦的样子。圆润的脸蛋，用可蒙雪花膏擦得喷香；头发烫成方便面，骑自行车时，飘扬如旗帜；为了保持身材，她将肉丝挑给我，还按住腹部，拍啊拍的。"我从前体形好得很，生完你以后，这块肉再也去不掉。"还说，"姑娘时是金奶子，过了门是银奶子，生过小孩是铜奶子。"在公共浴室，我观察那对奶子，垂垂如泪滴，乳晕大而脏。我羞愧起来，仿佛亏欠林青霞太多。

林青霞穿针织开衫和氨纶踏脚裤。有双奶白中跟双喜底牛皮船鞋，周日蹲在门口，刷得闪亮。张荣梅的灰眼珠子，跟着转来转去。林青霞故意穿上牛皮鞋，踩得柚木地板吱吱响。她逛服装店，试穿很多衣服，一件不买地出来。她议论严丽妹："瞧那屁股，挂到膝盖窝了。再好的衣服，都给严胖子糟蹋了。"

严丽妹脖颈粗短，四肢敦实，仿佛一堵墙。她移动过来，包围我，沦陷我，用棉花堆似的胸脯托举我。她身上有黄酒、樟脑丸和海鸥洗发膏的味道。她每周六来打牌。在家喝过泡了黑枣枸杞的黄酒，脸膛红红发光。她说："我在吃海参。范国强认识一个大连老板娘，做海鲜生意的，每天吃海参，四十多了没一根皱纹。"牌友夸她大衣好看。她说："范国强在香港买的，纯羊绒，国际名牌。"

是夜，林青霞连连输牌。她再也无法忍受。翌日大早，到香港路爱建公司，买下一块最贵的羊绒料。她将它摊在床上，欣赏抚摸。"我这一辈子，从没穿过这么好的料子，得找个最好的裁缝，"在大橱镜前比画，"可以做成长摆的，安娜·卡列尼娜那种式样。腰部收紧一点，穿的时候，头发披下来。"

为搭配想象中的大衣，林青霞买来宝蓝塑料发箍、橘色绒线手套、玫红尼龙围巾。"黑大衣太素了，里头要穿鲜艳颜色。"她挑选七彩夹花马海毛，打算动手织一件蝙蝠衫。

冬天犹如刮风似的过去，脚趾缝里的冻疮开始作痒。大衣没有做成，林青霞还在编织蝙蝠衫。织着织着，毛衣针搔搔头皮，扯两句闲话。她说年轻时很多人追她。当年的追求者，有的当官了，有的发财了。"萍萍，各人各命。如果换个爹，你早就吃香喝辣了。"

这话或许是真的。顺着她的目光，我看到窗外梧桐叶。新鲜出芽，金闪闪颤动着，仿佛一枚一枚婴儿的手。我心里也冻疮一般痒起来。

曾伟明双肩微耸。看得久了，想伸手将它们按平。即使在夏天，他也系紧每粒衣纽，穿齐长裤和玻璃丝袜。他一身机油味儿，走路悄无声息，说话口气总像亏欠了别人似的。

一天下班，他碰到前同事"王老板"，邀至家中吃饭。王老板吊儿郎当，还搞不正当男女关系，后来下海做个体户。在我六岁时，他来做过客，帮忙组装电视机。那时不叫"王老板"，叫"小王"。小王买了劣质显像管，电视画面常常倾斜，不时翻出一屏雪花。他捏起我的腮帮，挤成各种形状，还喷我一脸烟臭。

三年后，几乎认不出"小王叔叔"。肥肉在他皮带上水袋似的滚动；右手中指一枚大方戒，戒面刻着"王强之印"。他逮住我，将戒面戳在我胳膊上。霎时变白，旋即转红，仿佛盖了一方图章。"萍萍长大啦。"算是见面礼。

他又招呼林青霞："小林，你一点没变，还这么好看。"

林青霞绷着脸，双腿夹住裙摆，翻身靠到床头。

他扭头四顾："你们家还这么破，"掏出一张票子，"小林，买几瓶啤酒，'光明'牌的。"

林青霞白了一眼，发现是张十元钞票，起身接下，磨蹭地问："几瓶啊？"

"六七瓶吧。"

林青霞下楼去。

王老板对曾伟明说："你没把老婆调教好。"

曾伟明讪笑。

那个夜晚，我难以入睡，不停翻身。棕绷床的嘎吱声，被王老板嘶哑了的嗓门盖过。他描述自己生意如何了得。曾伟明耸肩，佝背，一副受冻的样子。啤酒沫在嘴角闪光。听至妙处，小眼睛陡然有神："小王，你太厉害了。"林青霞也倒了一浅底啤酒，慢慢啜着，眼睛盯住王老板的手。那手的食指和无名指将大方戒拨弄得团团转。

几天以后，王老板出现在牌桌上。林青霞介绍："上海滩数一数二的大老板，做服装生意，以后你们买丝袜找他。"

同事们纷纷握手。

一个人说："大老板跟我们平民百姓搓小麻将呀。"

"大麻将我也搓，放一炮一万，会计在旁边点钞票。大有大的爽，小有小的乐。"

林青霞说："谁信！"

"没见过世面。"

"呸。"

王老板打开腰包拉链，掷出一叠人民币。"让你见见世面。"

林青霞拍他一下。"钱多砸死人呀？快收好，铺毯子打牌了。"

半夜，张荣梅翻身起床，拖着小脚过来，一胳膊捋乱麻将牌。林青霞推她。她缩到五斗橱边，嘤嘤呜呜。曾伟明肠气雷动，呻吟一声，醒了。"你把我妈怎么啦？"

"老不死的，能把她怎么了？"

劝架的，捡牌的。

王老板掀起绒毯，"不早了，散了吧。改天去我家打。"

"死老太婆，怎么还不死啊，你去死啊，你去死啊，你……"

楼下被吵醒，晾衣叉"咚咚"往上捅。林青霞猛踩两脚，作为回报。"哦，天哪。"她喊，"曾伟明，你这个穷光蛋、窝囊废。我为啥嫁给你，真是瞎了眼。"

屋内霎时安静。众人不知该说什么。曾伟明仰躺着，不出声。面色灰白，身体扁平，胡子新长出来，下巴犹如覆一层苔藓。他看起来像是死了。

日头渐长，林青霞回家渐晚，有时通宵在外。曾伟明开始主动加班。领导见他卖力，多次分派出差。他配了一把房门钥匙，用绒线穿起，挂在我脖颈上。"萍萍，一个人在家，注意安全啊。"

暑期漫长，我睡懒觉，看电视，疯狂长个子。房间显得逼仄了，家具看起来矮小。我的脚掌也变大，必须微微侧斜，才能嵌入梯面。我只在傍晚时分下楼梯。

松木门外，暑气疏淡，满街梧桐叶子的味道。它们熟透了，微微趋于腐朽。路边一溜纳凉人，动也不动。一个女人双脚搭住消防栓。胸腹隆起的两坨肉，将开襟睡裙的纽扣之间，绷出一格格空隙。我幻想着跑去，像狗一样，伏在她的躺椅把手上；还幻想女人直起身，给我一个汗津津的拥抱。

我转了个弯，买一只油墩子①，倚着电线杆吃。沿街中药铺，终年散发着苦旧味道。穿白大褂的婆婆，将暗红小抽屉推进推出。中药堆在土黄油纸上，方正地裹成一包，用红塑料绳扎紧。"你妈又在外头打麻将呀？"她隐隐透着得意，仿佛班干部抓住同学把柄，准备去告诉老师。

　　那个半夜，我被闪电的哗哗撕裂声惊醒。窗帘犹如电影屏幕，整块透亮。我发现林青霞坐在床边，低头看我。睫毛在她面颊上，拖出长长的影子。

　　"妈妈。"我说，"你在外头打麻将吗？"

　　她挑挑眉毛，似乎诧异，旋即一笑。残损的牙齿，使笑容也残损了。

　　我们都不说话。雨檐上噼里啪啦。雷声稀落，空气微焦，弥散着汽车尾气般的味道。

　　"萍萍，晚饭吃啥了？"

　　"油墩子。"

　　"在家玩什么呢？"

　　"折降落伞。"

　　"什么降落伞？"不待回答，又说，"明天周日，带你去小王叔叔家玩。"

　　我想了一想，才想起"小王叔叔"是谁。

　　在此之前，我没见过新公房。王老板住新公房。二室户，拥有浴缸、煤气、独用水龙头。最让我艳羡的，还是抽水马桶。林青霞教会我使用。我反锁在卫生间，一次次抽水。水流沿洁白的瓷壁打转，令人愉悦地"突突"着。门外，王老板忽然大笑。笑声吱吱嘎嘎，混杂林青霞的低语。

---

　　① 油墩子：上海小吃，萝卜丝饼。

如果他是我爸，会怎么样？我心尖一扎，跳下马桶，感觉自己是个叛徒。

王老板让我们去卧室，从床头翻出录像带，"咔"地推进放映机。"快来看电影，你们女人喜欢的。女主角也叫林青霞。萍萍，你妈是天下第一美人，这个林青霞是第二美人。"

"呸，瞎说。"妈妈抿嘴一笑。

我扭过头，不看他们。

王老板给我搬来躺椅。他和林青霞坐床沿，起先分处两端，慢慢挨近过去。我将躺椅移至他们面前。王老板说："萍萍，你去那头。"来搬躺椅。我不动。躺椅挪出一寸。林青霞道："地板刮坏了。"瞥我一眼，移离了王老板。

我很快不再留意他们。电影里的"第二美人"，说话像是唱歌。她说"我爱你"时，声音暖洋洋，仿佛在冬天里，戴上了一副绒线手套。在此之前，从没人对我这么说话。

"爱来爱去的电影，小孩子不适合。"妈妈说，"萍萍，坐到窗边去。"

我不动。

"快去，不然关电影了。"她欠起身子。

我慢吞吞移到窗边，面向天井。天井泥土干结，野草蒙灰，被踩成一摊一摊。不知哪儿的风声，若有若无地嘶嘶。闭上眼睛，这风像是刮在旷野。

当我醒来，放映机已成黑屏，王老板和妈妈不知去向，床沿皱出两个屁股印迹。天色极不均匀，深一处，浅一处。空气里有股长日将尽的倦怠。刚才的电影，林青霞哭个不停，似乎还发了疯。我感到难过，仿佛她是生命中至关重要的人。

二

　　那个夏天被迅速推往记忆深处。妈妈离婚后，被王老板抛弃；又有过几个男人；一个小白脸偷她的身份证，办了很多信用卡；四十五岁生日，她做了肾结石手术；孤身住在老房子，等待遥遥无期的拆迁；她心脏开始出问题，每天给亲友打电话，抱怨打鼾、肩膀痛、消化不良……这些是二舅妈说的。我曾给外甥做家教，每周去他们家。

　　我和林青霞，一两年见次面。她化妆，烫发，隆重而生疏。

　　"最近怎样?"我问。

　　"好极了。"她总是回答，"一切好极了。"

　　我们聊聊天气和明星八卦。她一个劲儿问我，她有没有显老，是不是胖了，皱纹明不明显。她开始喜欢韩剧。弄堂口新开了一家音像店，她办了一张会员卡，每天租碟看。"我总觉得，什么地方藏着个按钮，轻轻一按，生活会像电视剧似的停住；再一按，倒放到很久以前。"

　　"倒放回去干吗，还没活够吗?"我说，"多看韩剧，看着看着，一辈子就过掉了。"

　　偶尔，她想到问:"你爸好吗?"

　　"他就那样，老样子。"

　　"你好吗?"

　　"我也很好。"我顿了顿，补充道，"真的很好。"

　　那年毕业，经济不景气。我学文秘，又是大专。每天挤公交，参加招聘会。七个月后，终于找到一份工作，实习月薪五百，转正后八百元。

　　我向曾伟明借钱，买一套职业装，一双仿皮中跟鞋。朝九晚六，周日休息。工作内容是电话销售。"喂，您好，这里是鼎天下公司。"每天重复几百遍。后排的麻脸女孩，打着打着，突然号啕大哭。听说她是老员工，时间久了有点抑郁。中午，我拒绝同事聚餐。两袋速溶咖啡，一块压缩饼干。躲在隔断板后面，捧着小块口粮，一点一点刨啮，感觉自己像只老鼠。

半年攒了一千块钱，上网找人合租。曾伟明帮我打包搬家，不停嘀咕："这个不留着吗？有空的时候，也可以回家住。"旋即讪讪一笑，仿佛自知说错了话。他晓得我不喜欢后妈，她曾将我随手放在茶几上的书和耳环，从窗口扔出去。

我与一对小情侣合住。老公房湿气绵重，外墙霉败，楼距窄到照不进光。下水道几次堵塞，污水反喷出来。小情侣的床铺，在卧室另一端。我常被他们半夜吵醒。

女孩说："房间这么小，没办法的。你觉得不爽，自己也去找个男朋友吧。"

于是，我找了个男朋友。

杨光是隔壁电脑公司的。工休时分，常在过道抽烟，并将烟蒂掐在塑钢窗槛上。一天等电梯时，他捂着脸，走向我："美女，有纸巾吗？"鼻血渗出指缝。"天气燥，上火了。"他解释。

这是个多丑的男人！面颊内抠，双耳招风。他的青灰两用衫，是曾伟明年代的式样，大了一号，肩部斜斜塌垂。他手忙脚乱擦鼻血。电梯门打开，关上。我每看他一眼，都像发现新事物似的，重新发现他的丑陋。

交往两个月，我才习惯并肩而行。杨光比我矮，身板也更窄。有人回头看，我就绷起脸，走斜出去。过了片刻，杨光才发现："咦，你怎么到那边去啦。"

我禁止他来办公室找我。楼里碰到，假装不认识。下班后，各自走到街角便利店会合。一日，杨光来我们公司修电脑。同事笑问："听说你们谈朋友了?"我冲口而出:"怎么可能,他长得多难看。"俄顷,杨光从里间出来,面无表情地经过我的办公桌。我脸红了。

结束工作,天色已晚。路灯光像被冻住,呈现凝滞而寡淡的质地。我走入街角便利店,坐在玻璃窗前,吃一只茶叶蛋。大学时代,我有过男友,偶尔牵牵手,一起上自习。他嫌我冷淡,分手了。我从未对谁说过"我爱你",从未心跳、害羞、思念。谈恋爱就像吃米饭,吃不到会饿,但给一份面条,照样下咽。我和林青霞一样,只是需要别人。而究竟什么是爱呢?

杨光进来了,没头没脑冲向收银台,又折回来。

"你好。"我说。

"你好。"他看着我。

我意识到,下午的话,他听见了。"以为你走了呢。"

"我在等你。"

他买了萝卜、竹轮和煮玉米。出于弥补心理,我挪动屁股,坐近他。我们默默进食,偶尔在窗玻璃倒影里对望,又迅速各自移开视线。吃完,下雨了,雨水黏凉。他陪我回家,忽道:"要不,上我那儿去?"我有点意外,但不反感。于是,去了他独租的房子。

避孕套不知在抽屉里预备了多久。他用掉两只,才搞清正反面。被子又潮又薄,雨后的空气,有股烂纸头的味道。楼上在弹钢琴,结结巴巴的《土耳其进行曲》。不时停下,嘎嘎拖动琴椅。

我仰面摊着,像和陌生人打完羽毛球,有点累,有点无聊,也无所谓以后打不打。

"原来你也是第一次。"杨光摸摸我,"对不起。"

"你忙你的,别赖在我身边。"我扯开他的手,闭起眼睛。

他套好短裤,坐到电脑前。左脚踩住椅面,整条腿拧成三角。他开始打游戏。肩胛骨好似犁头,在皮肤下滑动。

"我要回去了。"

"为啥呀，这么晚了。"他转动脑袋，耳郭微微颤动。

"衣服晾在外面，想回去看看。"

"可是……"他想了想，"好吧。"

水塘映出残光。通往地铁的方向，商铺渐次熄灯。环卫工人拖着泔水桶，从饭店后门绕出。路边一堆堆等出租的人，像潮气里长出的蘑菇。车辆稀少且慢，仿佛疾驰一天，纷纷懈怠了。

我新买了防水旅游鞋，羽绒服扎扎实实挡风。脚趾干燥，脖颈温暖，齿间有玉米余香。身体的每个部位熨帖不已。杨光走在前方，耸着肩膀，胳膊甩得很开。这是我熟悉的样子。他在越走越远。我蓦然惶恐。"杨光，杨光!"

"怎么啦?"他返身奔向我，"还在疼吗?"背光站停，一脸阴影。

我努力辨别他的五官。不真实感消失了。"没什么。"

杨光抓住我的手。他掌心窄小，犹如动物爪子。"你在笑什么，嫌我丑吗?"

我"咦"一声，不笑了。

他脖颈细伶伶钻出领口。脑袋似一枚风向标，冷风扇打之下，仿佛随时会转动起来。

"我在想我的妈妈。"我缓缓开口，"她叫林青霞，天下第一美人。她从没真正爱过我。"

"林青霞? 第一美人? 什么意思?"杨光搔搔头皮，"别乱开玩笑，妈妈总是爱孩子的。"

我肺部像被扯了一下，冷空气灌满胸膛。我将自己的手，从他手里抽出。"你真的很丑，你是我见过的最丑的男人。"

入冬以后，我买了两只闹钟。清晨五点，它们此起彼伏地尖叫。五点半，又尖叫一轮。我爬起来，擦掉眼垢，将头发随意抓成鬏。兜兜转转，找齐手机、钥匙、围巾、帽子、手套。裹得像个宇航员，下楼买煎饼，边吃边等车。换三辆公交，步行二十分钟。当我到达办公室，重重瘫进椅子，感觉像是经历了漫长劳动，一天该结束了，而不是刚开始。

我暖暖手指，捏起水笔，在密匝匝的电话号码里，随意勾选一个。"喂，您好，这里是鼎天下公司。"

对方劈头骂道："傻冒传销公司，才几点啊。让不让人睡觉。贱货！"

我压低声音回复："白痴，吃屎去吧！"

整个上午，我烦躁不安。听筒里的"嘟嘟"回铃声，让沉积的屈辱翻涌。我想起有个客户，骂我"生儿子没屁眼"，另一个将话筒贴到音箱边，震得我左耳短暂失聪；还有一个女的，问我是否未婚，接着痛斥小三，"你们这种年轻姑娘，不好好结婚，最喜欢勾搭别人老公！"

我不停喝水、小便，站在厕所窗前发呆。窗外堵满汽车，仿佛一块一块铁皮，静止在传输带上。车里的人物，渺小到面目不清。我幻想着抛弃工作，从生活中飞奔而去，融入这样的渺小。

下午，老板召我去他房间，将劳动手册和打印好的辞职书扔在桌上。"你知道得罪一个客户，损失有多大吗？我看你自己才是白痴、吃屎。"他坐在紫檀大班台后面，眼袋潮红，鼻尖一粒疥子，锃锃发着亮。

我想起房租、记账本、"余额不足"提示。想起后妈的大屁股，以及它在屋里移动时引发的压抑感。但我很快什么都不想。"我想知道，是谁在打我小报告。"

"你有啥资格问，赶紧签字走人。"

"你违反合同法了。"

"当然违反了。去劳动局告我呀，看人家理不理你。"

我感觉颈窝处的血管怦怦直跳。"你是在剥削廉价劳动力，我早就不想做了。"

屋内忽然静极。窗外一记急刹车，橡胶轮胎摩擦地面，制造出嘶哑绵长的声音。

老板说："你这种臭脾气，以后会吃大亏的。"

铝合金包边的塑料屏风隔断板，将办公室割成十来格。我从老板房间出来，走向曾经属于自己的那格。同事都在打电话。有一两个撩起眼皮，又迅速下垂，仿佛没有看见。

门口打卡机，机身发了黑。摸一下，油腻腻的。我感到惆怅，仿佛真跟这份工作有感情似的。出门，拐弯，等电梯。层层停顿的指示灯，使我产生难忍的尿意。我将塑料袋放在地上。一只密胺马克杯滚出来，杯沿沾满咖啡渍。我没去拾它。

电梯到了，杨光出来。俩人同时"啊"一声。自从那晚离开他家，已有一周没联系。

"你好。"我说。

"嗯……好久不见。"

"我失业了。"

"哦……怎么啦？"他似乎觉得语气不够关心，挑起眉毛，又问一遍，"怎么啦？"

"一个客户骂我。"

"挨骂很正常啊。"

"我想有些尊严。"

"尊严？什么意思？你真为一点屁事辞职了？工作多难找，想想你在网上投了多少简历，除了垃圾邮件，有谁理过你？"他一口气说着，目光越过我的肩膀，直射到身后墙面。

"再见。"我踢了一脚。马克杯"咣唧"滚进角落。

"再见什么？喂——"

电梯"叮"一声。我疾闪进去，以失重般的速度下降。

大楼外，风从每个衣物缺口袭击我。脚掌被冻得硬邦邦。街边没有红绿灯。梧桐的秃影子，将路面染成黑白相杂。黑与白中，带着蒙蒙的灰，盯得久了，形状模糊，竟似在看老照片。无数人和车，在照片内外穿梭。他们都是陌生的，晃眼而过，永不再见。

马路对面有家台式咖啡馆。我想象自己孤零零地搅拌咖啡。掏出手机，翻一遍通讯录，又翻短信。林青霞前天发来一条："萍萍有空和妈妈谈谈吗妈妈这两天心脏不舒服像是快死了你什么时候有空啊随时告诉我我们谈谈好吗妈"她的短信都是连刀块格式，显出气急败坏的架势。她曾经解释，找不到手机里的标点符号键。

我经过咖啡馆，返回去，折过来，停下给林青霞回短信。"现在有空见面吗？"我将地址店名发给她。她住得不远。

咖啡馆里，只有一对中年男女，手捏着手，并排坐在有挂帘的小隔间。女人眉毛绣得黑细，发卷密密贴住头皮，像一堆新刨的木花。我挑对角位置坐下，要了一杯拿铁。

站在门边的服务员，戴一顶兔女郎绒线帽。兔耳朵发软，从帽顶垂到眼睛。她不停伸手去捋。我焦躁起来，高喊"服务员"。

她懒洋洋"嗳"一声。"稍等，咖啡马上来。"

拿出手机，林青霞没有回复。我补写一条短信："是你说要见面的。我工作一直很忙，今天恰巧有空。"发送完毕，看到男人准备买单。将女人的手搁在自己大腿上，掏出钱包，数完钞票，又赶忙抓住那手。女人扭头笑。从侧面看，她颧骨微凸，有点像林青霞。

咖啡焦苦，奶泡稀薄。我倒入三份白糖，将搅拌勺插到杯底。又从包里取出小圆镜，审视黑眼圈和法令纹。林青霞是个在意外貌的人。我至今记得，六岁患痢疾时，她揉着我的脸说："萍萍瘦啦，变好看啦，像我女儿了。"此后几个月，我天天盼望拉肚子。

我理顺刘海，捋平拱起的头发。是的，我不像林青霞。方脸，圆鼻，双目窄小。但又如何？一个人的好运气，不该浪费在容貌上。我重新打乱头发，对着空气，挑衅地撇撇嘴。忽然不能确定，是否想见林青霞。拿出手机，又发一条信息："你是不是没空？我也正好临时有安排。改天再聚。"

付了钱，走出咖啡馆，看到刚才的中年女人，独自在马路对面。似乎踩到狗屎，抬起一只脚，蹭着电线杆。背包滑落，她耸起肩膀，勾住背包。购物袋又掉，她弯腰去捡。背包散开口子，物品洒了一地。

她不再是中年女人，更像一个动作迟钝的小老太。年复一年，岁月往她们身上堆叠脂肪，将她们的皮囊拉松扯皱，让她们的胳肢窝变得臭烘烘。我觉得可笑，笑得流眼泪。热的眼泪，在面颊上迅速变凉。我返回咖啡馆，冲戴兔女郎绒线帽的服务员喊道："来两杯拿铁。"

我端坐，等待着。我相信她会来。林青霞，我并不害怕她。

任晓雯说：写作没别的，就是每天坐下来，然后写。

性痴则其志凝。

via 蒲松龄

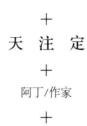

天 注 定

阿丁/作家

听到我身上甲叶子的声响了吗？爹。甲胄遮不住的杀伐之声，大漠中飞沙的呼啸，箭矢破空，战马的嘶鸣。入夜，四周阒寂，还能听到垂死者被洞穿的喉咙血沫汩汩的声响。

可我还活着。

儿如今做了将军。我身后那几个大气也不敢出的，是我的马弁。他们手里捧的，是悦来老店的状元红。羊脂玉的糯米，上好的酒曲，黛山的清泉，再加上红鼻头王老实的手艺，保准勾出你的馋虫来。这般醇厚甘香的花雕，爹你活着时也没喝过几回，如今让你喝个够。

"左右，把酒肉尽数摆上，本将军要祭奠先父。"

马弁们拾掇着供品与香烛纸马，我环顾四周的山林。暌隔多年，这里倒无甚变化，草木苍翠，林莽绵延如海，那块蛤蟆样的青石仍蹲踞原处。小时候你只让我送你到这儿，再往前一步，你就提刀恫吓我。我虽年幼，却也知爹是唬着我玩的，爹的刀只杀恶人与虎狼，怎舍得劈砍在儿子身上。见我止步，你才憨憨一笑，转身走了。我爬上蛤蟆的背张望，直到爹的背影没入林木山石之间。

"孙儿，回家来——"祖母又在喊我了，她总是这样。怕我进了林子迷了路，怕我被虎狼叼了去。怎么会呢？爹是四里八乡最好的猎人，他儿子又能差到哪儿去。

"知道吗？我本该是个猎人，在这山林里擒虎豹的。"

嘴快的马弁问，我不答，走向爹的坟。供桌已摆好，燃香烛，烧纸钱，卸下甲胄，跪下，磕三个响头。"爹，而今你可以放心了，那日你嘱咐我的话，儿一刻不敢忘。祖母已过世多年，无疾而终，倒没受什么罪。只是她老人家一句也没提起过你。祖母不是个硬心肠的人，只是怕我难过罢了。爹，喝了这坛酒吧，儿敬你的。"

"看右首那座坟了吗？分些供品过去，待我再磕三个响头。完事了咱就席地而坐，此处有松有柏，有徐徐清风，正好吃酒谈古。"

方才说过，原本我该是这山中的猎户，如我爹在世时，猎虎豹卖兽皮为生，哪料到今日竟身在行伍。一切之缘起，正是刚才受了我三个头的——那座新坟里埋着的死者，叫作武承修。我该叫他伯父的，但他与我家并无亲缘。武承修是城里的举人，大财主，我爹是穷乡僻壤的猎户，按说一辈子也不会有往来，谁知有一日，此人竟贵足踏贱地，叩响了我家的门。

爹打开门。跟那人比起来，爹的穿着寒碜无比，说来奇怪，原本我也不觉得。"叨扰了，在下武承修，城里人士。今日出门踏青，贪了些脚程，口渴难耐，欲借贵宅歇足，讨碗水喝，不知可否？"爹瞧了瞧来人，把他让进屋。我家连个板凳都没有，爹就扯了几张兽皮摞起来，当板凳给客人坐。舀了碗水递给他，那人接了，只抿了一口，就放下碗，起身问："敢问阁下可是田七郎？"

爹愣了愣，说是。那时我藏在门框后，拽过鹿皮遮了脸，偷偷打量客人，却被硝过的鹿皮呛了鼻子，打了个大大的喷嚏。我赶忙跑到祖母屋里。祖母正盘着腿坐在炕上做针线，见我进来，冲我做个手势，我捂了嘴，靠在祖母肩上。

那人果然问了。"是犬子。"爹说。他还问家里都有谁，爹告诉他，有我祖母、我妈和我。那人又说了些什么，我就听不大懂了，祖母好像听明白了，放下针线，下了炕，倚着炕沿侧耳倾听。"乡下人，不知礼数，公子还是不见的好。"爹说。我仰头看祖母，她闭着眼，脸向右边歪着，耳环微微晃。那人问爹一句，爹只答一两个字，或者不答，只点头。我再去偷瞧，祖母也未阻拦，只见那人起身，从怀里摸出个小布包，塞到爹怀里，爹推回去，那人又推回来——那是银子吗？我只见过一回碎银子，爹打了只豹子，银子是豹皮换来的。这时爹出来了，也没看我，进了里屋。

"娘，这是那人……给的银子——"

"还给人家。"

"知道了娘。"

"知道为什么不能要吗？"

"娘你说。"

"七郎，朋友相交，谁若有了难处自然要相互帮衬。可如果人家对你有恩，就不是帮衬的事了，就得报恩。有钱人倒也罢了，不过是出些银子的事。穷人则不同，身无长物，只能拿命来偿。"奶奶仿佛觉出自己嗓音高了，顿了顿，压低声音继续说：

"娘方才偷瞧了那人两眼，见他额上生着道晦纹，相书上说，生这纹的，多半要遭祸事——再者，儿你不觉得蹊跷吗？一个城里的财主，跟咱不沾亲不带故，为何来结交你？又为何无缘无故给你银子？"

"娘说的是。"

"去吧。"

爹出去了。祖母把我拽过去，搂得紧紧的。那人说话声渐渐大了，还"哎哟"一声，我估摸着是两人推来推去，腕子被爹攥疼了。爹一只手就能把狼掐死。村西的赵驴儿能胳肢窝夹着碌碡，另一只手端着碗吸溜吸溜喝稀饭，可是他也不如爹力气大，虽说没比过。

那人把银子包甩到兽皮堆里，不由分说往外就走。

祖母挡在他身前。那人定是被她吓着了，两腿一软，像是要下跪。"伯……伯母——"

"非亲非故，不必了。"祖母说。那人似是僵了，手足都不知放在何处。祖母伸出手，手掌摊开，爹把那个包放在祖母掌心，她的手往下一沉。祖母两手托了包，推给那人。"老身只此一子，还指望他给我养老送终，公子就别打他主意了吧。"祖母说，"儿啊，送客。"

那个人灰头土脸出了我家院子。"你们说，这老……老妪，竟然说我打他儿子主意？何出此言、何出此言呢？"一旁有人搭腔："爷，方才您要给他银子时，我绕房后去了，伏在窗根儿听了个大概——"

"怎么说？"

"那老婆子说爷您脸上有什么……什么纹，说是来日定有大祸临头，她是怕您连累他儿子。"

"还说什么了？"

"还说她家是穷人，穷人要报恩只能拿命抵。反正，反正是不想让她儿子跟您交朋友。不识抬举。"

"林儿，这般说老人家就该掌嘴。"

"这不爷您问我嘛……"

主仆二人到了家门口，林儿帮武承修摘了镫，正要扶他下来，一路沉默不语的武承修猛地拍了下大腿，把林儿惊得一屁股坐在下马石上。"母贤至此，其子也绝非常人！"

没过两天，武承修就差人来请我爹。来的是那个叫林儿的，细皮白肉，像个女子。细声细气的，说是要请爹去他家吃酒。"你回去就说，谢公子美意，七郎心领了。"那叫林儿的，刚一转身就撇嘴翻白眼，定是在心里骂爹、瞧不起爹，村里的孩子也这般对我。我想拿石头掷他，爹不知何时到得近前，掰开我的拳头，反手一抛，石头被爹扔到林子里去了。惊跑了几只鸦雀，"嘎嘎嘎"叫了一会儿。"去帮你娘捶捶，她又咳嗽了。"

我是冬天生的，祖母说娘生我的时候受了寒，伤了肺。爹三天两头要进山打猎，半山上那块地就全靠娘了。"种地不是轻省事，奶奶腿脚不好，爬不了山，苦了你娘了。"祖母摩挲着我脑袋，"乖孙儿，快长大吧，再长高点儿就能帮你娘干活了。"现在我只能给娘捶背，她一咳嗽就停不下来。娘说舒坦，我就不停手，一下下捶。爹进山打猎的时候，娘搂着我睡。那夜祖母呼噜一响，娘就摸着我脸小声说："小宝，你得听爹的话，就算是你再有个娘，也要听爹的话，你爹心好，不会亏待你的。"也不知道娘是怎么了，我怎么会再有个娘呢，一个孩子怎能有两个娘？

那个人又来了。爹不肯到他家吃饭，他就来我家。爹说家里没什么可招待他的。他倒好伺候，说："你们平日吃什么我就吃什么，粗茶淡饭即可。"可我看他那样根本就不像饿着肚子，厚脸皮。爹拿他没办法，只好拿出鹿脯让他吃，有肉吃了，还嬉皮笑脸讨酒喝，爹也真舍得，就去房后头的窖里把娘给他酿的红薯酒提了一坛来。那人就着鹿脯喝酒，喝得颈子都红了，肉干也被他吃了好多，他说他从来没吃过这么美味的肉。鹿脯可是到头场雪下了祖母才让吃的。

我被他发现了，他喊我过去，我看了看爹，爹点点头，我就过去了。他把我抱到腿上，把鹿脯撕成小细条，让我张嘴，我又看看爹，才张开嘴。鹿脯可比红薯香。

酒没了，他还想喝，爹起身去拿酒。他变戏法给我看，虚空里一抓，吹了口气，把个东西放到我手心，我一看，是个金色的小乌龟，探着脑袋，一碰，头就缩进壳里了，一松手，头又伸出来，好玩得紧。正玩着，那人劈手抢过去，把小乌龟塞进我怀里，冲我挤眼，"天知地知你知我知，谁告诉旁人，谁就是小狗，如何？"我糊里糊涂地点了点头。他让我抬起手，轻轻在我手掌上击了三下："击了掌，你就是大丈夫了，大丈夫一言九鼎，说话要算话的。"

我又糊里糊涂点点头。爹回来了。我跑出去玩。其实不是玩，是我心跳得太厉害了，尤其是从怀里把那个小金龟摸出来，捧在手上的时候。

天傍黑时，爹捧着个大包跟祖母说，这是那个人留下的。"娘先别急，儿焉敢背着您收他的银子。只因那武公子说，这是定钱，他要买一张虎皮。儿自是不能白白要人家的钱，明日就进山，打来老虎给他就是了。"

那时我已经让娘摁在炕上了。只听祖母悠悠道："愿老天爷保佑，让我儿撞见只不长眼的大虫吧。"祖母说完，就下了炕，去给爹准备干粮。

爹一去就是四五天。进家时提着两只兔子，还有只耷拉着脑袋的山鸡。爹也耷拉着脑袋。

"爹，武伯伯来了。"

"知道了。"

娘去半山挖红薯，我跟她去了。回来时，爹坐在蛤蟆石上发呆，娘问他咋了，爹跳下来，抢过娘肩上的筐背上。

武伯伯临走时劝爹别急，虎皮他又不急着用。可是爹急呀，我和爹站在房后那棵红松底下尿尿，爹的尿可黄了。祖母把我尿，见尿一黄，就说我上火了，便煮些草叶子让我喝，苦得要命。爹再次进山，娘病倒了，起不来炕。祖母和我在家伺候娘，爹去城里找郎中看病抓药。祖母让娘倚在她身上，爹端着碗喂娘药，刚喝下去，不一会儿就吐了出来。吐完就咳个不停。我给娘捶背，娘皱着眉说："小宝，你可长劲了，捶的娘生疼。"我就不敢再捶了。

又过了几天，药灌不下去了，爹硬给娘灌进去几口，碗还没撂下，娘就喷出一大口混了药汤的血。

两天后，娘咽了气。我有点明白娘跟我说的话了。

第二天武伯伯就来了，还带来好多人。几个人抬着一口朱漆棺材，别的人抱着皂青布幔、寿衣孝布、香烛纸马，还有秫秸扎的纸人儿和小轿子。"七郎，弟妹有恙，怎不早告诉我？唉……"爹好像没听见武伯伯的话，直勾勾看着那些人，"武公子，你这是……"

此后武伯伯每日必到，祖母让他走，他也不答话，祖母说一句，他就作个揖，说两句就作两个揖。祖母叹口气，进了屋，再不出来。武伯伯也不多话，只是陪着爹喝酒。第七天一早，武伯伯又领了一群人来，捧笙的、提着唢呐的、拿小锣的，后面还跟着七八个捧着法器的和尚。爹像个哑巴，一声不吭，跟着武伯伯一行人到半山上，在我家那块地的高处，把我娘葬了。回来时，爹还是像个哑巴。留在我家的那些人，已把饭菜做好，摆在几张朱红桌子上。香气老远就飘到鼻子里。到了家，武伯伯招呼帮忙的人吃饭，我进屋跟祖母一起吃，祖母只吃了一口，放下碗筷，叹口气，就躺下了。我推祖母，让她起来吃，鱼和猪蹄可香了，我想让祖母多吃点。"你吃你的，别扰你奶奶。"爹进来说。

葬了我娘，爹就背上弓提刀进山。三天头上回来，扛着一头鹿。第二天一大早，武伯伯的管家李应揉着眼打着哈欠走出配房，就见院子里躺着一头鹿。当日晌午，武伯伯到了我家，四个人抬着鹿跟着。武伯伯说爹太见外了，"闲话我都灌了一耳朵了，有人说，我武承修倒像是田七郎的儿子，给亲娘办丧事都没费过这份心。我说这话不是在你跟前卖好，只是七郎，莫非你还不知我的心吗？你田七郎是世间少有的好汉子，我不过是想交你这个朋友。我没催你，你又何必拼命，还趁夜把鹿扔进我家院子……鹿我不要，我要的是虎。"

"好，过两天我再进山，老虎我无论如何——"

"你你你——"武伯伯像是得了摇头疯似的，"李应，去，带几个人，把屋里头那些兽皮全给我搬家去！七郎，行了吧，你欠我的，今日算是尽数抵了。"

"那些皮，毛都掉了……"爹说。

"我……我何时说过要带毛的皮？李应，抬了回家！"

武伯伯前脚走，后脚爹就去找老虎了。祖母说，"你爹哪都好，就是犟，早晚……还好我孙儿不像他，等长大了，一定比你爹有出息……"

"爹没出息吗？"

"……你爹也有出息。不过，奶奶更愿意他平平安安的。"

爹平平安安的，还带了一只老虎回来。一路上谁都看他，像看天神一般。有胆大的孩子，还凑上去摸摸老虎的尾巴。到了武家，武伯伯大喜，爹撂下虎要走，可武伯伯早就吩咐下人把院门锁了。爹只好留下，一留就是三天。武伯伯办了个打虎英雄宴，邀了好多朋友来。开席前郑重至极地把爹介绍给他的朋友们，爹也不说什么，只作了个四方揖。有人来敬酒，爹酒到杯干，不说话，也不理人。席间有人说："这武承修也是个不开眼的，好好一个举人老爷，非得折节下交，跟个山野村夫称兄道弟，可笑啊可笑。"

武伯伯早就找裁缝给爹做了新衣，爹死活不换。吃完酒，趁着爹睡熟，下人把爹的衣服拿走，新衣服叠好放在原处。次日清早，爹醒来找不到衣服，只得穿上那身新衣服。爹辞别了武伯伯，别别扭扭地回到家。"爹，我都认不出你了。"爹穿着新衣服还真是挺好看的。祖母瞅了爹一眼，转身回了屋。爹忙把新衣服脱下，翻出件有好几个破洞的勉强穿上。

"孙儿，到武家去一趟，把你爹的衣裳要回来。"祖母隔着门帘跟我说。

"新衣服呢?"我问。

"还给他们。"

没见着武伯伯。那个叫林儿的听了我的话大笑,"回去告诉你奶奶,就说你爹的衣服,早就拆吧拆吧做了衬里子了。"新衣服他也不收,"去去去。"我只好抱回家。"也罢。"祖母说。爹再没碰那身新衣裳。过了两天,武伯伯又来,爹不在。祖母拿"锥子"把武伯伯扎跑了。不是真的锥子,我是说,她的话像锥子,"别再来找我儿子,别以为老身上了岁数,就看不出你不怀好意。"武伯伯走了,看上去像是要哭。

再派人来请爹,爹不露面。祖母让我说瞎话:"就说你爹进山去了,没十天半月回不来。"不去是不去,可武伯伯家不时会有些兔子山鸡小野猪从天上掉下来,落在青砖墁地的院子里。

武伯伯不再差人来请了。爹越来越不爱说话,整日在家闷着,有时也出门,但并不走远。我站在蛤蟆脑袋上,能看见爹在地里忙活,忙完就在娘的坟前站着,天擦黑了才下来。"你还不如进山去呢。"祖母说。爹"嗯"了声,提了酒壶,背上弓刀走了。

这回他杀了一只豹子。还杀了个人。

爹在密松林里猫了两天,终于等到一只豹子,一箭射去,正中眼窝。箭没入脑子,豹子吭都没吭就蹬了腿儿。爹扛上豹子下山,行至棋盘石,七八个猎户迎面朝他走来。为首的是赵驴儿。赵驴儿围着爹转了一圈,"七郎,这豹子是我们打的。"

"分明是我刚刚在密松林射死的,箭还在眼窝里呢。"

"不信是吧?"赵驴儿说,"你先把豹子撂下,看后腿,夹子印还在呢,这畜生八成是把夹子活活撕咬下来了,瞧,爪子都断了。"

爹撂下豹子,赵驴儿说得对。"没错,这畜生先是踩了夹子,可后来确实是我射死的。这样行不,豹子肉归你们,皮归我。"

"姓田的，你倒不傻。"赵驴儿说，"索性撕破脸吧，兄弟们忍你很久了。仗着自己有两下子，跟谁都不搭伙，像你这般吃独食的，最是欠收拾。识相的，就把豹子撂下，不然……"众猎户也你一嘴我一嘴地帮腔。

"不然怎样？"

"还能怎样，宰了你——"赵驴儿举叉往爹的头上砸，蓦地，却如同被施了定身法，一动不动了。叉尚在半空，明晃晃的刀尖已抵在赵驴儿的咽喉上。

赵驴儿手一松，叉落脑后。他慢慢放下胳膊，笑了。"田七郎，你豪横是吧？坏规矩是吧？行，有种就宰了我。"说着，脚缓缓前蹭。其他人在一旁起着哄。爹退半步，赵驴儿近前半步，爹再退半步，赵驴儿再欺近半步，一条老树根绊了他的脚，身子一扑，爹再想收刀已晚，刀尖已从赵驴儿后脖颈子透出。

爹进了大狱。有人给祖母报了信。她手一颤，针扎进了指肚。

那几日，祖母傻了一般，忘了给我弄吃的，她也忘了该吃饭。我就啃红薯吃，递给祖母，祖母像是瞎了，不看我，也不理我。我就爬上半山，坐在娘坟前，跟她说说话。我没敢告诉她爹杀了人。

半个多月过去，爹终于回来了。人没瘦，脸反倒比先前白了些。只是人不怎么精神，像片蔫树叶。爹沉默了半日，祖母偶尔瞅他一眼，也不问。我也不敢问。晚饭时，祖母撂下筷子，说："按说这身体发肤受之父母，可自此之后，你这条命是武公子给了，他于你有再造之恩，娘今后再横拦竖挡的，便是坏了良心……"爹还是没说话，只闷头喝酒。这日之后，祖母每日跪在祖宗牌位前，早晚两炷香。"来，乖孙儿，你也磕个头，求田家列祖列宗保佑你武伯伯安然无恙。"我磕了头，却想不通祖母为什么求祖宗保佑武伯伯，而不是保佑爹。不过帮武伯伯磕个头也没什么。

爹出事没多久，武伯伯就知道了，抓把银票就奔衙门。半路上撞见了爹。爹在前头走，众猎户围了个半圆，跟着他。爹见了武伯伯，拱拱手："有劳你接济我老母幼儿。"说完继续向前走。武伯伯没应，在身后冲爹喊："这官司着落在我身上，照顾家小是你自己的事。"

那些天，武伯伯上上下下使银子，上到县令，下到狱卒，都受了好处。除了见不着太阳，爹是一点苦都没受，三餐都是武伯伯从太白楼订了差人送去的，有酒有肉。县令受了重赂，又兼那苦主儿只是个寻常猎户，赵驴儿在乡邑间又素有泼皮恶名，也就做了顺水人情，判了个误伤人命。苦主儿那边只有赵驴儿瞎眼的老爹，武伯伯给了三百两烧埋银子，又送了一副楠木棺材，了了事。临放我爹出来那夜，武伯伯才去到牢里。没人知道他们说了什么。

歇了两日，爹要去武伯伯家。"去吧，只是别说谢，大恩谢不得。"祖母嘱咐爹。

到了武家，武伯伯高兴万分。温言抚慰，把酒言欢。爹还是老样子，没什么话，只是有一桩事变了，就是吃喝坐卧不再拘束，犹如在自己家。武伯伯送他财帛，爹也不再推拒。从此爹、祖母和我，里外一身新，家里米面油茶再也不缺。可祖母和爹的话却越来越少了。村里本就没孩子跟我玩，我就每日里上山去，跟娘说话。我把武伯伯给的小金龟给娘看了。娘死了，不算我说话不算话。

后来爹常去武家。有时吃酒吃得晚了，就睡在武伯伯家。八月初五那天深夜，祖母突然坐起身，把我吓醒了。我问祖母怎么了，她只是挂着炕，大口喘粗气。半晌才又躺下，搂着我，拍我。她好像哭了。

就在那天晚上，爹和武伯伯同榻而眠，二更的梆子敲过了，俩人还睡不着，就聊天。正聊到快活处，爹像祖母一样，猛然坐起，武伯伯也听到了动静，"何物在响？"爹说，"是我的刀。"此时挂在墙上的刀还在鸣响，刀身跃出鞘足有三寸，闪着冷月般的光，仿佛被人屈指弹过，颤个不停。

"此刀是祖上从异国购来，听我祖父说斩杀人头以千计。死在我这口刀下的野兽也不少，拔出后血丝都没一根。到我这已使了三代，还是跟新磨出来般锋利。此刀遇恶人会自动出鞘，铮铮作响。公子你府上定是出了恶人，这刀是要……"

"恶人？怎么可能？"

"没有最好。"爹见那刀缓缓退回鞘内，冷光隐去，复又躺下，"不过七郎有句话要跟公子说——"

"七郎请讲。"

"这口刀不会无故自鸣，公子你日后要多加小心，尤其要防着小人。"

"嗯，七郎我记下了。"

两人越发睡不着，都一语不发。爹更是辗转反侧。

"祸福都是定数，七郎你又何必如此挂心？"

"只是担心老娘和孩子。"

"好了，睡吧，不会有什么事的。"

"没有最好。"爹说。

那晚睡在武伯伯房中的有三人，林儿和李应我是见过的，还有个武伯伯不久前买来的书童，比我大不了几岁。之后几天，武伯伯每见那三人就多盯几眼，"书童是个老实孩子，还粗通文墨，何况年纪尚幼，不可能是恶人。林儿打小就是武某私宠，与我有余桃之情，他也知我待他好，侍奉我从无不周到之处。倒是那李应，平日里最是倔强，说话最是难听，总跟我顶着干，当初为七郎的娘子办丧事，他就老大不乐意，倒像是花了他的银子……"

后来武伯伯寻了个不是，把李应赶走了。

假如那天爹不拦着我，石头我就丢出去了，那时我虽然年幼，准头还是有的。假如砸中了林儿的脑袋，即便砸不死，砸傻了也行啊。村里有个叫赵荒唐的，从前也是个猎户，在山里被落石砸了头，从此就傻了，光着腚满村跑，咧着嘴傻笑，他可谁都害不了。林儿要是像了赵荒唐，后来就不会出那么大的事。当然，我这个将军也就当不上了。武伯伯说得对，"祸福都是定数"。

武伯伯的儿子叫武绅，是个秀才。他家娘子生得很美。那时节秋色正浓，花园里的菊花开得浓艳，武娘子出来赏菊，林儿见色起意，趁武伯伯父子不在家，凑上去调戏，动手动脚，嘴里自然也不干净，武娘子又惊又怒，死命挣脱了。恰好武绅回来，堵个正着，却被那林儿推了一把，逃了。武伯伯回来得知，暴跳如雷，派几路人去找林儿，接连三天皆空手而归。武伯伯正无处泄愤，有人来报，说曾亲眼见到林儿，进了贾二的宅子。"那好办了。"武伯伯和贾二同年中举，又有同窗之谊，于是修书一封，陈明林儿所行龌龊之事，让书童送去。不一会儿，书童回来，"没有回书？"书童回禀，信收了，贾府的人让他在门房等，过了会儿来人说让他回，没有回信。再问，就把书童推出去，关了大门。武伯伯大怒，骑马飞奔到贾二家，下马砸门，无人应答。破口大骂，也没人应声。

"贾二家也是惹得的？孝廉公莫非不知他长兄在朝里做官？回吧，忍一时之气，再做打算。"有老者劝。武伯伯无奈回了家。爹正好去了武家，武伯伯一见爹，就说：

"七郎，全被你说中了。"

爹听了，登时面色惨白，武伯伯问他不答，留他不坐，径自走了。

祖母让我去拾些柴火。其实我明白，祖母是把我支走，她和爹有话要说。我爬上山，坐在娘坟前。我跟娘说："娘，我心里扑腾扑腾跳，不知怎么了。"娘不说话，我就自己唠叨。回到家，祖母见我空着手，"柴火呢？"我说我没拣柴火，"你又没真让我拣柴火。"

吃完晚饭，祖母让我睡觉。我就睡了。可我睡不着，支棱着耳朵听祖母和爹的动静。他俩窸窸窣窣的，不知在干什么。后来我实在睁不开眼了。不知过了多久，我醒了，发现自己在爹怀里。"爹——"爹说："醒了？醒了就下来走吧，跟着祖母。"天已经蒙蒙亮了。我扭着脑袋看看四周，此时我们正走在山间小路上。一边是嶙峋的山石，另一边是杂乱的树木和看不到底的山涧。四周静得出奇，偶有一两声鸟鸣。

　　"去哪儿啊爹？"

　　"跟奶奶走就是了。"爹说。

　　"去哪儿啊奶奶？"

　　"去找你爷爷。"祖母说。爷爷？我有爷爷？我不记得我还有个爷爷。

　　山路拐了一大弯，听到了水声。再往前行，对面峭壁上，一道白亮的水帘垂下。爹住了脚，蹲在地上，按住我肩膀，说："照顾好奶奶。"爹的眼亮得像长庚星。"儿子，活着。日后不管遇到多大的事，也不可逞一时之气，坏了自己的性命。"

　　"记下你爹的话了吗？"祖母问。

　　"记下了。"

　　"跪下，给你爹磕头。"祖母说，"磕三个。"

　　我抬起头看爹，爹已不见。祖母把我扯起来，向前走。这一走就是二十多年。爹我做到了，我见过的人一茬茬儿地死，可我还活着。

　　前几日，我在城里找到了武绅。武家已经败落，不再是我幼时见过的深宅大院。我摸出那只小金龟，放到武绅手上。"这是武伯伯多年前送我的，现在物归原主。"又送他几百两银票，武绅推了推，便收下了。他把我领到爹的坟前，告诉我，坟是武伯伯给爹修的，去年秋，武伯伯也故去了。临终前嘱咐武绅，不要把他埋进祖坟，"'埋在你七叔边上就是了。'家父说。"

"后来我父心有不甘，"武绅说，"就派人在贾二家附近埋伏，终于拿获了那贼子林儿……"

武伯伯把林儿抽得满地打滚，此人有几分硬骨头，饶是一身血，却满口秽语，骂个不休。武伯伯抽剑要宰了他，他叔父武恒恐出人命，就喝住武伯伯，命侄儿将林儿送官。万没想到，次日就传来消息，林儿被无罪开释，被贾二接了回去。武伯伯一腔怒火无处发，竟学了当街泼妇，站在贾二家门口大骂半日，家里人好说歹说才把他拽回家。

"我父到家就大病一场，请来郎中救治，说是肝火，服几剂平肝熄风的药即可。还没好利落，就有消息传来，说是有猎户在山里撞见了林儿，却已非整个的，被人碎割了，骨肉残肢扔得到处都是。"

武伯伯先前还在埋怨爹，好心结交他一场，自己遭了难，这田七郎却从此连照面也不打一个，寒心。得知林儿已死，便与武绅说，"你七叔自那天起再没露过面，必是他手刃了那腌臜东西……"武伯伯大呼痛快，竟不药而愈。"可是还没高兴多久，县衙的班头就来拿人了，不由分说，锁了我父与叔祖，到了堂上，那县令就吩咐恶役把我叔祖杖责四十板子。我父泣血哭诉，念在叔祖年迈，求那赃官杖责自己，可那县令哪里肯听，杖数未满一半，叔祖就被活活打死了。"

那赃官见武恒已死，也有些慌，便说一命抵一命，也就不再追究。武伯伯被当堂释放，"'来时叔侄两人，回去时只有父亲和叔祖的尸身……'我父到家后号哭三日，撕心裂肺，整条街的人都听得到。叔祖的丧事不能指望父亲了，我得承一力承担，可是……"武绅力不从心，央求武伯伯昔日朋友，没一个肯来的。"'父亲从榻上支起身子，命我带包银子出城，等夜深了再去七叔家，见了七叔，劝他远走高飞，莫要再管我家的事了。

"那日晚去寻七叔，摸着黑推门，屋门没锁，我点了蜡烛一看，四壁空空荡荡，已是举家不见了。"

那时我与祖母正在路上。爹的决定是正确的，假如不走，我与祖母必被差役捉了去，也就没有我的今天了。

武恒头七那日，贾二正在县衙里与那狗官吃酒。内急，出来小解，刚出茅厕，迎面撞见一黑影，刀光如电，贾二伸臂格挡，齐腕而断。再一刀，人头落地，一腔子血喷了一会儿，尸身才踣倒于地。

杀人者是我爹。爹入内去寻那狗官，却被班头衙役们缠住，一通厮杀后，爹劈翻十数人，自己也被搠翻在地，身上七八个血窟窿兀自在冒血。剩下的衙役大着胆子走近，爹已气息全无。那几个恶役便你一刀我一刀，在爹身上招呼，头脸肚腹砍得稀烂。见死透了，班头去拿爹手里的刀，死命抽也抽不动，掰爹的手指，也掰不动，便又剁了几刀出气。

那狗官方才听到杀伐声，早已避至内室，钻到榻下，正在惊魂未定之时，差役来报，说田七郎已死。狗官前来验看，弯下腰，伸指去探鼻息——爹猛然自血泊中跃起，劈手打掉官帽，薅了头发，一刀就割了头颅。

"后来听某侥幸未死的差役说，七叔提着那狗官的头，大笑三声，手臂一挥，将那官的头颅掷出院墙，才又轰然倒地……七叔快意恩仇，为我家报了仇，奈何我父子没有七叔那般本事，逃也逃不了……"

代行职事的县丞拿不着我与祖母，就把武伯伯下了大牢，逼武伯伯承认是他指使我爹杀人，好一并处斩，才可跟贾家有个交代。武伯伯不招，受了大刑，已是奄奄一息。"家父在黑牢中发了高烧，'七郎——七郎——'地喊，整夜不绝。次日，衙门里来人传我，令我带上地契，到了大堂，只见爹周身血污，人只剩下半口气。县令命我把地契呈交，由他转给贾家，又榨了些金银，才算了了官司。后来听说，头放我父那夜，县令做了个梦，梦里一衣衫褴褛浑身是血的大汉持刀站在他面前，厉声道:'速速放了武承修,人是我杀的,与他人无干。你这狗官冤我受他人指使,把我田七郎当成什么人了!'"

是啊,你们把我爹当成什么人了,他岂是寻常人能指使的了的?

爹的尸身被扔到了乱葬岗子。武伯伯怕野狗坏了爹的身子,派了武绅去,见野狗与乌鸦将爹的尸身围了一圈,没一个上去叼食啃咬,倒像是守卫一般。连续十余日皆如此,尸身也不腐。"回去说与家父听,他不忍七叔暴尸荒野,不顾杖伤未愈,挣扎着起身,许以重金请人去收敛了七叔的尸首,葬了。"

那时我与祖母已到登州地面。祖母讨了半个饼子让我吃,她扯住那施主的衣袖问:"今日是初几?"那人甩脱祖母的手:"十月初七。叫花子也要算日子吗?"祖母发了会子呆,半晌后跟我说:

"十月初七,孙儿,记住这日子。"前些天问武绅,才知那天正是爹赴死之日。

"将军,小的有一事不明。那武承修是如何得知令尊的大名呢?"

"一个梦。某日他梦见一人立于床头,叱骂他是滥交之人,朋友不少,却尽皆狐朋狗友,还说能共患难的只有一个,却偏偏不识。问姓名,那人答:'田七郎'。"

"将军,令尊那把刀现在何处?"

"不知下落,该是在县衙里吧。"

此时月影疏斜,山中渐有凉意。看脚下,一地残羹冷炙,酒也喝尽了。我吩咐左右拾掇东西,趁月色下山回宿处,耳畔却蓦地铮然声响,仿佛刀剑鸣于匣中。

我长啸一声,一跃而起,按剑喝道:"不自量的夯货,哪个起了歹心?!"

阿丁说:阅读是续命,写作可阻挡向死之心。

苦难就像是已经过了门的丑媳妇，你一生一世都在拼命打她，也许还不如对她有点爱心，你当然不能把她打死喽，对吗？

via 塞利纳《长夜行》

老 同 学

于一爽/青年作家

　　我不相信也得相信，在我们见面之后不到一年，余虹就死了。她跟一男的在京津高速上钻到一辆大解放车底去了。脑袋被削了一半儿。当老牛跟我说余虹脑袋被削了一半儿的时候我觉得一阵恶心，她那个脑袋呀——我一点儿没因为旧日感情而有丝毫悲伤，我倒想起那次同学聚会。但这并不能缓解我的恶心。

　　我叫方成，属鼠的。一般老喜欢跟人说我属耗子。七二年的。眼下，我就快四十了。如果二〇一二只是开个玩笑的话，我倒真觉得失望，因为我不知道接下来的二〇一三我能有什么改头换面的地方。我在一家影视公司做文学总监，听听，听着还真不错是吧？可是这年头，总监比耗子都多！何况我们公司，大老板喜欢女演员，小老板成天忙着给大老板找女演员。谁想做事儿？所以我什么都不做也能混得挺好。谁要看见我现在这副德行，真想象不到，我当年也是中戏的。往前倒退十几年，中戏出来的可不像现在这样如过江之鲫，那会儿都特有理想，如果想到日后终会一事无成恐怕会活得老实点儿。

　　大概十个月前，也就是去年秋天，我接到老牛电话，说聚聚？我没听明白，他又说聚聚？老牛当年和我一班，我说怎么个意思？他说就快二〇一二了，咱们老同学再不见就见不着了。

我当时挂了手机往地上啐了口唾沫，没想到，我同学都这么庸俗了，提什么二〇一二，又不是九〇后，真死了还有点儿可惜。咱们已经黄土埋到裤裆了。

毕业十几年，保持联系的人没几个，跟老牛有时候打打电话，他在社会上小有名气，主要是因为当年在剧组骚扰小姑娘上了新闻头条。要我说，真得怪这土鳖运气不好，那会儿是九〇年代，坏风气刚刚抬头。

虽然啐了口唾沫，我还是同意去了。一方面是闲着也闲着，另一方面是我有点儿想重温旧日情怀。

我们的同学聚会定在了三里屯的"一坐一忘"，去了之后我才知道，其实也不是老牛提议的。说来也是，老牛混得也不怎么样，他大概是想拉一个更不怎么样的垫底。

这么一想，我就舒服多了，也不像刚迈进门槛时候那么紧张了，自我羞辱真叫人觉得轻松。

九三、九四年我刚毕业那会儿，还是个挺利落的瘦子，现在肚子大得打炮都得先挪后头去。我媳妇儿跟我结婚十几年，对我的长相先是从看不起到压根儿就不看。有时候我光着个膀子在屋里转悠，她就跟没这个人儿似的，给她转悠晕了，她就来上一句："瞧瞧，瞧瞧你这肚子。"

我每次都说："是，我哪儿像一搞文艺创作的啊！说我是方屠户还差不多。"

那天进了包间，猛一看以为进错屋子了。要不是老牛挺大声来了一句："方成，别找了，这儿，这儿来！"我才晃过神，这一屋子妇女还有大叔，原来就是大部队，岁月真是把杀猪刀。

后来我找老牛坐着。又跟几个人打招呼。应该是老年痴呆提前了。张弛跟我说他叫张弛，我思绪万千半天，张弛谁啊？我们班的？艾丹也说："嘿！方成，你也不理我。"我哼哼哼！心想，艾丹？咱认识？接着又哼哼哼，最后干脆"吮吮吮"喝酒。我真跟你们这种混蛋做过同学？不能吧?!当我这么想的时候，我总是摸摸自己滚圆的肚子，我也不是当年的我了，可我还是不愿意那么去想。于是又"吮吮吮"喝酒，我一个劲儿跟在座的，少说得有十几个吧，干杯，一杯接一杯，压根儿就没吃上一口。还跟几个人递了名片，有几个一看就笑了："嘿，跟我一样，总监，咱比耗子都多。哈哈哈。"越到后来越晕，高兴得不得了。其实，也不是高兴，可我总不能不高兴吧？就这么硬撑着。真他妈没劲透了！印象中，我还摸了一姑娘的手，也不是姑娘，妇女了，就坐我左边的左边，我右边儿是老牛，左边是谁来着，忘了，左边的左边说自己叫余虹，她说你还记得我吗，她说我喝多了。我说那咱俩喝了吗。因为有时候见面真没什么可说的，于是我摸了一把她的手，我说："余虹啊，你就是余虹啊，你怎么胖了？"她说："你也胖了。"我说："我胖得不成样子了。"她说："可仔细看是你。"我说："是吗？那你再仔细看看。"后来我们就什么都没再说。因为我左边的一直哼哼，说："别胡来啊，你妈的，你把余虹都忘了。"我说："老同学了，叙旧，你们别闹……"其实我还想说我内心无限伤感，可是胖子好像不能伤感，尤其像我这种胖子，猛一看以为混得特好，伤感，一准儿以为是闲得蛋疼……于是我松开余虹的手。正好憋得尿急，我去了卫生间，跨过几个人的时候，我还拍了拍他们的肩膀，当然我也知道，这个世界光拍拍肩膀显然是不够的。

　　从卫生间回来之后，我稍微清醒了一点，这主要是因为，我想起余虹是谁了，一方面是我们当真做过同学，另一方面是，她是我追过的挺多女孩儿中的一个，至于其他那些女孩儿都哪儿去了，我想她们跟我再没关系。

　　于是我回到座位之后，跟我左边的换了位置，就算我不换，我也能挨着余虹，局已经乱了，有人喝得七仰八歪，一个劲儿地回忆往事，老牛说当年身体可真好，夜里玩儿牌，早晨操场没人，正好踢球，踢到十点来钟回宿舍睡觉，起床就去喝酒……

其实当时，余虹的右边已经空出来了，她右边的男的跑我对面正搂着另外一个娘们儿。

我喝了几口可乐漱漱嘴，坐到余虹的左边儿去了。当我咕咚咕咚喝可乐的时候，我觉得我又回到了当年。余虹好像酒量不错，她两颊红扑扑的，一举一动都看着挺清醒，她正往嘴里扒拉一碗米线。我点了根儿"中南海"看着，我就别提多喜欢看女人大口吃东西了，我觉得她们只有吃饱了才有力气做爱。当然，我现在想这些也有点儿没必要，而且，别说做爱，趁我尚还清醒的时候，我想了一下，我跟余虹好像只是拉过手。

"来点儿？"余虹指着碗跟我说。她一定觉得我喝多了，她想让我吃点儿。我把烟掐了，用她的筷子，胡噜了两口。然后放下筷子又点了根儿烟。我说："这一晃，我们得多少年没见了……"

此时四周乱哄哄的，我的问题怎么听怎么像个傻冒。

余虹一笑，当她一笑的时候，我觉得她还是有二十岁的模样，或者她压根儿就没有二十岁的模样了，因为我只见过当年，所以一直那么希望。

我觉得我不讨厌她。因为除了我老婆之外的女人，我都不是特别讨厌。

余虹说："给我来根儿。"

我给她点了一根儿，我还问她"中南海"行吗，我总是觉得女人都得抽那种细细的烟，这样才对得起生活。

余虹说："少来。"

她这么说的时候，红扑扑的两颊上长出一个小酒窝。少来，呵呵，可爱极了。

"你好吗……"她问我。没等我说，她就又说："可是和当年想的不一样。"

"什么？"

"很多事情。"

"干吗伤感啊。"

"不啊。"

"生活好吗？"

"还不错，可是干的事儿和当年学的没一点儿关系。"

其实我压根儿不关心她干什么，别说干什么。她不干什么和我有关系吗？我是想问："你结婚了吗？"

余虹大概是听出了这个意思，说："我结婚了。"接着她哈哈大笑，说就那么回事儿，挺好的，也挺有钱的。

我说那就好那就好，结婚就好，有钱比什么都强。我又说我也结婚了。不过唯一的区别是，她还有个孩子，她说是姑娘，快十岁了。

我又一个劲儿地说那就好那就好，其实我心里想的是，如果还没有孩子那你的现状还不是最坏。

后来余虹说要去卫生间，我说："走，一块儿。"当我们俩一块儿往外走的时候，老牛还起哄，好像他掉了颗门牙似的。

我说马上回马上回。光天化日之下我还能干什么啊我，关键是我也不想，当年都没有的事儿现在就更不想有了，但是从卫生间回来之后，我跟余虹又在过道里多站了一会儿，她说外面清净。我说都好都好。

跟过道站着的时候，我们时不时就得侧过身子给路人腾地儿，有时转的有点儿猛，余虹就会贴我肚子上，不过马上就又分开了。两人东扯西扯也没什么可说的，女人最大的话题是孩子，可是我对这个想都没想过，她问我，你就没想过要一个。我说我没想过，我又说我真没想过。

当年我发誓要我媳妇儿的时候，我也是非常非常爱他，她当年也想生，我总说等等等等，好在她现在生不了了。要是生了，医生说，就得等着变成一大胖子，挺难恢复那种，她要真成了大胖子，我们俩就更没性生活了……当然这些都是我的心理活动，我可没跟余虹说半句。

我只是说："真快，可真快啊，那会儿跟学校的时候咱俩也老戳在过道儿。"

我说完了她就笑，我也不知道有什么可笑的。后来我说进去吧，她说："不了，要早点儿回家，小孩儿等着呢，改天吧，改天去我家玩儿。"

我说那好吧，她说你可一定来啊……我说来。她又说："哦，对了。咱可连个电话都还没留呢。别回头一分开又是十几年。"我想，再过十几年，人肯定就聚不齐了。要是再过两个十几年，全一堆儿一堆儿的了……

后来她跟我说了手机号，我给她打了一个，她说："那，先这么着。你再跟他们玩儿会吧。我走了。"

我说："行吧，再约。慢点儿。到时候电话。"

当我跟她这么说的时候，我一点儿也不觉得还能见面。

人总是得讲点儿礼貌不是吗？

余虹走了没几分钟，我就喝多了，我觉得没必要再保持体面，我跟张弛啊艾丹啊老牛啊小张小李的来了个大满贯，谁是谁我差一点儿就都想不起来了。

回家的时候没有一点也有十二点半了，我媳妇儿赠了我个白眼就上床睡觉去了。我当时借着酒劲儿挺想做爱的，裤子都没脱就往她被窝儿里挤。我媳妇儿倒好，来了句"你别强奸我……"

"靠，强奸，要强奸你还不是分分钟的事。"我这么说的时候，主要是在吹牛，接着我就打起了呼噜，好像还被谁踹了几脚。我骂了两句，很快就做起梦来。

我的一天总是在这种事情中结束。

我很生气她压根儿没问问我同学聚会的事儿，我虽不是什么金元宝，可也不至于一钱不值。

不过我也就那么想想。因为第二天起床我媳妇儿还问我："你昨儿骂谁啊，我吗？……"我当时宿醉未醒，我说我没闻过。她使劲儿捶了我两拳，又问我："头还疼吗，吃不吃阿司匹林？"我勉强点了点头。

那天之后很久，我的生活又恢复了一如既往的平静。那种生活对我来说之所以平静，主要是因为太过熟悉。我每天出去吃吃饭喝喝酒看看本子有时还见见北影中戏的女孩子，年轻的女孩子可真好，她们总让我觉得生活无时无刻不充满阳光。

后来有一天，我正在家上微博的时候接一电话，没有来电显示，我也不知道是谁。但是所有没有显示的号儿我都听听，我是怕错过什么机会，我媳妇儿老说我贼不走空。

"喂？方成啊。"电话那头儿说。

"嗯……"我犹犹豫豫，我觉得电话线里头的声音也不是特别陌生。

"行了行了，一准儿把我忘了，我，余虹……"

"什么，余虹啊。"

幸亏她提醒了我，那天喝多了，压根儿没存谁的号。

我又臭贫了两句，意思说这么多天了就等着她这电话呢。

当我表达这个意思的时候，我突然觉得有点儿沮丧。我觉得何必呢。余虹说："要没事儿，明天来我家吧。"我说明天啊，我想了想，（其实明天我没什么事儿，我哪天都没什么事儿，可我还是想了想……）接着她又说："我孩子丈夫也在，不然你叫你媳妇儿一块儿，随便吃个饭呗。其实那天还挺想跟你多聊会儿。"

我说："是啊。那行吧。"后来她给我发了个地址，真没想到我们住得这么近。至于我媳妇儿，我就从没带她出来吃过一顿饭。我还没想好明天跟余虹聊点儿什么。有什么可聊的呢？我们都这么大的人了。

第二天晚上到了余虹家的时候，果然没见到她丈夫孩子。可我还是问了一句。她说他们晚点儿回来，她说要不要出去吃，我说："出去吃吧，想吃什么，我请。"她让我跟客厅坐会儿，她去换身儿衣服。我说："你忙你的，我转悠转悠。你家装修得不错啊（这肯定是我编的，他们家是老干部风格，我觉得傻透了。主要是我实在不知道说点儿什么）。"余虹顶了我一嘴说："你就编吧。"

她这么一说，我觉得都怪我没话找话，接着我又看了看她客厅里的结婚照。她本人可比照片上老了挺多，我说："累吗平时？"

她"呵"了一声，好像这根本不是一个值得认真回答的问题。"走吧。"余虹很快就穿上了高跟儿鞋。我觉得每个胖子身边都应该有个穿高跟儿鞋的女人，我很喜欢，我们出了门，去吃了一家广东馆子。

余虹点了几个菜，她说喝吗，我说都行；都行的意思就是喝，不然我们相视而坐实在尴尬得要命。广东馆子都喜欢在墙上挂个电视机，在我没有感觉喝多之前，我一直盯着看，各种新闻。余虹说："你看这个世界上每天都发生这么多事情。可是我们还活着。"

活着。她竟然说了活着。我想她疯了。

另外我真搞不明白她为什么把我叫出来喝酒。

就像我说的，她是我追过的众多女孩儿之一，可也就是拉拉手。

如果拼命叫我回忆的话，也许能想起来，当初，我们一起做了四年同学，还有半年时间在一个剧组实习，九〇年代中期，我们一起在大兴安岭弄一个戏，每天收工的时候，我们就一块儿吃饭喝酒聊天，聊到热情澎湃的时候，她总是拽着我的手，说是要为祖国四化做贡献……那会儿我还是个童蛋子，有次在大兴安岭深处（听听，这可真够抒情的，也没准是我不惑之年编的）我说："那咱俩好吧。"

我都忘了余虹当时怎么说的了，她大概是说："好。"

后来我们又说这说那……不过都是过去的事儿了，我也不怎么想回忆。我真担心我无非是在夸大当初那点儿好感。也许仅仅是人到中年生活无新意总想重拾一点旧日时光。

再或者说，搞一下，这容易得不得了……

"方成啊，"余虹说完"可我们还活着"之后好像还没完，又说，"你现在生活怎么样，幸福吗？"

我说挺好的，其实同学聚会那天我就跟她说过，挺好的，真挺好的。至于幸福嘛，我早就没那么幼稚了。无论怎样我们都还活着。

"吃菜，多吃点儿。"我跟她说。我想把我们的关系弄得庸俗点儿，什么活着死了的，现在哪儿有人聊这个。我宁愿聊点儿挣钱的事儿。记得上学那会儿，我们豪情万丈，余虹那会儿总说："方成啊，我觉得你特有才，以后你要出名了可怎么办啊……"我当时总说："出名！你骂我呢吧，这个时代只需要一般好的人，像我这种这么好的，哪儿能出名啊……"于是余虹总说："你就吹牛吧……"其实当时我还真不是吹牛。我当年就是那么想的。

"还记得咱俩当初一块儿在剧组实习吗？"余虹夹了几筷子菜在盘子里捣来捣去说。

"记得啊。"我说，"那是什么戏来着。"

后来我们就想了半天，我们把九〇年代中期的几个电视剧都回忆了一遍，可是好像没有一部是在大兴安岭拍的。

再后来出现了短暂的沉默，以至于我们在一瞬间都不再相信，我是不是真的在大兴安岭深处跟她说过"那咱俩好吧"。

好吧，无论这是不是当真存在，借着酒劲儿，我们又聊了各自的生活，自从学校分开之后，大家就断了来往。余虹说："怎么后来就没见啊。"我"呵呵"一笑，我也不知道怎么就没见，应该是都忙，她叫我闭嘴。她说："知道吗，你那会儿挺好的。"我说："是吗？当初还没大肚子呢。"

"唉。"余虹叹了口气。

我最不喜欢女人叹气了，好像生活很值得惆怅似的。我一瞬间觉得女人都是一路货，我狂喝了几口，喝酒不就是为了喝多吗？我想到我老婆。我还是没想起那个电视剧叫什么来着，我觉得一切都不存在。

我跟余虹说："我多喝点儿，你少喝点儿吧。"

因为她也不年轻了，不年轻的意思是，当我借着餐厅的灯光仔细看她的时候，她眼角的鱼尾纹儿也不比别的女人少。

余虹一个劲儿说没事儿、高兴呗，后来又说你他妈别不喝啊……我说好好好。可是我真不知道，她威胁我干吗，还怪里怪气的。这就跟当年她问我什么是好啊，气得我啊，当年我一个童蛋子，你问我好不好，我没试过哪知道好不好啊……于是，哦，我想起来了，好像是那个剧组刚杀青，我回到学校就跟一个低年级的上床了。

我当时肯定是觉得好，特好，好极了，我当时应该是一点儿都不在乎余虹了。当时班上还老造谣说我跟余虹在大兴安岭谈恋爱的时候我跟余虹都不怎么说话了……那些年，可真奇怪。不过很快彼此就各奔东西。

"哎，别提这些了，现在我们不都挺好的吗……"我说。

"好？是啊，哎，好吗……"余虹说，"方成，怎么混了十几年，你给自己混成了一个胖子……"

当她这么说的时候，我瞅了一眼自己的肚子，我真不知道我的肚子招她惹她了。

"这话说得，跟我媳妇儿似的……"我嘀咕了一句。

"你媳妇？你提你媳妇儿干吗啊，那我再问你，你知道我丈夫哪儿去了吗……"余虹晕晕乎乎地说。

"啊？"我哼了一声，我知道她这会儿是真的喝多了，我说："我哪儿知道你丈夫去哪儿了啊！"

"是啊，你怎么会知道呢！"余虹说。

时间一秒一秒地过去，越到后来我越玩命儿喝啤酒，好像我觉得自个儿肚子还不够大一样，我真想给它喝成气球带我飘到房顶儿上去算了。余虹趴在桌子上，天上一句地下一句，我一个劲儿地点头。我越来越觉得她和我媳妇儿真没区别。她和很多四十岁的女人都没区别，全搞不清楚自己丈夫去哪儿了。我甚至在想，如果我和她做爱，她会不会停止喋喋不休。不过我只是那么一想，我肯定不会那么去做。可是我如果不去那么做一下，她为什么叫我来呢？她仅仅是想找个胖子一醉方休吗？我就这么等待着时间一点一滴地过去，当我想不出怎么办的时候我都是这么办的……

大概晚上十一点的时候，餐厅的人陆陆续续走了，我说："余虹啊，你不回家看看孩子？"

她说："你傻不傻啊你，她跟她爸去外地了。"

我说："哦。"沉默了很半天之后，我问："那你怎么没去啊？"

她"哼"了一声，好像我是个完全不懂婚姻的傻冒。

"那，怎么着。"我说，"我送你回去吧。"

后来我起身，结账，又像当年在大兴安岭一样，拉着余虹的手。她用手抓了抓头发，头发全给抓乱了，我很想给它们弄平，但是我没碰她。这绝不是因为我是什么正人君子。只是我闻着她一嘴酒气，我突然觉得不必了。

余虹屁股紧紧贴着椅子，看不出有要走的意思，我说关门了，换地儿吧。我这么说纯粹是为了哄她，哄她回家，然后我也回家。

我知道这个晚上搞砸了。

有时候真应该相信那句话——其实还是不见最好。

当我拉着她的手使劲给她拽起来的时候，她嘴里又念叨我的名字。可是她都没睁开眼睛看一下，如果发现方成早就是个胖子的时候，她一定觉得没意思透了。

当我给她拽到门口的时候，余虹说："包。"

她这么一说我就放心了，我知道女人到最后总比男人拥有更多理智。我让她靠门框上等着，我重新跑到二楼去把她的包拿下来。这点上，她和我媳妇儿真是一路货色，她们那包好像都是个什么牌子，我也不懂，反正知道：贵的就是好的。女人想要的都是对的，我从不跟女人争论这些，这主要是因为我能给她们的不多。

当我重新跑到楼下的时候，气喘吁吁，余虹自己已经拦了一辆车坐在后面，打着双闪，她这是也想让我坐进去吗？然后呢，我想了一下。我打开车门，她的头靠在椅背上，头发把眼睛遮住了。我也不知道她是不是还醒着，我欠着身子把包放她腿上，又使劲敲了两下叫她拿好。她"嗯"了一声，把挡住眼睛的头发别在耳后说："方成啊，我喝多了，对不起。"

我说："哪儿啊，你一人能回去吗？"

其实我这么问就已经不想送她回去了，否则我会跳上车什么都不说。或者直接紧紧抱着她，可是我不想，现在不想，趁着酒劲儿也不想。怎么说呢，要说的话就太残酷了，真的，太老了，余虹太老了，那次同学聚会的惊喜也很快被这种相对而坐的细节取代，我们唯一愿意回忆的只是在大兴安岭的年轻岁月。

余虹也不是什么都不懂的小女孩儿，她都长了这么多鱼尾纹了，她当然不会不明白我的意思。"方成啊，方成，我希望我们还能见，你快点儿回去吧，不早了。下次我请你。本来说好我请你的。"

后来我关上车门，夜晚的出租总是开得挺快。在街口的红绿灯停了一下之后，一切都从我的视线中消失了。我也马上拦了一辆，司机问去哪儿，我说丹提，我没有回家。我还是去了酒吧。在丹提门口的树坑里，我解开腰带撒了一泡尿。尿了挺长时间，我甚至觉得有点儿虚脱，后来我紧紧抱着一棵树，我去找了小姐。

那次之后，我和余虹没再见过，隔了一个春节，她给我发了短信，弄得我们挺熟似的，她说常联系，我说没问题，我还给她发了个笑话。再后来就是老牛跟我说余虹死了，车祸，车上还一男的，也死了，好像不是她丈夫。

这可真他妈够突然的……我当时有点儿不相信，因为不愿意相信，我说："余虹？哪个余虹，咱班那个？"

老牛说："靠！你行不行啊。余虹，余虹啊，你初恋！"

我没再说话，如果时间往回算的话，大概是的，当时班上只有两个同学被选去剧组，大兴安岭深处，他们都说我跟余虹是一对儿，余虹是那会儿班上最可爱的，没事儿就顶着俩酒窝嘎嘎嘎笑。我当时老想着找个机会问问她："你笑什么笑啊？"

于一爽说：好。

我不在乎我尘世的命运，只有少许的尘缘。

via 爱伦·坡

有 人 迷 醉 于 天 蝎 的 心

巫昂/诗人、作家

　　她在人堆里显得格外引人注目，用充满了卷舌音的普通话高声谈笑："说什么呢，小白又不是外人，我们这儿多余车号就给她用了，现在摇个号儿多难啊，你又不是不知道。诶，小白，我跟你说亲爱的，你就随便买辆二手车，你不是喜欢吉普吗？那就吉普吧，J，E，E，P那个吉普，亚光黑的，倍儿酷，买一辆，上了牌，先使着。这车在我名下，各种费用你自己来，我也不缺这辆车，你肯定不会信不过我吧?"

　　她说话的时候，众人鸦雀无声，独角戏女一号。当时我正靠在栏杆边喝我的青岛瓶啤，初秋的雁栖湖真是美，湖上蒙着一片淡淡的雾气，这套别墅正在湖的一个小岬角上，前面挡着一片湖中岛，别的倒没什么，就是水中的芦苇，跟一根根倒刺一样扎入水中，因为芦苇长得太茂盛，尤其是正对屋子的那一大丛，让人忍不住怀疑淤泥底下埋了具尸体，负责提供养分。

　　我还在听她讲话："你说现在年轻人儿怎么都那么不要脸啊，我明明跟她说了几百遍，店里的衣服你随便穿随便试，不要拿，尤其是不要拿钱，比方说那件衣服我卖八百，你猜怎么着，她跟顾客开口要九百，有些人稀里糊涂就给她九百，她把这一百块就给昧了。还以为我不知道，我跟那些顾客是什么关系，多数人是我姐们儿你知道吗？就算不是姐们儿，一回生二回熟也都成姐们儿了。"

这别墅像个水上屋，漂浮在水上，阳台外就是湖水，天色渐黑时，雾气慢慢涌了上来，不知道是我喝多了，还是烤肉太撑胃，饭饱神虚，那天余下的事，我都记不清了。

一年之后，或许是十三个月，我再度见到了她。这回是她主动约我见面。见面的地点当然不是她的大屋，在五道营的一间叫作三叶草的小咖啡馆，那里有两只墨绿真皮的古董沙发，我跟她各坐一边，店员过来为我们端上了两杯滚烫的现磨咖啡。

"我开车来的，夜里我什么都不能喝，都给你吧，给我来杯柠檬水就行了。你的电话是小白给我的，小白跟我说，你是做咨询顾问的，我就问她，什么叫作咨询顾问，她说你什么都能调查出来，不管是什么，给你钱你就给办。"

"差不多。"

"你别想多了，我可不会跟一个陌生男人来这种乌漆麻黑的地方见面，这里是干吗的？灯都不开，点什么蜡烛啊，有必要吗？又不是情人幽会。"

"你就当蜡烛是台灯。"

"小白什么都没跟你说吧？"

"我跟她不熟，她有点事情找我帮忙那天，顺道带我去你家玩儿。"

"那她找你咨询什么？她能有什么事儿啊，一个小丫头片子。"

"微不足道的小事，我都记不起来了。"

"小白说你有严重的健忘症，我还以为你连我都想不起来了。"

"怎么会？"

"想想也是，跟我见过一面的人，不留下深刻印象的很少见，我这么说你不会觉得我太自信了吧？"

"不会。"

比起一年前，她两眼浮肿，头发蓬松而略显凌乱，好在娇小的身材如故，窄窄的肩膀如故，脖子上有一道不易察觉的咬痕，即便烛光昏黄我依旧辨认得出来，这种女人，你会忍不住帮她在身上找条疤痕，否则不完美。

"我总觉得有人想杀了我，这不是虚张声势、耸人听闻，是真的。"

"你结婚了？"

"我结婚了，这不重要吧，关键是有人想杀我。"

"看来你知道我绝不调查外遇，任何外遇。"

"嗨，我老公外边有没有女人，是谁，我压根不关心，也无所谓。"

"你说有人想杀你？"

"你果然健忘，一秒钟前说的话你转眼就忘掉。"

"是啊，我正在吃药，21金维他、液体钙胶囊，诸如此类，其实医生也不让我喝咖啡，可是这么晚了不喝咖啡，只能喝酒。"

"就你这烂记性，能好好工作？"

"工作上的事情我从来都记得一清二楚。"

"说嘴打嘴了吧，刚才我说的话，你就忘得一干二净。"

"那是因为我还没进入工作状态，我对工作的定义是：定金到来的那一刻。"

转眼间，桌上多了个信封，招商银行的。你去银行取款多一点，可以管柜台内的职员要一个那样的信封，里面鼓鼓囊囊的，你用余光都可以看到它的厚度，但我眼下不缺钱。在不缺钱的季节，我宁可坐在雍和宫的桥上等着交警开来闪着顶灯的警车来抓我，我可真喜欢惹事儿，蹲看守所，多认识几个惹是生非的朋友。

"定金到了，你可以开始工作了。"她不容置疑地说。

事实证明，这个女人只是想雇个保镖，一大早，她就用一迭声的门

116

铃把我吵醒。她一定要我在合同上写下我的家庭住址，说以防万一，夜里我容易被女人的软硬兼磨泡化掉自己的心理堤坝，她要我写上地址的时候，使劲地摇晃我的胳膊，几乎要把我摇碎。

妈的，我迷迷糊糊起来开门，门外站着一个仅仅画了眼线的她，整个苍白的脸只画了上下两根眼线，眉毛是纹的，她穿着针织豹纹紧身裙，皱巴巴的，好似刚从宽街的外贸小店抓出来套上的。

"该起床了，小以。"她直接进屋，也不问别的，冲到我的卧室，把窗帘打开。

我跟着走回卧室，二话不说，又把窗帘合上。

"我从来不开窗帘。"

"你也太不灿烂了，小以，见点光怕什么，瞧你这屋里一股霉味儿。"

"麻烦你，叫我以千计，'小以'听起来像小尾巴狼，没发育好的狼崽子。"

屋里光线微弱，除了窗帘边儿透出的一点光，她站在我跟前，一颗干豆子也可以轮廓清晰，且发出微弱的光。她疲惫极了，两颊深陷，脖子上的颈纹清晰可辨。

"我说小以，你要救我，你一定要想办法救我，"她情绪突转，眼中泛泪，"真是有人要杀我，一定要置我于死地，我招谁惹谁了我。"

当时我们正站在我那窄小的床边，床跟窗户之间只有一米不到的距离，底下铺着一张没有鞣制过的小羊皮，有一年在西藏那曲农牧业集市上买的。我很担心她开始哭，不管是捂着脸哭还是靠到我身上哭，这都是难以收拾的局面，我试着从她边上走过去，走到外屋去取打火机和烟。这狭长的小两居，有一小间堆满了杂物，客厅被我改造成简陋的办公室。

我把办公桌前的单人椅收拾干净，上面全是各种家什伙儿，连厨房里的勺都放在这里。

"你过来，坐这儿。"我冲着卧室喊，拍拍椅背，她走出来了。

我坐到办公桌的另一头，那里有把二手电脑椅，我从赶集网上弄来的，从积水潭搬到西坝河，说不上人生有什么进步，只求有张安静的书桌，供我好好"挖地雷"和"空当接龙"，桌上摆满了我喜欢的物件：烟灰缸、几只喝空了的酒瓶子、一把马刀、带陶土盆的常春藤和一对老牌音箱。抽屉里勉强有几份文件，做完的案子材料，我一概把它们放到床底下的大纸箱里，这里看不到。

"坐下，在这里说，既然昨晚你吞吞吐吐地不肯说。"

"我这人有个习惯，第一次跟人见面先不交心，先观察，看看这个人是个怎么样的人，然后再说。"

"我通过初审了，看来。"

"可不，你赢就赢在你那心不在焉的劲儿，我特喜欢，男人心不在焉，比咄咄逼人强。"

她可算坐下了，我从饮水机里倒了杯水，她不要，说要茶，什么叫茶，我八辈子没喝过茶，家里只有一包拆过包，不知道放了多久的杭白菊，只好给她抓了把扔在玻璃杯里。

"所有这些蹊跷事都是在我车里发生的。"她喝了一口菊花茶，气色和缓了些许，"第一次，我在车上发现了这个。"

她从随身的手提包里拿出一个小纸袋子。倒出来，里面是一根人的手指头，微微弯曲，带血的。

"我当时吓得尖叫你知道吗？就这东西，谁见过这个，就放在我的副驾上，一大早我开车要去店里，整个晚上都没睡，晕晕乎乎地开了车门，伸手一摸就摸到这个。"

我伸手过去拿起来仔细看，不过是一根做得极为逼真的手指头，连指甲盖儿都高度仿真，血迹像是流下来，且可以擦拭掉，随和的O型

118

血。像是那种恐怖片片场或者万圣节的吓唬人用的道具。

"你没报警?"

"报警? 我哪敢报警啊。"

"有什么不敢的?"

"是可以报警,可是,我告诉你你可一定要替我保密,当时我的车停在我男朋友家的地下车库里。"

"你在他那里过夜?"

她点点头:"我不能报警。"

"怕招来警察,警察再通知你老公? 那能说说你男朋友吗?"

"没错,车是我老公名下的。哦,男朋友,当然是男的,他呀,长得特帅,脾气好,又 Man 又温柔。"

"你们在一起多久了?"

"三个多月吧,也就三个多月,当时一个多月吧。"

"怎么认识的?"

"朋友介绍的,可靠的朋友,一个圈子里的。"

"居然有这种专门为已婚女性介绍男友的圈子。"我不无羡慕地说。

"都是关系很近的姐们儿,彼此什么事儿都知道。"

"他独身?"

"当然,他比我小多了,小十岁,不独身才怪。"

"你日常就是开开服装店,没别的事?"

"唉,你不知道,我忙死了,要上瑜伽课,要读书,要听音乐,有时候还出去旅行,正打算去趟不丹,在办签证呢,一天要交给不丹政府二百五十美元的环境损伤费。"

"自己去?"

"哦,不,怎么可能? 跟我老公一起去,这钱,得让他出。"

"我明白了。你在认识一个多月的男朋友家过夜,早上起来去地下车库开车打算离开，然后在副驾上发现了这根仿真的手指头，然后你觉得有人要杀你，是这样吗？有没有可能是你男友干的？"

"不可能，整个晚上我们都是醒着的，他一分钟也没离开我一步，我们连洗澡、上厕所都在一起。"

"有谁知道当天晚上，你去了他那里？"

"我谁也没告诉，难道去约会还要在朋友圈发个消息说，我去西大望路谁谁谁家了，有事去那里找我？"

"那是。"

"何况，单是这样，我根本没必要找你，我是那种咋咋呼呼的小孩儿吗？我有那么扛不住事儿吗？"

"我想也是，还有其他事情发生？"

"比这个严重，这个手指头我一直偷偷藏着，藏在后备厢里。然后，一个多礼拜后，我去宜家买东西，有时候心情不好我喜欢去宜家逛逛，买点东西，吃一份三楼的瑞典肉丸盖饭，那样心情很快就好起来了。然后吧，在停车场，我刚打开车门打算进去，就被打昏了过去了，有人从后面一棒槌打昏了我。"

"你还是没报警？"

"当然报了，在公共场合不报警怎么行，当时一脸的血，缝了八针，头皮破了，现在头发长出来看不太清楚了。"她低头，翻开头发给我看，在发丛当中，确实有道疤痕。

"宜家的经理，一大堆保安和员工全来了，派出所的片警也来了，那个人早就跑没了，我一下子就昏过去了，连那人的脚步声都没听到。警察说，他使的东西是个金属质地的东西，力道再重一点，我可能就没命了。"

"他们查了查，也就不了了之了？"

"废话，我这事儿都上报纸和网络了，说的是一位宜家的女顾客在停车场遇闷棍党袭击。经理赔礼道歉，当日购买的东西免单，可惜我买得太少，赔付完医疗费，别的也就没了下文了，我能找谁去？"

"你觉得这个事情跟车里的手指头是一个人干的？"

"不知道，直觉吧，两个礼拜接连出事，谁会觉得是偶然的，何况后面还有。"

"哦？"

"事不过三，这是最新的情况了，就在前天，前天是怎么回事儿呢，我跟我男朋友去丽都饭店里边吃那家特别好吃的泰餐，吃完了，我们心血来潮打算住下，也是吃多了，困了，想找个地方睡一觉。"

"为什么不去他家？"

"等不及了嘛。"她笑出声儿来，"我们到现在还是热恋状态，经常突发异想去个什么地方住下，钟点房根本满足不了我们的需要，一住至少就是一晚上，第二天磨磨蹭蹭退房。"

"真不错。"

"进了房间，我们一起打了个盹儿，然后，我们一直在床上，这下就到了傍晚，一个下午过得飞快，我们当然不打算出去吃晚饭了，喊了餐来房间吃，两人一起吃，你喂我一口我喂你一口，气氛，别提有多美了。可惜我头上的伤口还没好彻底，还一扯一扯地疼。"

"目前为止，还都不错。"

"不错个屁！吃完饭，我们在床上躺着看电视，九点多，又做了一次，然后他就睡着了。我的伤口实在疼得不行，可能是不小心碰到了，我就想找个附近的社区医院看看，换个药，也不想惊醒他，男人嘛，整个下午加晚上接连不断的性生活难免疲惫，不打扰他了。"

于是她离开房间，去往丽都饭店大门西侧的停车场，时间不过十点来钟，停车场上还停了不少的车，保安在值班室坐着，值班室的房间亮着荧光灯，照亮了窗口一小片地方。停车场上也有灯，但不是特别明亮，大概要跟周边的植被显得和谐，绿树的树冠掩盖住了部分路灯的光亮。

他们来时，停车场几乎是满的，所以车只能停在西北角，紧里头，一个凹进去的灌木丛内，那里只有两辆车的车位，她的车是个奥迪TT，占不了多少地方，深隐其间，她用电子钥匙开了车门，坐进去，插入钥匙，车启动了，但是启动的时间超过以往，其间还有轻度的、不易察觉的晃动，车子像打冷战一样在发抖。

她顺利地把车开出停车场，十点来钟，公交车已经停运，路上的行人不多，饭馆也已打烊，一只流浪中的黑狗飞速奔向丽都桥的桥下，她感到车越开越慢，看仪表盘，油箱还有一半，但踩油门已经不顶用了。她只好跟着黑狗把车滑入桥下，那道铁门开着，铁门内有间荒废良久的酒吧，上一次世界杯这里还人声鼎沸，人们在此通宵看转播喝啤酒，但很快酒吧关张，无人问津。

她把车停在酒吧门前的空地上，正对着挂了一把大锁的门，凉棚歪斜，还有一只自身被缠了铁链的海尔牌冰柜，这一切都是车灯灯光里的所见，还有很多车灯照不到的地方，躲在阴影里。

"你打算怎么办？"我问她。

"说真的，我的第一反应是给我老公打电话，以往这样的事，我肯定得给他打电话，他什么都能搞定，我不知道保险公司的电话，也不知道道路救援的电话，这些东西结婚N年，就没在我脑子里停留过一秒钟。"

"但你不敢。"

"是啊，解释不清楚，我怎么会在这里，或者我为什么路过这里，我那天跟他说的是，我开车去天津进货，有一批外单衣服，在朋友那里，所以我顺道会在天津住一晚上。"

"你经常去外地进货？"

"不，确切地说，是我交了现在这个男朋友，才拿进货当借口外出的，要跟他过夜，必须有合适的理由。以往我只在动物园进货，有几家常常进货的店，关系不错，犯不着去外地，又受累又增加成本。"

她独自一人坐在已经开不动的车中，拿出手机不知道该打给谁，这一切犹如梦中，此处离她丈夫有61.5公里，离她男友不到一公里，她舍不得喊醒熟睡中的男友，也不敢告诉一无所知的丈夫，进退两难。

她下来检查，用手机做电筒，车后拖着长长的一条油痕，油箱漏油了，只消有人往这条油痕扔个烟头，她立马就能葬身熊熊火海。

"你说，这还不是有人故意的吗？"

"看来是。"说毕，我跟个真正的私家侦探一样陷入了沉思，沉思的时间越长，频率越密，越显得你是个深邃有内容的人，当然，我也可能是走神了，直到她的眼泪把我拉了回来。

这世上暂时还没什么事值得我伤心落泪，我常常是落泪中人的旁观者，她的眼泪一滴滴从脸颊上滑落，不知道是真的还是假的，跟我前天晚上梦到的猴子差不多，虚幻与真实交参，我记得猴子在梦中跟我龇了龇牙，直至露出粉红色的牙龈。

"我费了很大的劲儿找来了拖车，把我的车拖到4S专门店，我老公也去了，在喊拖车的同时，我给他打了电话，说我没去天津，跟一个要好的女朋友吃了晚饭，想绕到丽都里的屈臣氏买点东西，车熄火死在了那里，才发现油箱漏了。"

"他没有怀疑你？"

"他忙着跟4S店的人接洽修车的事，没工夫搭理我，我偷偷给男朋友发了个短信，解释了我离开酒店没有回去的原因，他昨天才跟我联系，说那晚睡得太死了，问了我的状况，听说一切处理得好好的，他也就放心了。"

"车修好了？能带我去看看车吗？"我问。

"当然。"

我们一同去往小区狭小的停车场，小区的车主大多上班了，停车场上空空荡荡，只有这火山红的奥迪 TT 格外显眼，我绕着它看了一圈儿，又坐到副驾上，她也坐了进来。

"油箱的照片拍了吗？"

"当然了，保险公司肯定要的，我在 4S 店拆下修理时让我老公拍了，手机拍的，不是特别清楚。"

我接过她的手机，放大图片。

"4S 店的人怎么说？"

"他们说是底盘剐蹭造成的。"

"就这样？"

"就这样，我才不信呢，底盘剐蹭，以往我还信，现在我再也不信了。"

"我想见见你男朋友，问他几个问题，可以吗？"

"可以，但不许你怀疑他，他不是那种害人的人，不是因为他床上功夫好我才这么说的。"

"床上功夫再好，也是因为你们的热乎劲儿还在。"我一边说一边看着她的胸口，那里有一块新的咬痕，像是激情所致。

跟她道别后，我独自溜达到国展，那里正举办国际珠宝展，我在某个展位寄卖我的结婚戒指，这个戒指稀松平常，我开的底价也非常上算，比方说，市场上卖一万，我只要十分之一，一千块。我去看一眼我的戒指出手了没有，当然了，它还躺在一块黑色的细丝绒布上，来来往往的人看也不看它一眼。

展位上看摊子的不是我的朋友，我装作对这个戒指很感兴趣的样子，请他拿出来给我看看。

"不错，做工不错，大小也合适。"我把戒指戴在它本来的指头上，来回看。

"买这款，挺合适的，只要八千八百八十八元。"

"嗯，我考虑考虑。"我把它脱下来，放了回去。

我没有穷到非得把戒指变卖掉不可的地步，但我讨厌财产这个东西，特别是值点儿钱的财产，略微值点钱的东西放在我身边，都让我如坐针毡，好像原始人的岩洞里躲藏了个外星人。我得喝点酒，让自己保持清醒。从国展回家后，我从小区楼下的小卖部买了一瓶三年陈酿的塔牌绍兴花雕，买它的缘故是秋天快来了，空气里透着凉滋滋，喝酒方面我不挑剔，最差的工业酒精我也喝过好几回，每次都喝得喉咙快要起泡。

晚饭后，那个女人给我打来电话，说第二天可以跟她的男友见面了，我当时要求去他住处附近，其实我想顺道看一看他住处的地下停车场，发现带血的手指头的第一现场。我已经快要把那瓶花雕喝完了，头昏脑涨，挂了她的电话，我立刻给小白发短信，让她过来。

我们躺在床上用手提电脑看《犯罪心理》第八季，此前做爱做得很不成功，我总是插不进去，她也失去了耐心，花雕让我变得软塌塌的，我们打算作罢。我跟她聊了聊那个女人的事，她说没想到那个女人那么火爆，只知道她婚后有过情人，没想到不止一次不止一个，还闹出这么多事来。

"你别告诉她我跟你说了，违反职业道德。"

"你居然会觉得自己在从事某种职业。"小白笑了，她笑起来的时候，两只眼睛变成两条小金线，似有若无的金线，让她看起来既绝望又乖巧，我就喜欢她这点，但我从不提出两人最好住在一起，这种决定对我来说太大了。婚姻没有意义，同居也没有意义，两个人发生关系本身没有任何意义，最好和最差的时候，都没有意义。我们认同这一点，她不止一次跟我说这一点是我们身上最相似的地方。

这不妨碍我们在一起睡觉，醒来后一起去楼下的庆丰包子铺吃了早饭，然后我送她去了公交车站，她是个保险销售，已经做到很高阶了，可是她不想买车，去哪儿都坐公交和地铁。

　　车刚开走，她坐在最后一排，小小的脑袋露出车窗，头发还有些凌乱，那脑袋显得很小，发量也很少，惹人怜爱，她远远地看着我。我先是向她挥挥手，想了想，掏出手机给她打了个电话。

　　"你可从来不说你刚走我就想你了这种大俗话的。"她在电话里说，公交车开得很慢，与此同时，我看得见她晃动的身影。

　　"偶尔说一下也无妨。"

　　"还是别说了，有失体面，下礼拜吧，下礼拜我给你电话。"

　　"你的男朋友没发现我们在一起？"

　　"去，是前男友。"

　　"对了，忘了问你了，那个女人，还有她老公，谁是你的客户？"

　　"都是，当然，是她老公买的单。"

　　"保险额度大吗？"

　　"怎么，你打算让我违反职业道德？"

　　"不说也没关系，我能查出来。"

　　"我懂了，真不该惹上你这个危险分子，你问我们公司的其他销售去吧。"

　　我们总是用这种近似吵架的方式调情，目力所及，公交车已经开远，以它的稳重和决绝，这样开下去会去往月球，月球应该只有两个公交车站，分别在月之明面和月之暗面。不到中午我们就和好了，她给我发来了保单的底本复印件，发到邮箱里，在电脑上放大后，细节一览无遗。

　　在见那个女人的男友之前，我先去了他楼下的停车场，门禁并不森严。简单说，我顺着开车的车道就走下去了，保安以为我是懒得坐电梯的住户，问也不问。那女人喜欢把车停在离电梯口最近的地方，我仔细问了那天她停的位置，她居然回忆得起来，也告诉我了。

停车场内亮着冷冷的荧光灯，偶尔还有一两只用坏掉的灯管闪两下，里边有微微的寒气和似有若无的轰鸣声，附近似乎有个机房。下午三点，那个车位空着，实际上多数车位都空着，车主们还没下班回家，我感受一下周边的形态，顺着车位走到电梯口，上电梯无须门禁卡，这个楼没有那么新那么高级。

然后我坐到十七楼，按了1704室的门铃。

"我以为是快递。"一个打扮停当、打算出门的年轻男人开了门，也不等他反应过来，我已经走进去了。

"我想了想，还是来你家见你算了，在外边乱七八糟，说什么都不方便。"

"你就是以先生？她直接把我的住处告诉你了？"

"没错，知道你的住处也不需要她来说，打个电话给物业不就行了。"

"这物业，够呛，太不尊重业主隐私了。"

"别生气，是我不好，想怎样就怎样，坏毛病。这房子是你自己买的？"

"二手房，手续办好了，已经过户了。"

屋里到处都是摞起来的纸箱子，看起来搬家没多久，还没收拾停当。这是一个两居室，客厅朝南，两间卧室，他把其中一间小卧室改成了健身房，里面放着跑步机、综合健身器和杠铃等物，看起来都是新买的。厨房的橱柜看起来品位不俗，西式的抽油烟机，甚至还有洗碗机，很奇怪，一个男人这么讲究，跟GAY似的。

"这个位置，十三号线，房价多少？"我一边在室内闲逛，一边问。

"哥们儿，问这么多干吗？"他像个扑了粉、画了眼线的男人，总之皮肤细腻无比，脸部轮廓不太自然，整个脸，不知道哪里动过刀子。我们一起坐到客厅的沙发上，沙发也是新的，新得闻得到不知道第几层牛皮的腥味儿，牛必是死于工厂做那沙发的不久之前，崭新的冤魂。人不会想象有一天牛也会端坐在朋友家崭新的人皮沙发上，互相直视。

"当然啦，你也不用说，我百度一下不就知道了。对了，你们是怎么认识的？"

"她怎么说的？"

"她说你们是在卡拉OK包厢认识的，有朋友过生日，包了个通宵，你唱歌特别好听，像任贤齐，唱着唱着，就剩你俩了，其他人都困了，喝趴下了。"

他笑了一下，嘴角有酒窝，这让他更显妩媚，我意识到他的眉毛也拔过了，拔成很规整的眉形，眼睑上了高光粉，现在的女人原来喜欢这种男的，看起来完全是塑料加工厂成批出品的：粉衬衫，绷着高高的胸肌，底下是条包臀洗白牛仔裤，大腿内侧甚至破了两个洞。

"既然她什么都说了，我也不用做任何补充。"

"关于你们的关系，有一点我不太懂，得请教你。"

"说。"

"你看上她什么了？"

"你觉得一对男女在一起，有什么看得上看不上的，对上眼儿就在一起，合不来就散伙，不就是这么回事儿吗？"

"她跟你对上眼儿了，你跟她未必，我说得没错吧？"

"别他妈绕来绕去了，你不就是想说我看上她的钱了，想谋财害命。"

"我什么也没说，你说的。"

"你录音了？"

"没有，录个屌音，有意思吗？"

"那我告诉你，我跟她上床，就一个理由，你信不信？"

"说说看。"

"她的那里很紧，她是我上过的女人当中，最紧的。"说完，他起身开门，做了个请我滚蛋的姿势。

我喜欢撒谎，我不单录音了，还录了像，准备拿回去慢慢观看：各个房间，各种细节，各种家具，各种物件，从一个人的家里面，能分析出关于这个人的太多信息了，如果你是个老手，侦探这活儿，没什么神秘的，就看你是不是足够仔细，足够动脑子，虽然我看起来不喜欢动脑子，脑子闲在那里跟个荷兰大风车似的，那都是为了恰当的时候再拿出来用。

离开他家后，我径直坐地铁去往芍药居，地铁这一站的出口有点让人迷糊，出去，跨过过街天桥，往前是新通的六号线，我记得六号线的终点叫作草房，像是昔日军队储备粮草的地方，有机会深夜坐末班车过去看看，在那里住一晚上，也算换个环境。我不能一整天都花在工作上，这就差不多了。我坐地铁去往望京西站，从那个地形一样乱七八糟的地铁站走出来，一路步行去往繁华地带，那里有家我熟悉的书店，环铁书店，得走至少四十分钟。

出于对占有的厌恶，我也几乎不买书，看书都是在书店完成，看到特别感兴趣的书，我会拿出小铅笔头在上面做记号，提醒将来买这本书的这人：别看你掏钱买了，你看的还没我多，你只是买了几百页纸回去而已。

我去那里站着继续看我没看完的一本书，《混凝土里的金发女郎》，书名起得太有画面感了，你会在脑海中浮现出一个裸体女人的身影，她的凹凸有致的身体嵌在水泥当中，灰的硬物与雪白的身体，也许睫毛上和嘴唇间都是泥灰，她越是美，你越是觉得死亡的降临是那么适逢其时。要是我知道当天下午发生的事，我就该起个书名叫作《深埋淤泥的天蝎女》了。

她一直没跟我联系，我打她电话没打通，所以给她发了条微信，说我去过她男朋友家了，我们聊得不错，跟朋友一样聊了聊，等她有空了给我回个电话，我们商议下下一步怎么办。

然而一直没有消息，直到小白给我打来一通莫名惊诧的电话，她在电话里语不成句："她死了，车祸，雁栖湖，我早说了那里的车道太窄，底下一边是湖一边是发电站的水坝，夜里开车一不留神就会掉进去。"

"她和她的车，掉到湖这边还是水坝那边？"

"湖里，附近全是各种单位的疗养院，有个喜欢夜里钓鱼的老干部发现的。"

"人都会死的，并且不会幸福。"

"什么？你说什么？"

"不是我说的，加缪说的。"

"嗨，我说你这时候还说风凉话呢，所以，她找你查的事儿了结了，雇主都不在人世了。"

"没完，我接了这活儿了。"

"那尾款怎么办？"

"不存在尾款这回事，她已经把该给的钱都给我了。"

"那她真的可能预感到自己会死。"

"有可能。"

警方的结果很快出来了，刹车失灵，不慎坠湖，死者甚至涉嫌酒驾，她血液中的酒精含量为 40mg/100ml，已经是饮酒驾车的范畴。所以，保险公司依此不给任何赔偿，不算意外死亡，是酒驾死亡，她老公拿不到哪怕一分钱的保险赔偿金。

我在公安局门外等到了她老公。他是个四十出头的中年人，平日肯定习惯了穿西服，衬衫最上面一个扣子都扣得紧紧的，没有戴领带，穿了件普通、黑色的夹克，夹克像是穿了很多年，袖口都磨出毛边来，像祖传的衣服一般。他低头走路，走到自己的车前猛地抬头，我跟他打了个照面，脸上并无忧伤之色，当然了，也没有喜笑颜开，跟什么事也没发生差不多。

"很冒昧来找你，"我说，"也不多废话了，我是您夫人生前雇来调查一些事的人。"

"她没跟我提过这事。"

"她当时很害怕，这段时间以来，她一直很担心自己被害，现在看来，果然出事了。"

他开了车门，我们一起坐到他的车里，那是辆路虎四驱的越野车，车内放了不知道什么空气清新剂，像是"气味图书馆"的产品。

"你要我说实话吗？一点都不意外，她跟我说过很多次，将来没准就落在那湖里，半夜黑咕隆咚的，掉下去。"

"所以你早已有了心理准备。"

"我们感情一度还不错，后来慢慢坏掉了，她呢，上海话说的，有点作，没一分钟消停的，一定要搞出点什么事儿才行。"

"你觉得这都是她自找的？"

"这么说太残忍了，我们毕竟做了十六年的夫妻，她也有她的好处，只是这好处我越来越记不清楚了，不知道何年何月渐渐消失，这些年来，我们住在一起跟两个陌生人没什么区别。"

"所以你看起来也不是特别难过。"

"难过是有的，也来不及反应，还要去应付她的家人，我压力山大。"

"你觉得除了意外，有没有可能是他杀？有谁可能想要置她于死地？"

"她嘴巴厉害，容易得罪人，这个我倒说不好了。"

"你们的经济上共享吗?"

"差不多，我的钱她也够得到。"

"最近她有大笔的开支吗? 在你们的共同账号上。"

"她取了不少钱，说是服装店亏空，得补上，她一直也不太想继续经营那个店了，说真的，挣不了钱，就是当作个动静，让她保持忙忙碌碌的样子，骗骗自己，也骗骗别人。"

在等到他之前，我进入停尸房见过她，进入的方式无非是找了熟人，一个做法医的老朋友给打了招呼，说我是她的表弟，感情特别深，一起长大的表弟。

她躺在那里，面色枯黄，面容沉静，从未有过的放松，像一个生活在大城市，但操劳程度不亚于农妇的女人。好像在脸上涂一些血色，她还会睁开眼睛，坐起来，抓住我的胳膊，跟我说到底是谁不想让她继续留在这个世上。她因为身体遭受激烈撞击而亡，头顶有个巨大的伤口，颅内出血，车沉入湖底之前，她已死去，身上的瘀青比想象中少很多，只是胳膊和大腿上局部有瘀青。

"你肯定车里只有一个人?"我问法医，她一副没打算回答我问题的模样，哼了一小声。

"车里没有其他人吧?"

"还用说吗? 有的话，也会直挺挺地躺在这里，深更半夜的，她又喝了酒。"

"也是，可怜我这表姐，还没个孩子。"

说着，我真的有些难过，只要不是个冷心薄面的人，面对此情此景，都会感到难过的。

见过她丈夫之后，我请他带我到事发现场去看看，他也正好要回家去，葬礼需要很多准备工作，他得一一忙起，我就是一个搭他顺风车的意思，雁栖湖从城里过去，有接近60公里的路途。进入昌平界，高速公路两侧的风景变得疏阔而恍惚，远处有山，近处是稀稀拉拉的林子，阳光斜射在那些树枝上，好像欠它们一些什么似的。

一路上，她丈夫始终沉默不语，我也不说话，言多必失是一回事，有时候任何话也抚慰不了一个人的哀伤。

"天气冷了。"他终于说。

"是。"

"她要是不死，我们也快要离了，不过现在说这个没什么用。"

"为什么要离？"

"名存实亡的婚姻，你觉得有意思吗？"他冷笑。

"但外人看不出来。"

"外人也许看不出来，你不一样，你应该看得出来。"他转头看了我一眼，眼神跟鹰一样犀利。

"也许所有的婚姻，到头来都一样。"我说，"我明白。"

"女人永远不知道她们要什么。"

"是的。"

"我们想要的，她们又给不了。"

"没错。"

车拐入一条便道，向右拐，我得记住来时的路，因为回头要走时，我没准儿得自己走路出来，让他送我出来有点过分。你跟他待上一整年都未必知道他心里在想什么。何况是我和他，两个男人，两具硬邦邦的身体各自杵在那里。

车攀上高高的堤坝，一条窄路，仅容两辆车相向而行，边上的护栏大概只有三十公分高，跟没有一样，底下是至少三十到四十米深的湖岸，湖水幽深而平静，比起我第一次见到的雁栖湖，颜色似乎深了一些。他开车的速度不慢，油门踩得稳定而迅速，即便是加速和停下，也让你觉得不突兀，跟他这个人一样，有节奏，不突兀，无惊喜。

"你跟我老婆，上过床?"他冷不丁问我。

"哦，没有，怎么可能?"

"差点儿?"

"差太多了，她是我的客户，我一般不跟客户睡觉，除非万不得已。"

"看得出来，你是个搞技术的。"

"差不多吧，技术总是枯燥无味，跟人打交道也好不到哪里去。"

"如果我说，她走了，我松了好大一口气，你会觉得我没人性吗?"

"多少有点难过，别人听了。"

"是啊，她不算坏人。"

他把车停在路桥当中凸出去的地段，那是供游客下车看湖景拍照的临时停车带，我们都下了车，一起走向她出事的那个地点，离停车带大概只有五十米，那里的矮小护栏没有撞坏，她的车得飞车而过才能落到湖里，那得配合相当疯狂的速度。我站在护栏边上朝湖里看，如此幽深柔软的水，让人有跃身落下的想法，特别是在月圆之夜，四下里寂然无声。我们一起站在那里探看湖面，他不说话，垂着头好像在默哀，或者打了个小盹。

"车呢?"我问他。

"哦，在修理厂，没准儿能修好。"

"能修好吗?"

"不知道，修好了我也不想要了。"

我们只是在那里看了看，我跟他要了汽车修理厂的电话，当天我累得要死，腰酸背疼，而汽车修理厂远在顺义，如果不尽快去，那车可能被工人修得看不出原形了，证据尽毁。我只好走回雁栖湖旅游区的大门附近，找了辆黑车，让司机送我到顺义。

那辆从淤泥里吊出来的小车，发动机已经毁了，在水里泡的，里边非常脏，感觉有无数人在里面踩过，上过厕所，还闻得到一股尿的味道。这辆车甚至上过发动机涉水险，因为北京数次被暴雨淹城，不少人都上了这个险种。我在车里的驾驶座上坐了很久，当晚她坐在那里，竟不知死之将至。

一整天我闷闷不乐，晚来自己喝了一大口杯酒，没有吃饭，光喝酒，酒精摩擦着胃的内壁，"咣当咣当咣当，"温热的体液上升到喉咙口。我卧倒在地上睡着了，半夜听到屋里有一声鸟叫，也许是两声，"啾，啾。"我从睡梦中睁开眼，看到一只巨大的黑色的鸟，品种不详，羽毛闪着暗暗的光，它站在窗台上，嘴向内钩，目光犀利，令人熟悉的犀利。在半梦半醒当中，只见那鸟猛然缓缓飞起，翅膀尖儿碰到窗帘，下体露出细细的绒毛，绒毛底下翻出更细的绒毛。它扇动翅膀，低速地、滑行般地越过台灯和床，从我身上飞过。

而后穿墙而去。

我醒来后打算去她的小服装店看一看，这是目前为止，我唯一没有去过的地方，事先打听好的具体地点，是她老公提供的，他还给了我店长，一个女孩的联络方式，那女孩叫青云，跟那位香港演员同名，但不姓刘，姓邝。

怎么形容那个女孩的长相呢？简单说，任何一个男人看到她，只想一件事——睡她，想别的也没用，她身上只有这一个信号——睡她！以每秒几百万赫兹的波长向外界发散这特定的、唯一的信号。我也不例外，我看到她的第一眼，就想跟她上床，所以她在一个服务于女性的服装店工作真是太奇怪了，她应该去男人多的地方上班。

她没有多漂亮，只是有一股风尘味儿，腿特别长，腰线很高，胳膊圆滚滚的，基本上长成那样的女人都是为男人而生的，我心神不宁地盯着她的脖子看，又看了会儿她露出来的胳膊，这么冷的天，她开了空调的热风，风呼呼吹着。

"这店，还继续开？"我问她。

她正低头收拾衣服，把衣服上的线头剪短，一边心不在焉地回答："对啊。"

很快她抬头看我，看得我心里一震。"你问这话什么意思？"

"我是店主的朋友，听说她出车祸了，怎么店还继续开？"

"地球离了谁都得照转。"她又低下头继续收拾那该死的线头，"你是她的朋友，特地来看这店是不是继续开？"

"无意中路过，只是奇怪。"

"她没跟我说要把店关了。"

"她不是故意不说，是来不及说，我猜。"

她又抬头看了我一眼，我敢保证要是她再看我第三眼，我就一定一把把她推到换衣服的帘子后面，二话不说，睡她。

我浑身发烫，说话也有些卡壳。

"既然来了，顺道给女朋友带件衣服呗。"她说。

我不由自主地走到衣服架子边，开始挑起来，估摸着小白喜欢的款式，不带亮片的，不带羽毛和流苏的，没有太多褶皱的，她喜欢干练的职业装。

"生意好吗？最近。"

"还好，换季清仓，打折，你看的这架，打五折，很合算的。"

我一边看衣服，一边偷偷看她，她侧面的曲线毕露，屁股撅起，腰没有多细，肉肉的，大腿太迷人了。我奇怪那个女人怎么会招这么个店长，不怕出事？

"你跟她，是亲戚？表妹什么的。"

"怎么会？都不是一个省的，我安徽人，她河北人。"

"她是河北的？我还以为是北京人。"

"口音学得太像了吧。"

"不需要那么像，不知不觉那么像的，估计是。"

"是没必要，我来应聘的时候，以为她是北京人，还怕她欺负我，本地人欺负外地人，很常见的情况。"

"她欺负你了吗，后来？"

"老板嘛，说话不好听是正常的。"

"以后谁是你的老板？她老公？"

"这店，我盘下了，都谈好了。"

"哦。"

我给小白买了件紧身连衣裙，厚毛呢的，深灰色，付了钱，接过她找的零钱时，我顺带捏了一下她的手，她没有反抗，店里没有其他人，这么待下去，我非做点疯狂的事不可。我提着袋子走了出来。想了想，又到马路对面，那里有个小卖部，我的本意是买烟，软壳云烟，一如既往，一次买两包，一包现场拆封，一包揣在怀里留着晚上夜深人静的时候抽。我回想着刚才的情景，我讨厌自己没有行动力，应该管她要个电话，于公于私，都说得过去。

"把你的手机号给我。"我回到店里，跟她说。

"你要找我，到这里不就行了？"

"不行，我另外找个时间约你出来。"

"你刚才买给女朋友的衣服，又是怎么回事？"

"我找你，是想谈谈你老板，别误会。"

接下来的两三天，我给她发短信打电话，她不是不回不接，就是迟迟才答复，总是说店里忙，周末生意不错，来了很多老客户，要一一打发，女人试起衣服来总是没完没了。我们终于打算在第三天的深夜，等她关了店门后，在店里碰头，其实我上次就谈完了也未尝不可，但我的雇主已经死了，新雇主还没出现，我不妨慢慢办，拉长了办，从藕里拨出丝一样办。

敲开她的店门，这个店，说实话，非常小，大概只有十五平方米，柜台里面有个迷你洗手池，用一块古时候的小石臼做成的，洗手池上放着以前的那种肥皂，镜子大概只有二十厘米见方。然后是柜台，然后是柜台上方的纸灯，三盏，不同颜色的，我记得是墨绿、深紫和姜黄。我第一次来的时候，完全被她吸引住了，没能看到其他东西，在这种情况下，我还挑了一件衣服，小巧、旧木头做的柜台对面，有个双人沙发，柜台另一侧才是供顾客换衣服用的布帘子，圆形的小空间，里面放了一张老式高板凳。

很奇怪，她上班穿得很少，临近下班，反倒换上了一件藏青色厚袍子模样的衣服，把自己裹得严严实实，一时间，那些乳沟、腰线、大腿内侧不可言喻的线条都消失了，我突然觉得有些索然无味。坐在沙发上，不知道该用哪种姿势好。

她坐到我对面的地上，地上有两只和尚打坐用的蒲团，底下还铺了棉线地毯，说实话，这店里情调足够，如果再喝点酒就可以开工了，孤男寡女坐在这里，除了做那件事我想不出别的相处法。我示意她坐过来，坐到沙发上，她很自然地坐了过来。

我拉住她的手，从那里进入袖子，袖子很宽松，我从里面可以一直伸到她身上的任何部位。过了一会儿，她出汗了，她自己把袍子脱了下来。我意识到她没有化妆，脸上干净得跟舞台上的艺妓一样，袍子底下甚至没有内衣和内裤，让我迅速而顺利地插入，这一切太顺利了，顺利得让人难以置信。

这中间，她像个母马一样嘶喊。屋里放着不知名的音乐，想必是她事先料到自己要叫得那么响，用来压一压，省得惊扰了四邻。这条街全是开小店的，二楼则多数是咖啡馆、洗浴中心和唱卡拉OK的，指不定二楼有很多女人正在夜色中嘶喊，用各种各样的音乐声来遮盖。她的身体深处有汁液源源不断地分泌出来，我怀疑自己进入了湿度极大的原始森林，在两次之间，我们抽空了聊那个死去的女人。

"她坏透了，我讨厌她。也不能这么说，以前她对我还不错，真心还不错。"

"怎么个不错法？"

"以前，我是街上混的，你看，你看我后背就明白了。"

我抓住她的头发，从后面插入时，已经见到了那个巨大的刺青图案，一只斑斓大虎，外加牡丹，这种图案在冲刺过程中简直刺激极了，你想征服那只老虎，顺带糟蹋那些怒放的牡丹，将花瓣一片片从枝茎上震下来。整个过程非常短暂，短暂得好像这只老虎走过夕阳斜照的森林。

"然后呢？"我保持一个姿势一泄如注，坐到沙发上。

"她把我从大街上领回这个店里，她总觉得自己是圣母，一认识我就要帮我，送我去戒毒所，给我买东西吃，把自己穿不完的衣服给我穿。"

"这不好吗？"

"好吗？对一个吸毒上瘾的人来说，送她去戒毒就像要了她的命一样，我在戒毒所一遍遍地骂她祖宗八代，骂她全家，祝她死得下落不明。"

"最后这个实现了。"

"是，我把所有的怨气都冲着她去了，那些时间真是生不如死，每天身体里像是有一亿只蚂蚁在爬，爬来爬去，却找不到出口，在皮肤底下爬，你知道那种感受吗？"

她斜靠在沙发上，拿衣服当被子盖，依旧撩人。

"大概可以想象，那你后来戒了？"

"是的，来来回回折腾很多次，戒了，她说她一定是上辈子欠了我什么，才那么想把我救出火坑。火坑？那是普通人觉得，我在里面舒服得很，我一点都不想爬出来，就是被她活生生地拖了出来的。"

"我还是不懂，她到底为了什么？"

"她神神道道的，说上辈子我不是她女儿就是她妈，这两种角色都比是她老公强，对吧？"

我不说话，女人对事物的理解，往往超过了我的理解力，最好保持沉默。

"然后她就让我在这里工作，当店长，我欠了她好大的人情啊，我只好做个好人，天天上班看店。"

"听起来也没什么不好。"

"好吗？整天待在这里无聊死了，挣了钱又不是放进你口袋里。"

"待在这里，可以随意跟人睡一觉，也算有点好。"

"因为我喜欢大叔。"她笑了起来，笑声不小，打碎了一只老玻璃瓶那么响。

"可是你应该有男朋友吧。"

"算是吧。"

"算是？不正式。"

"说不清楚。"她不愿意说了，起来穿好了衣服，我提议送她回家，太晚了她一个人走不合适，但她坚决不同意。

"一个人走走夜路有什么不好的？"

我目送她玲珑的身体微微前倾，在夜色中飞速前行，穿过马路，向右转，像一只永不言败的漂亮的母螳螂。

我回到家，洗了个热水澡，快极了，热水器坏了很多次，每一次的原因都不一样，国产老海尔，房东买它的时候，香港恐怕还没回归。我一边洗一边冒冷汗，就在后脖根处，我到灯下检查了自己的阴茎，它看起来疲惫又消沉，不知道问题出在哪里。

次日我四肢无力，午后发起了低烧。小白在晚饭前打来电话，问我吃饭了没有，我回答说自己一整天都没吃饭，没有胃口。她觉察到哪里不对头，下班后就赶了过来，坐在我床前，给我端水喝，帮我量体温，还特地跑出去买了药。

"这病真蹊跷。"我说。

"你最近太累了，为了一个死人。"

"也许吧。"

"你太为她着迷了，真奇怪。"

"着迷？我连她长什么样儿都记不太清了现在。"

小白突然把脸凑到我的脸前，她的瞳孔颜色发灰，就那么深深地看着我。

"你说，我跟你，我们是什么关系？"

"你希望是什么关系，就是什么关系。"

"不知道，我希望至少能超过一年，把各种节日过一遍。"她说的是过一遍，而不是两遍三遍五十遍，这种悲观主义贯穿着她生活，她给自己上了商业保险，纯属多此一举。

"当你老是这么想的时候，多半只能过一遍了。"

我摸摸她的头发，与此同时，那位落在湖中死去的人的脸，浮现在我面前，那么清晰，连鼻子上的毛孔都清晰可辨。

病一好我就去见了一个必须要见的人，她生前的男朋友，他坐在白沙发里，摸着沙发扶手，那沙发干净极了，这人一定有洁癖。

"你来干吗？她已经死了，而且，跟我一点关系都没有。"他说。

"嗯，我想知道一些别的情况，正好今天来这一带转转。"

"你肯定是特地来的，无事不登三宝殿。"

"真的，没事我就喜欢到处转转。"

"上次你来的时候，我已经都说清楚了，我跟她，不过是她的婚外情，我自己也已经有了女朋友。"

"女朋友？巧了，正好是她服装店的店长。"

"扯吧你就。"

我拿出一沓照片，是从上次在他家偷拍的全景视频里面洗出来的。

"你喜欢女用香水？"我指着其中一张卫生间的照片问他，盥洗台上有瓶原宿娃娃香水，娃娃造型非常醒目。

"你这个混蛋！谁他妈让你拍的。"他把照片抢过去。

"我特地买到了这瓶香水来闻一闻，音乐小恶魔限量女士苹果味香水，这种苹果味儿太特别了，北斗，Hokuto，日本本土栽培的，很巧的是，服装店的那位店长，身上就有这种味道。"

"变态。"

"是，有点儿，但不过分。"

"你到底想干吗？"

"我只想知道先后关系，你和她先好上，还是跟这个音乐小恶魔。"

"当然是她。"

"何以见得？"

"跟哪个女人先上床，能有什么证据？你可以拿我的床单回去好好检查一下，但我每个月换一次床单。"

"我不需要床单，我只需要手机通讯记录。"

"你妈的。"他小声骂道。

"还有你的过去，你从哪里来的，做过些什么的，以及现在想做什么，我去过你老家，河北沧州。"

"真闲。"

"收获不小，天成药业有你这样的员工，真是了不起。"

"英雄不论出厂日期。"

"你和这位店长，是老乡，你们一起来的北京，是不是以男女朋友的身份，就不好说了。但你身份证上是秦皇岛人。"

"本来就是。"

"不重要，重要的是，你们似乎合伙想从她那里得到些什么，你看。"我从兜里拿出几张网银的电子对账单打印件，"她转给你不止一次钱，几万几万地转，最多的一次有二十八万。"

"我没有逼迫她，她自愿的。"

"女人嘛，谈了恋爱，什么都可以。"

"但我们没打算弄死她，留着她做提款机不好吗？"

"是啊，没必要，只是吓吓她，三天两头的。"

"我也想知道她到底是怎么死的，比你还想知道。"他说这句话的时候，鼻子收缩，瞳孔蒙上了一层雾。

我告别了他，这次我没有录音，或者录视频，那层雾告诉了我，他没有撒谎。

我去稻香村买了一包奶油松子，这是为爱吃坚果的小白买的，还要了一件点心，有各种花色，是我自己的早餐，配速溶咖啡正合适，不甜不淡。我主动给她打电话求和，我们怄了三天气，彼此没有联系，但我每天临睡前都很想给她打个电话，听她从电话那头传来一声："喂——"

"喂——"接电话的是个男人，"哪位？"

我挂了电话。

第二天，我把电脑桌面清理了一遍，我有把随便什么东西存放在电脑桌面上的坏毛病，过一阵子，桌面上就摆满了各种文件和图片，密密麻麻的，跟烈士墓似的，所以清理电脑桌面被我称之为"扫墓"。扫完墓，清理电脑碎片，木马查杀，系统修复，优化加速，这些一个人可以完成的事，做起来真是顺风顺水。

失恋这件事占用了我两天的注意力，我在屋里用漫步者音箱放了整整两天"黑色安息日"的音乐，有时候坐在马桶上用Kindle读会儿电子书，加缪的《第一个人》，收在他的文集里，他临死前写的作品，有144页的手稿，据说手稿凌乱不堪，字迹潦草，连标点符号都没有，一个即将死去的人，他的内心一定充满了慌乱、绝望和莫名其妙的紧迫感。

第三天，我出门了，坐公交车回到了雁栖湖。通往雁栖湖的路口被一大堆机械工程车挡住了，正在修路，我很有耐心地等一辆大卡车倒车，那个指挥倒车的年轻工人镇定万分，这简直是在让一只恐龙穿过两座冰山的夹缝，我盯着他的眼睛看了好半天。

大卡车安全倒到大路上，我穿过跟在后面的小车车流，走了大概二十分钟，到了堤坝上，她死去的地方。这是初春，雁栖湖边的桃花梨花杏花集体开放，我站在高高的堤岸上抽烟，背着手沿着湖边散步，像一个无所事事的老干部。在河堤的右手边，是中国法官学院，数座高大的仿欧式建筑，前廊像是拉斐尔的《雅典学院》的简化版，门前站着个垂头丧气的保安，里面看不到法官，也看不到人活动的迹象。

我最终坐在堤坝上发呆，看着湖中岛，那上面芳草萋萋，侧边的另外一块半岛上有几个正在钓鱼的人，一对情侣从那边走过来，女孩早早穿上莫代尔低胸T恤、牛仔卷边短裤和黑色松糕鞋，黏着超级长的假睫毛，她的男朋友看起来文弱而瘦小。他们慢慢爬上来，跨过半米高的堤坝，开上停在道边的宝马X300走了。

两个年轻人爬这个堤坝尚且如此费劲，她何以能飞车而过，落到湖中？

晒够了太阳，我继续沿着湖边路前行，左手边是金雁酒店，整个酒店的造型非常怪异，是个站着的巨大的蛋，玻璃幕墙外壳，映照着湖光山色和在玻璃幕墙上显得已经变形了的几辆轿车。继续往前走，走大概二十分钟，就能到达我去过的那个别墅区，她的家，生前的。

那里只有不到二十套房子，在湖岸的一侧排开，第二排，右手数起第三家，门前有一高一矮两棵雪松，我到门前按门铃，两开的防盗门，过了一会儿，有人来应门。一个身高至少一米七的，身材修长、眉目精致的年轻女人，穿着藕荷色家居服。

"找谁？"

"嗯，秦行长。"

"老公，老公！有人找你。"她往屋里喊，"等会儿，他今天倒没去上班，你是他同事？"

"是的，行里有点急事要找他。"

她开了门，请我进去。比起我第一次去，这个屋子的风格大变，摆满了各种植物，不知道从哪里弄来的奇奇怪怪的热带亚热带植物，跟温室一样，屋里很热，两台立式空调呼呼地吹着暖风。客厅里满是植物，沙发的空间被挤压得很小，深棕色真皮沙发，用得有点儿旧了，这倒是以前就有的。他从两棵密密的鹅掌楸中间走出来，也是一身家居服，比之前略微胖了一点儿。

见到我，当然脸色不好看。

"你上楼去，我跟他谈点事儿。"他跟那女人说，我看了她腹部一眼，相比她苗条的身材，那里算不瘦了。

我坐在单人沙发上，他坐在三人沙发的远端，一边忍不住打了个呵欠。

生活教会我不再对他人满怀期待，且将自己视若旁人。看着这房子里的诸多变化，我在想该从何问起。

"说吧，找我干吗？"他先发制人。

"说不清楚，好像也没必要说清楚了。"

"那就好，你又不是傻子。"

"你是怎么做到让一辆车先是刹车失灵，后是方向盘失灵，然后凌空飞入湖中的？技术上的问题我不太懂，想请教你。"

"信不信？一个人的命怎么样，都是他自己决定的。"

"那天晚上，你给她打了电话，让她回家，要跟她好好谈一谈。"

"跟你蹲在跟前似的。"

"除非你觉得任何东西都留不下痕迹。"

"你想怎么样？把我交给警察？"

"我没那么闲，我又不是警察的手下。"

"你是她的手下。"

"是啊，客户至上，对我们来说。"

"你的客户死了。"

"连一儿半女都没留下。"

"你这么穷追不舍，又是为了什么？"

"我也不知道，我也很想知道。"

他冷笑了一下。

"反正世上有个人知道她到底是怎么死的，就够了。"

说完，我向他道别，我们还握了握手，他的新任妻子在楼上大声地呕吐，孕妇闹出的动静总是高于常人，当然，我非常理解。

巫昂说：写到这第四篇，我感觉以千计有了他自己的意志，不太听命于我了。

146

青年时种下什么，老年时就收获什么。
via 易卜生

荒　冢

双雪涛／写小说的

二十四岁的时候，我用一支旧得不成样子的钢笔给父亲写过一封信。在信里，我讲了一下家里的近况。母亲仍然自己一个人，和我生活在一起，没有出去工作，每天在家里看电视，养花。我，马上就要结婚，妻子是出版社编辑，因为出版我的小说认识，她比我年长，不算漂亮，但是人很和善，也很敬业。她说从第一次见到我开始，就觉得我这个作者似乎可以信任，这种感觉在之后的交往中得到了确认。我还在信里讲了一下艳粉街现在的状况，它已经被夷为平地，然后在上面盖了无数的高楼，那里现在已经是核心市区的一部分，有几个大型的超市和不少的汽车4S店。我在信的最后说，虽然很久之前你就告诉我，不要去看你，不用再给你写信，可是在这样特殊的时刻，我还是想写信给你，跟你讲一下，然后我把那支旧钢笔放进信封里，把信寄了出去。

像过去一样，我没有收到回信，但是收到了那支旧钢笔，监狱把钢笔给我退了回来。我明白他们的意思，钢笔有时候会成为凶器，这已经不是十几年前，一切还都较为宽松。我把它和我的旧信件放在一起，锁进了抽屉。

我和我的父母搬进艳粉街的时候，是一九八八年。那时艳粉街在城市和乡村之间，准确地说，不是一条街，而是一片被遗弃的城区，属于通常所说的"三不管"地带，进城的农民把这里作为起点，落魄的市民把这里当作退路。它形成于何年何月，很难说清楚，我到那里的时候，它已经面积广大，好像沼泽地一样藏污纳垢，而又吐纳不息。每当市里发生了大案要案，警察总要来这里摸一摸，带走几个人问一问。这里密布着廉价的矮房和胡同，到处都是垃圾和脏水，即使在大白天，也会在路上看见喝得醉醺醺的男人。每到秋天的时候，就有人在地上烧起枯叶，刺鼻的味道会弥漫几条街道。

那年父亲三十七岁，刚从监狱出来，一九八五年，他因为偷了同事的两幅新扑克牌，在监狱里待了三年。在入狱之前，他是工厂的工人，据母亲说，父亲晚上喜欢读武侠小说，还参加过厂里的征文比赛，写过歌颂"两个凡是"的诗歌。出来的时候他一条腿瘸了，不过还可以自己走路。没有人给他工作，找工作的时候他经常要在对方面前走几圈，"你瞧，我瘸得不厉害。"他总这么说。一个狱友，先他四个月出狱，在艳粉街开了一家台球厅，要他过去帮忙，他说那里房租便宜，对于像他们这样的人有很多的工作机会，容易交到朋友。台球厅在地下一层，没有窗户，装着两个硕大的排风扇，里面每天都烟雾缭绕，卖一块五一瓶的绿牌儿啤酒和过期的花生豆。大人们在里面喝酒打球，谈事情，除了十几个台球案子，还有六七个房间，有的里面是一个牌桌，有的里面是一张床。父亲的任务是拿着一根废旧的台球杆坐在台球桌旁边的椅子上，装作会打球的样子，处理一些纠纷。他常哼着里面播放的音乐，在一年后，他最后一次伤人之前，他已经学会了不少粤语歌。

奇怪的是，他一直没有学会打台球。

那次严重的斗殴具体因何而起我已经无从知晓，没有人告诉过我，只知道父亲失手打坏了一个年轻人的脊椎，导致他永远无法站立，而我的家里又拿不出赔偿金。而据我的猜测，他也许只是想让自己看上去能干一点，毕竟这份工作来之不易，或者是在击打对方的时候，想起了自己过去受过的苦，或者两者兼而有之。

因为是累犯，又是特殊时期，这次的刑期很长，父亲被带走之后，给母亲写过一封信，告诉母亲和我忘掉他，也不要去看他，他不会见我们。事实证明，在这一点上他相当固执。我和母亲试了几次，都吃了闭门羹，写去的信也全都给退了回来。

父亲回到监狱之后，我和母亲依然住在那里，她每天清晨推着一车葵花籽出去卖，工厂倒闭之后她就开始干这个。我帮她把三轮车推到巷口，然后自己走路去上学。以我的脚程，二十分钟可以走到，我目不斜视，笔直前行，需要走过六条街和一个旱厕。清晨的街道上布满了垃圾，只有一个独眼的环卫工人打扫。他年过花甲，老是用那只没瞎的眼睛审视着那些清晨时候下班的妓女，她们大多挎着镶有闪闪亮片的皮包，穿着高跟鞋，有的摇摇晃晃，已经醉了，妆容花在脸上，有的抽着烟卷，眼睛快要睁不开，急匆匆地赶回出租屋去睡觉。路上常有人打劫，劫匪一般都是附近职业初中的高年级学生，他们的专业是水案或者修理汽车。他们在裤兜揣着折叠刀，三五个一伙儿，在拐角或者树后面出现，把你拉到胡同里，打你两拳，然后开始搜你的身上。我记不清自己被抢了多少次，按道理说，他们如果信息能够共享的话，抢劫我这样的孩子是十分没有效率的，我兜里没有一分钱，腕上也没戴手表，只有一书包的书和一个生锈的文具盒。可惜在那个行当里，总是有新人加入，他们不认识我，他们需要钱去买游戏机的币子或者给自己喜欢的女孩儿买八王寺汽水。我已经习惯站在他们面前，自己主动把衣服脱掉，让他们看清楚之后再把衣服穿上。这样既能避过一些拳脚，还能节省时间，防止迟到。

我十二岁的时候，念到小学六年级，同年级的学生正在逐渐的流失，有些人已经没有耐心把小学念完，开始离开艳粉街，各奔前程。母亲希望我一直念下去，而且她想要攒钱把我送到市中心的初中，前提是我的成绩能够好一点。母亲告诉我，你不要和你的同学比，你要想象这个世界上还有许多正常的孩子，他们每天读书写字，长大就会坐在有电风扇的办公室里上班，你要把他们当成对手，你要比他们成绩更好。你爸一直希望你多读书。我说："妈，我不知道他们到底会考多少分？我怎么和他们比呢？"她说："你就想象他们永远不会犯错误，他们像机器一样，只要有电池，就不会写错一道题。"我相信她的话，这条街区里只有一个旱厕，冬天的早晨人们会在旱厕前面排起长队，想要拉屎的人站在寒风里等待着，相互说着话，嘴上冒着哈气。有一次我看见一个大约四十岁的女人，正在和身边的人开着玩笑，突然从队伍里跳出来，脱下裤子蹲在地上，把肚子里的东西拉在冰面上，它们会长久地冻在那里。我经常会想到这个景象，它使我能够按照母亲的意思，努力念下去。

就在我要把六年级念完，准备小学毕业的时候，我又一次遭到了抢劫。首领是一个女孩子，身边站着两个和她同样年纪的男孩儿。他们看上去十五六岁，以比例来说，比我大很多。我没见过她，她穿着一条红色的连衣裙，头发烫成一个一个大的弯弧，头发帘遮过了眼睛。腿上穿着黑色的丝袜。她首先抽了我一个耳光，"认识我吗？"她说。我不说话，开始把书包翻过来，倒在地上。她又给了我一个耳光，"我叫老拉，你有名字吗？"我说："我身上没有钱，书包里只有书和文具盒，你们自己看。"老拉伸手拿起我的作文本，翻开，朝着她的两个同伙说："题目，《蚊子》。"男孩儿们笑了，其中一个抬腿踢了我一脚，说："傻冒，蚊子，你好，我叫苍蝇。"她继续念道："我家夜里有好多蚊子，我打它们，它们就跑，好像它们曾经被我打死过。"她看了看我，继续念："我太小了，什么也不懂，也许长大一点会懂，为什么我们非要杀死蚊子，我们才能睡觉。"她把作文本扔在地上，捡起我的文具盒，从里面拿出我的钢笔，"你有钢笔，"她说，"哪儿来的?"我说："我爸给我买的。"她把钢笔放在丝袜里说："我借走了，不过会还你的。"他的同伙狐疑地看着她，其中一个把手伸向她的大腿，说："给我吧，你留着没用。"她把他的手按在腿上，说："你留着有用? 你认字吗?"那人说："认得一些。"她说："丝袜好吗?"他说："好啊。"她说："那就撒手吧。"然后她转过头对我说："我要拿它写封信，两三天就能写好，三天吧，你到红星台球厅找我。认识吗?"我说："认识，在废品收购站对面。"她说："你要是不来的话，我就当你送我了。"说完她抬起手，我还以为她要再抽我一个耳光，她把头发帘拨了拨，走了。

那支钢笔确实是我爸送给我的，不过不是他买的，他说是一个狱友送给他的。我爸把钢笔放在我手里，是他刚出狱不久，我正趴在地上生炉子，用扇子努力把油毡纸扇着，他蹲不下来。他让我进屋去看点东西。火着了起来，把细柴也引燃了，最后烧着的是煤块。我垫上铁圈，然后放上水壶。他又叫了我一次，我站起来走进屋去，看见他坐在炕沿手里拿着这支钢笔。"送你了。"他说。我接过来，一支崭新的英雄牌钢笔，镀金的笔尖，不锈钢的笔身和笔帽，拿在手里像一颗细长的子弹。我说了一句很奇怪的话："爸，钢笔哪儿来的?"他看着我，不知道是因为我的问题还是厨房的烟飘了进来的缘故，他好像要哭。"在哪儿买的?"我补充了一句。他把一条腿从炕上搬下来，站在地上，说："监狱里的朋友送的，你好好看看，是新的。"我说："是新的，确实是新的。"他向外面走去，说："本来，他想用这玩意扎人来着。"我说："后来呢?"他说："没扎。"

红星台球厅离我的学校不远，不是我爸工作过的那一个，是另一个。在里面玩的人大多年纪不大，便宜，是给小孩儿玩的台球厅，在墙角摆着三台大型游戏机，几个人手抓着摇柄，在玩"街头霸王"，时不时从兜里再掏出币子塞进去。老拉正在和一个男孩儿打台球，这个男孩儿我也没见过，他焗了一脑袋红头发，好像一束活动的假花。老拉在进攻，她趴在台球桌上，一只乳房帮助她固定住杆位，我看着她把白球从桌上打起，直飞到邻桌的球中间，那边摆好的三角球型炸散了。然后她直起身子，看着桌面，好像局势还在她控制之中，然后她从兜里掏出五个币子，放在桌沿上，说："输了，明天再玩。"

"过来吧，蚊子。"她冲我招手。我想提醒她我不叫蚊子，没人愿意叫蚊子，可是我没说，她愿意叫什么就叫什么吧，那是她的事儿。她坐在球桌旁边的椅子上，让我坐在她旁边。"你打台球吗？"她问我。我说："不打，不会打。"她说："大型呢？玩吗？"我说："不玩。"她说："你平常都干吗啊？哎，你跟我说说，来这儿干吗来了？"我说："来拿我的钢笔。"她说："钢笔？什么钢笔？你以为这是文具店呢？傻冒。"我说："咱们说好的，三天之前你把我的钢笔借走了。"她说："挑一样。"我说："什么？"她说："台球，大型，挑一样，陪我玩一会儿。"我说："我都不会，下午我还得上课。"红头发在旁边自己和自己打着台球，不停地把球打偏。我说："如果你不给我，那我就走了。"我站了起来，她仰着头看我，说："那你随便干点什么行吗？你会什么？随便干点啥。信我已经写好了，你那破笔我留着也没用。"我说："我会背诗。""我靠，"她高叫着，"我靠。"我转身准备走出去，她在我身后说："哎，你背吧，背完赶紧拿着破笔滚蛋，背吧，什么诗？"我转回来，说："外国诗。"她说："还会背外国诗？哪儿看的，不是你自己瞎编的吧。"我说："不是，在书店看的。我和我妈去市里买过书。"她说："背吧，赶快，我还有事儿呢。"

我开始背了起来：

我回到我的城市，熟悉如眼泪，如静脉，如童年的腮腺炎。你回到这里，快点儿吞下，列宁格勒河边路灯的鱼肝油。

彼得堡，我还不愿意死；你有我的电话号码。彼得堡，我还有
那些地址，我可以召回死者的声音。

她说："没了？"我说："还有，但是我就记到这里，其余的忘了。"
她说："列宁格勒是哪儿？"我说："我不知道。"她指着我，对红头发
说："老肥，你听见没，这傻冒会背诗。"红头发瘦得像饿狗一样，却叫
老肥。他一边打出一杆球，一边说："我还会呢，鹅鹅鹅，曲项向天
歌，白毛浮绿水，红掌拨清波。"她对我说："你等我一下，老肥，我进
去一趟，你们俩傻冒对诗吧。"老拉进去之后，老肥把杆杆在地上，对
我说："你怎么认识老拉的？"我说："忘了。"他用杆指了指我，好像要
把我打进洞里，说："离她远点。"我说："我知道。"他说："你知道个
屁。"说完他把白球摆好，再一次错失了目标。

老拉出来的时候，手里拿着我的钢笔和一个信封，信封上有字。她
说："陪我去把信寄了。"我说："我要迟到了。"我知道邮筒的位置，艳
粉街里唯一的邮筒，在它的边缘，再往东，就是荒原了，我曾经远远地
看过，有火车道，有土丘，再往那边不知道有什么，看不见了。我去的
时候是冬天，给父亲寄信，虽然知道会被退回。在信里我用钢笔写了我
最新学到的东西，默写了圆周率的后十几位，还跟他说了光合作用的原
理。那天下雪，一列火车经过，能看见车窗里的光亮，能看见有人躺在
光亮里，火车好像正在逃走的房子。我在想，信是怎么寄到父亲那里的
呢？难道邮筒底下有一个管道，直接通到监狱里父亲的房间？可并不是
所有信都寄到监狱去的吧，那可真的需要好多通道才行。"走吧，我有
自行车，很快就到，很快就能回来。"她说。我说："好吧。""钢笔我帮
你拿着吧。"她说，"到那儿给你。"

她的自行车很旧，横梁，我怀疑这车过去不是她的。她让我坐在后
面，然后撩起裙子费力地跨在上面，车座太高，她只好把屁股骑在横梁

上，脚才能够到脚蹬子。她将钢笔和信封夹在车把上的手指里，骑得很快，路也很熟。我双手扶着车座，防止转弯的时候把我摔下来。她的脖子后面渗出了汗珠，细长的脖子，曲项向天歌的鹅。我能看见她的抹胸在衣服里拱出一片棱，能看见她被风吹起的裙摆里，白色的裤衩。在我十二岁的这个盛夏的中午，我第一次感到身体里一种遥远的战栗，它好像暴雨前的雷声一样，由远及近，在我的身体里炸开，然后蔓延开去。不知道是不是所有人都能够感受到这种东西的实质，我觉得它的实质是故乡的感觉，当然这是我后来对此的总结，也许很不准确。

邮筒在那，毫无疑问，它一直在那。老拉把信投进邮筒的嘴里，用手拍了拍邮筒说："哥们，全靠你了。"我和自行车站在一起，看着邮筒背面的那片荒地，一片齐膝的杂草，前两天下了一场暴雨，有很多大大小小的水坑。远处是铁轨，两头都看不见终点。老拉把自行车推到邮筒旁边，锁上，说："那头去过吗？"我说："没有，那头有什么？"她说："煤厂，很大的煤厂，没去过？"我说："没有。"她说："没人管，我去拿过煤，很耐烧，姥姥说，这煤炼钢都行。"我说："钢笔给我吧。"她把钢笔举在我面前晃了晃，说："里面还有墨水，我买了最贵的墨水，鸵鸟牌，我打听过，鸵鸟牌最好。"我想起母亲这时候在烈日底下卖葵花籽，她要当场把葵花籽炒熟，用铁锹一样的铲子翻检，也许不久之后，我就会离开这里，到市里去上学，住宿，不再用水井压水，而是喝水龙头的自来水。我问："那边没人管吗？"她说："我去过两次，都没有人，不知道为什么没有人，就是没有人。去吗？"我说："我们用什么装煤呢？"她说："用手，我们挑大块的捡，四只手能拿四块，回来放在车筐里。"我说："我就拿两块小的。"她用手推了我一把说："傻冒，说过了没人管，你以为拿两块小的罪就小点？"

我没有想到，煤厂十分遥远。其实我应该想到的，站在没有视线阻碍的地方眺望，都看不见它，那它一定是远得可以。在烈日底下，我们穿过杂草丛，穿过铁轨，迎面是一片高粱地，这片高粱地非常广大，我记不清在里面穿行了多久，汗水流进了我的眼睛，我感觉到脸上都是盐。老拉走在我前面，步履强健，她不时用手分开高粱叶，说："这边走，你看，蚂蚱，这么大的蚂蚱。"不但有蚂蚱，还有蜻蜓，黄色的我们叫它大老黄，翅膀较小，飞得很快，比较机灵；绿色的我们叫它绿豆，长着硕大的绿头，翅膀较大，智商却低，它落下之后，用手可以直接钳住它的翅膀。蜻蜓们成群地在我们头上盘旋，落在触手可及的高粱秆上。可惜我无心捕获它们，我的手要留着拿煤块，没有多余的手可以拿蜻蜓。从高粱地里走出去，听见有火车经过铁轨的声音，只听见隆隆的声响，听不清铁轮压过轨道接缝的声音。

　　一扇斑驳的铁门出现在我们面前，锁头锁住了门鼻。"这是哪儿啊？"我问。"列宁格勒。"她说。我大吃一惊地说："真的？"她说："傻冒，旁边有字。"在铁门旁边的石墙上，有四个红字，像是许多年前刷上去的，好多笔画已经脱落，不过还是能辨认出是"煤电四营"四个字。"煤电四营是什么东西？"我问她。她摇摇头说："我也不知道，我问过姥姥，她也不知道。"我们两个翻过铁门，落进院内，院里有一段铁轨，铁轨上停着一辆煤车，四四方方，棺材一样，铁轨向前延伸，一直爬过一个土丘。她说："蚊子，土丘那边都是煤，还有挖斗车和吊车。"我突然说："你坐在里面，我推你过去。"她说："我也不瘫，推我干吗？"我说："你坐进去，我推你。"她说："前面是上坡，如果滑下来，能压死你。"我说："你坐进去吧。"她蹲在里面，我努力去推，车一动不动，"使劲啊傻冒。"她拍着车沿大笑，手上沾满了灰土。我说："你别催，马上就会动了。"我两只脚一前一后顶住后腰，脑袋含在胸前，哺乳动物的牙齿对称地咬住一起，像是希腊神话中的囚徒。鞋都要擦出火星，车还是一动不动。她说："别推了，再推天黑了。"她从车里跳下来，指着车轮说："傻冒你看，锈死了。"果然是锈死了，我忙着推车，没看轱辘，车轮和铁轨已经锈在了一起，好像年老的夫妻。她说："伸出手来看看。"我朝她伸出手，手心通红，两块皮离开了手掌，她把我的手揉了揉，然后拉住说："走吧，再玩就来不及了。"

在我的记忆里，那是第一次有女孩子拉住我的手。

翻过土丘，是一片煤的海洋，准确地说，应该是煤的山川。一座座煤山横亘在眼前，高的有四五层楼，矮的也有两层楼那么高。在煤山之间的低洼处，有前两天暴雨留下的积水，形成一个一个小型的人工湖，漆黑浑浊，水面上泛着油光。可是，虽然有无穷无尽的煤，却没有煤块，都是煤沙。我说："你带了塑料袋吗？"她说："没有，确实有煤块，要再向前走。"我摇摇头说："到处都是水，走不过去了。"她说："怎么走不过去？我在前面走，你跟在我后面，我走过的地方你就能走。"我说："不去了，钢笔给我吧。"我看着这些煤，它们潮湿松软，黑色海绵一样，而我和老拉，就像两滴被风吹过来的清水，无足轻重的清水。我忽然想起来，我已经离开家这么远了，而且没有人知道，这种恐惧突然抓住了我，摇晃我。她松开我的手，把钢笔扔在我身上，说："爱去不去，破玩意给你。没有自行车，看你怎么走回去。"然后独自向前走去，脚落在煤沙上，发出踩碎枯叶一样的声音。我在地上捡起钢笔，转过头，原路返回，翻过铁门，走进高粱地，一只大老黄落在我肩膀上，用翅膀小心地保持着平衡。我逮住它，用手抚摸着它的翅膀，它没有害怕，用触角轻轻碰着我的手指，我松开手，它慢慢得升高飞走了。天空中开始看不见太阳，我四处寻找，确定太阳正在落向我们来的方向，我在心里努力记住这件事情。我又想了想父亲和母亲，主要是想了想父亲的样子，他其实大多数时候是个腼腆而沉默的人，不知道是不是监狱里都是这样的人，因为胆小而犯罪，应该不会吧，肯定不是这样。我不能扔下老拉。我转向煤电四营的方向，吸了一口气，跑了起来。

我找到了老拉的脚印，她的脚步均匀，好像知道自己的目的地，脚印是一条直线。我踩着她的脚印向前走，煤沙和我想的一样，如同泥巴，不过因为我们的年纪小，骨头轻，所以只要不是用力跺脚，可以在上面行走。翻过了一座煤山，我看见两个挖煤的铲车停在那里，脚印穿过了其中一辆。老拉应该是在上面坐了一会儿，我也蹲了上去，所有东西都生锈了，车胎也早就干瘪，铲车的翻斗里，盛满了雨水。这里不是列宁格勒，这里好像一个遗失的世界。我在铁斗里喝了一点水，如果老拉还没有丧失理智的话，她也应该在这里喝水，否则不久之后，水会成为问题。我喝过了水，又洗了脸和手，继续沿着脚印走。不知走了多久，一直没有看到老拉的身影，我喊她，也没有回应，天已经开始黑了起来，身后的铲车早已经看不见了，被一座座的煤山遮住。我没有害怕，至少我还有自己的脚印可以走回来。我不认识老拉，我跟她在一起的时间不超过一天，我不知道她的所有事情，她是一个女孩儿，她也许比我疯狂，我就知道这些。可在此时此刻，我唯一想要做的事儿就是把她找到，然后一起离开这里，就算把我的钢笔给她也行，我必须得这么干。走到两座煤山之间的一个岔口，问题出现了。地上突然多出了好多脚印，杂乱无章，向着四面八方走去，我蹲在地上，仔细地比对脚印，看不出新旧，因为天气太热，新的脚印不会像刚刚踩过那样潮湿，而且大小都差不多，也许是老拉自己的，那只能说明她迷路了，走回了原点，又向着另一个方向走去。我又一次扯开喉咙大喊："老拉，老拉。"我希望这是她的真名字，这样即使她听不见，也能感觉到有人在喊她。没有人回应。我只能选择其中一条脚印走上去，我选择了向着更远方向的那条。

　　天已经完全黑了。盛夏的夜风吹起来，可是并不让人感到凉快，这里没有一株植物，没有一棵草，没有麻雀，没看到有一只鸟或者昆虫飞过。脚印快要看不清了，我把跨栏背心脱下来，撕碎，一点点地扔在地上，走了一会儿，跨栏背心也用完了，可是脚印还在延伸。我忽然想到，如果我错了，再向前走，可能我就走不出来了。如果我对了呢？老拉就在前面，我们能够走出来吗？会有人发现我们吗？嗓子干燥得好像炕炉，四处都是积水，可是不能喝。我突然想要拉屎，拉过之后，用内裤擦了屁股，然后把内裤盖在上面，这是一个标记。现在我的体内空空如也，连屎也没有了。我坐在地上歇了一会儿，继续向前走，边走边俯下身，仔细辨认脚印，在一座煤山的半山腰，脚印断了。我的眼睛已经适应了黑暗，我看见在煤山的侧面，有一摊积水，看不清有多深。我喊了老拉的名字，声音干裂得好像大人。我坐在煤上，向着积水一点一点滑动。一只手，一只手在水边。我把钢笔放在旁边，拽住那只手，不过不敢太用力，我怕被那手拖进水里。我明白这件事情的原理，她跌入了水里，双脚陷进了水里的软煤中。她挣扎呼救，可是水还是没过了她的头颅，不过水底的煤并不是完全被浸透的，陷入一定程度就会停下，她的手就这么搭在了水边。我用了几次力气，都没法撼动她。我顺着原路返回，寻找工具，我卸下了一辆煤车上面的手刹杆，那东西好像风化的石头一样，折断了。我脱下身上仅剩的东西——穿在外面的短裤，把她的手绑在铁杆上，然后缓慢地向外拖动她。不知道用了多久，有几次我感到肺里好像要爆炸一样，我终于把她拖了出来。她穿着一条有着粉色花瓣的裙子，脚上没有鞋。

我赤身裸体地在尸体旁躺了一会儿。不是老拉，她看上去和我年纪差不多，脸虽然胀了，可是看着还是很清秀，鼻子小巧精致，好像面团捏的。她的头上梳着两个揪揪，上面都是煤渣。她是来捡煤块的吗？或者她是陪别人来的？我有种不好的感觉，自己快要睡着，我坐了起来，捏了捏自己的脸，钢笔叼在嘴里，把尸体背在身上，向着原路走去。

尸体贴着我光溜溜的脊背，我的身体好像在结着壳。我确信我自己曾经睡过去几次，边走边睡，我想喝水，我想吃东西，我想把她带出去。不知道为什么，也许我觉得，一旦走出了这里，她就会从我的后背跳下来走掉，她死在这里，她仅仅死在这里。

后来母亲告诉我，她等了我一宿，我没有回家。第二天她没有出摊，而是去学校，去我可能去的地方找我，询问了前一天见过我的人。她见到了老肥，然后见到了老拉。老拉矢口否认曾经见过我，可是我妈抽了她几个嘴巴，她看出来她在撒谎。我妈找到我的时候，我一丝不挂趴在那个铁门里面，嘴里咬着钢笔，浑身漆黑，背上有一具高度腐烂的尸体。我很快苏醒过来，考上了市里的初中，离开了艳粉街。我问过母亲那具尸体后来怎么样了，她说交给了警察，然后就没了下文，好像一直没人认领，也许是流浪儿，然后应该是烧掉了，洒掉了。

我离开那里之前见过老拉，她和几个男孩儿走在一起，指着我说："他就是蚊子，哎，蚊子，有币子吗？大型的币子?"她忘了我曾经说过，我不玩大型。她和外婆生活在一起，母亲在广州，做什么不知道，也许老拉有她的地址。

过了一段时间，差不多是我婚后的三个月左右，我收到了父亲的回信，信很简短，是用铅笔写的：

祝贺。多写东西，照顾好身边的人，你比我强。不要再写信给我，眼睛越来越花，如果有照片的话，可以寄给我看。过去我送过你一支钢笔，你还记得吗？如果还在，寄给我，我想看看，然后还给你。如果没有了，就算了。再次祝贺。

双雪涛说：哦，上帝，你要救我就救我，你要毁灭我就毁灭我，但我时时刻刻把持住我的舵。

爱比杀人重罪更难隐藏；爱情的黑夜有中午的阳光。
via 莎士比亚

空 房 子

李晁/编辑

那房子在近郊，建在一片地势较高的山坡的顶端，十八层中的第十层，视野开阔，阳台面南，从那里能望到皇甫上班的大厦，小区还有一个童话式的名字：森林故事。那里确有几处残存的天然林带，林间还有一条散落松针的小路，刮风的日子能听到松涛声，这倒让皇甫意外，但远没有售楼广告宣称的那样——美到无可挑剔。

收房那天，皇甫和女友早早赶去，在排队办理交房手续时，业主们的目光便齐刷刷盯着这两位面目陌生兴致盎然的小青年，几位中年妇女更是翻翻白眼，像窗外树上的蝉一样聒噪起来："哼，有些人就是坐享其成，这房子一压几年，不是我们撕了老脸一趟趟跑政府，哪有他们今天？"

皇甫脸薄，招架不住妇女们的目光，脖子往衣领里缩了缩。他知道那些事，在业主群里，每次都有人号召维权，房子过了交房期都两年了，谁都着急，可皇甫一次也没有去，就好像那房子真的与他无关，皇甫默不作声。

妇女们仍叽叽喳喳说个不休，目光睥睨，嘴像刀子，说到激昂处，唾沫星子化作一个个七彩泡泡飞舞起来。女友小蒋却满不在乎，抬头挺胸，还扯了扯皇甫的衣角，撇撇嘴，做了个搞怪的表情，"好了不起啊她们，开国功臣，喊！"

皇甫皱了皱眉，目光收敛，带着息事宁人的态度，可女友那句话也实在没有避讳任何人，声调不疾不徐，却掷地有声，充满了另一种嘲讽。皇甫小声说："别惹她们，少说两句吧。"

女友却不依了："怕什么，我们也是付了钱的，又不是偷又不是抢来的！"

女友这句话让现场出现了短暂混乱，那些没有积极奔走的业主纷纷站在了女友小蒋这边，皇甫看了看，他们大多和自己一样，是上班一族，脸上带着一种漠然的态度。两拨人就这么闹闹哄哄，各说各的，把不大的物业办公室吵得像外国议会。整个过程，皇甫袖手旁观，好不容易拿到钥匙时，皇甫的后背湿了一片。

皇甫和女友盲人摸象般踅摸到了山坡顶端刚完工的那栋白色建筑。房子的主体工程已经完工，楼下却仍是一派脏乱景象，剥开的黄土，散放着钢管瓷片和水泥袋子，一地的建筑垃圾，曾经许诺的花坛未见动工，土包上野草疯长，像是被人遗弃许久的蛮荒地带。皇甫无知无觉，女友却跺了一下脚，说："这什么破房子，把我们当猪吗？"

皇甫想说什么，但还是忍住了。他们绕过那些垃圾，沿着坑坑洼洼的土路找对了门牌，楼道很窄，没有大厅，一楼的电梯不知出了什么故障没有开通。皇甫后悔起来，早知就不该那么兴冲冲地通知女友了。果然，女友的抱怨扩大了范围，看什么都不顺眼，连楼梯间的间距和栏杆颜色也批评了一番。皇甫小声嘀咕一句："能交房就不错了，你还挑。"小蒋就不客气地拧一把皇甫，说："你这个人，看什么都满意是吧？"

毛坯房赤裸得可怕，像被虫蛀蚀一空的坚果，皇甫有些惊讶，不满起来的是小蒋，她抱怨进门的玄关太窄了，两个人都无法同时进出，客厅和餐厅又太狭长，像间洞穴，而那个小储物室更是百无是处，放什么都不是，而最最令人恼火的是厨房，简直是条过道嘛。小蒋说："等装了灶台橱柜，连转身的余地都没有了。"小蒋看一间房就发表一通议论，一间间房看下来，小蒋得出一个结论，她问皇甫："你家这房怎么这么小的。"

皇甫站在阳台看天，是个雾霾天，视野前方的城市楼群隐在阴暗的霾里，一团混乱。小蒋在抱怨完房间后，唯一夸赞的就是这个阳台了，哪知天气又不好，视野被雾无端堵住。皇甫只好扶着栏杆往下瞧，雾霭中那片松林竟有了迤迤逦逦的姿态，一路往坡下延伸，只是那架银白高压铁塔破坏了这莽莽丛林的意象。皇甫自言自语说："我们好像住在悬崖边上。"

皇甫记得后来刮起了风，或许还有地势的原因，处在皇甫的位置风竟不小，真有些身临险境的味道。皇甫还记得看房出来，走下楼梯时，九楼的楼道内冒出一个脑袋，那人指着楼上的位置说："楼上的？"皇甫盯着他，那人又指着自己说："我是九楼的，就在你们楼下，你们什么时候装？我们马上，你们最好也尽快，免得以后互相麻烦——是吧？"皇甫有些讶异，那人倒真不见外，客套里含着不容商量。一沉默，话头就被女友抢过去，小蒋努努嘴，说："你们装你们的，你管我们什么时候装，又不碍你们家事……"小蒋还没讲完，就被皇甫拉下了楼。

出了楼道是一段长长的S型下坡路，皇甫走得飞快，小蒋跟在后面有些吃力，她叫住皇甫，皇甫站住，又怎么了？小蒋脸有愠色，是对房子的失望，或许还有皇甫，这个关键时刻就痴傻起来的人。小蒋说："这什么森林故事，就是两片破林子嘛，连片草坪也没有，全是水泥地，干巴巴的，以后怎么溜'匆匆'？"

下了公交车，小蒋挎着包直突突往前奔，换作皇甫在身后慢悠悠了。公交车一路走走停停，赶上拥堵地段，几分钟也挪不了一步，时间被白白耗费。皇甫再抬眼时，小蒋竟消失在视野里，皇甫在人群里左突右撞，可一无所获，只怪这大热的天，大家都穿着一式的Ｔ恤衫和薄棉裤，皇甫也分不清哪个穿白色Ｔ恤的背影是小蒋的了。

皇甫在人群里喊了一声："喂。"

两年了，皇甫仍不习惯称女友为小蒋，他给她取过多个外号，几乎全是猫猫狗狗的名字，也算投其所好。小蒋喜欢动物，尤其狗，不但养了一条叫匆匆的松狮犬，还曾跑去上海学了半年美容，回来就开了一家宠物生活馆，做美容又兼作寄养。可小蒋对皇甫起的外号却嗤之以鼻，皇甫就奇怪了，"你不是整天和阿猫阿狗的待在一起吗?"小蒋不语，也就一概不回应除"小蒋"之外的任何称呼了，所以那些外号叫着叫着，皇甫自己就气馁了。

皇甫也曾不甘地问过，"为什么要叫你小蒋，小蒋小蒋，好像叫外人一样，好像我有多老似的。"

小蒋难得露出笑意，说："你明明就显老嘛。"

小蒋的回避与躲闪并没能打消皇甫的疑虑，可他又实在找不到更好的途径去了解这背后的因由，只能作罢。皇甫觉得小蒋这人实在耐人寻味，他和她都好了两年多了，好几百个日夜，他把自己所有的故事都告诉给了小蒋，可小蒋却从不提自己，照旧我行我素，所以很多时候，皇甫只好赌气地叫她"喂"。

皇甫的那声"喂"并没能唤来小蒋的回应，就好像她压根儿忘记了身后的皇甫，忘记了他们是一同去看房的。皇甫喂了几声，人群里为他转身的全是陌生男女，他们回头后的目光无一例外地诧异，好端端的一个人，乱喊乱叫什么呢?

皇甫一时羞愧，似乎总是这样，他在人群里辛苦寻觅，而小蒋小巧玲珑，往哪里一缩，皇甫就再难发现了。这次也不例外，小蒋一个人跑到了人行通道对面的牛肉粉馆里，皇甫好不容易才看见小蒋在落地窗内的手势，向他告别似的，左右晃动，皇甫只好一头扎进那条臭烘烘的地下人行通道。

饭后，两人分手，小蒋对走得心事重重的皇甫说："我妈说晚饭来家吃，别忘了。"皇甫背着身扬了扬手，算是答应下来。下班时，若不是小蒋的电话，皇甫已经忘记那个约会。他有些害怕去小蒋家，确切地说是害怕见到小蒋的父母，尤其是小蒋的母亲，那个大嗓门的女人，皇甫管她叫茜姨。

小蒋的家在纺织厂的宿舍区，二十世纪六七十年代的老房子，清一色的红砖楼，建在河堤旁，曾经显赫一时，是大厂时代的明星，然而早早谢幕，偌大的宿舍区已沦为这附近最为凋敝和守旧的居民区，牛皮癣般钉在城市日新月异的版图中。

皇甫对这里了如指掌，就连空气中飘荡的菜叶腐烂的味道都是那样熟悉，充斥着嘈嘈杂杂与斤斤计较的味道。小蒋的家就在宿舍区的纵深处，一栋被一棵香樟包裹的七层楼房中的第二层，两居的格局，处处显得局促，仿佛只是为了满足人的最低生理生活需求而存在。一进门，皇甫就闻到饭菜香味，要说小蒋家有什么让皇甫惦记的，就是这顿饭了。是小蒋父亲的手艺，这个一米八的高大上海男人，手艺了得，做菜一丝不苟。皇甫曾有心观摩，却被老蒋冗长的准备工作吓住了，腌一条鱼的细碎步骤就使皇甫难以忍受，诸般的讲究。老蒋话少，几乎是闷葫芦一个，这个扎根在此超过四十年的上海人，早已被时光打磨成一株植物，静谧的，与世无争。只有一次，当皇甫无意间撩拨起昔日的话题时，老蒋才嘬一口酒，半眯着眼，浑浊的眼眶内难得迸出光来，跟着用一种故国不堪回首的口吻说："你晓不晓得，以前我住长宁区的，江苏路一带，我做知青，都没有下农村，不过被分到厂里，也就回不去了……"

皇甫感叹，自认为能理解老蒋，这个不得志的男人，在远离家乡千里之外的这座工业城市困守一生，但因为小蒋的另一番话，皇甫对他也就多了一份复杂心态。小蒋说："你不知道小时候他有多凶的，我一个姑娘家，他从来不给面子，喊打喊骂呀，下手没轻没重，打儿子一样，有一次我住院，全厂都出了名，他都没收敛，我好几次跑出去……"

皇甫震惊了，他没想到这个寡言少语与世无争的男人竟也有一段暴戾的过往。

一进门，茜姨便停下摘头顶卷发筒的动作，一把抓过皇甫来，问："交房啦？"

皇甫点头。

又明知故问："多大？"

皇甫说了。

茜姨就转身朝客厅里窝在沙发上玩手机的小蒋喊："不小啦，你还嫌弃，就是我们去住也绰绰有余，是不是老蒋？"

老蒋不说话，只是一如既往地带一句："皇甫来啦。"

这顿饭吃得皇甫焦躁不安，茜姨在饭桌上喋喋不休，话题围绕着房子展开，比如什么时候开始装修啦，打算装成什么样啦，可千万别包出去，那些个装修公司全是吃里爬外的货，偷工减料不说，电线和油漆都要偷的……

皇甫就对小蒋耳语说："你妈比九楼那位还急啊。"

小蒋剜一眼皇甫。

可接着尴尬时刻来临，茜姨扭扭捏捏讲起了皇甫和小蒋的终身大事，说："你们也不小了，我看着也挺合适，我家小蒋呢脾气是大了点，其他蛮好的……按说，你家出了房子，我们该出装修钱，但你也晓得的，厂子早就被卖了……我们是无能为力了，也不知道你们小年轻的口味，但装修好了，家电钱我们还是要出的，你说是吧小皇。"

　　每次小蒋母亲这样称呼皇甫，皇甫就忍不住想笑，好像他跟换了姓似的。可这次，女人讲完，小蒋却跳了起来："说什么呢，我可没说要嫁，你想住新房子，你去住好了。"女人对女儿的忤逆视而不见，只是盯着皇甫，好像只需要他确认似的。

　　万事俱备，装修日期却一再推迟，皇甫的心思没在这上头，那些烦琐的事情历来让他头疼，皇甫是个怕麻烦的人，更别提装修了。小蒋呢，态度也不明确，一时答应下来，一时又拿不定主意，说毕竟花的不是自己的钱，让她一个人做主，总有些不安。又说："反正不讨好的，出了问题都要算在我头上。"

　　就连装修风格俩人也没取得统一。小蒋喜欢地中海式，蓝天白云，一派清新，她在网上找了大量图片供皇甫参考，可皇甫不喜欢，总觉得那些色调太冷，跟因纽特人住的冰房子没什么两样，光看着就背后发凉。皇甫酷爱暖色，就是那种美式乡村风，用暖黄和木质家具来填充空间，使得房间更具持久观赏与居住性。可小蒋偏说："美式乡村有什么好，刻板又守旧，总之死气沉沉的，就像你自己一样。"一时好像谁都说服不了谁，争执到最后，小蒋干脆甩手，说你家的房子，你定好了。

　　皇甫不知怎么就想起第一次和小蒋见面了。那时皇甫刚误打误撞做记者不久，奉命去报道一次宠物聚会，在市区的白云公园，去之前，皇甫也没做功课，他历来怕狗，那些个复杂的品种他也叫不出几个来，只能硬着头皮去。是个阴天，气温不高，几十条大小不一的狗在草地上撒丫子疯跑，兔子般蹿来蹿去，一些还擦着皇甫的裤脚一掠而过，皇甫腿都发软，心跟着一紧，好在没人笑话他。皇甫更乐意透过镜头去观摩这场聚会，就好像他和现场之间隔着一层安全的网似的，可接着，小蒋就出现了，光彩夺目的，皇甫的镜头几乎是自然而然地捕捉到了那个女孩。淡蓝色牛仔裤，随意的T恤衫，长发扎成马尾，窄额薄唇，鬓角却深，透着倔强与散漫，不像那些刻意打扮的女人——穿着不伦不类，时刻要给人一种贵妇人或小女人的感觉，就好像参加相亲大会一般，走路也是扭扭捏捏的，让人好笑。

小蒋牵着匆匆，那条雄性松狮犬，落落寡合的，也不和人搭话，只是拿一把梳子给匆匆梳那一头流苏似的领毛，直到一条黑色大犬（后来皇甫才知道那叫罗威纳，算猛犬的一种）从小蒋身后的银杏间猛然蹿出，不问青红皂白，一口就逮住了匆匆那圆不隆冬的大脑袋。皇甫的心都跟着咔嚓一下，以为犬间的恶斗即将打响，快门也跟着嚓嚓搁动起来；可没想到的是，起来反抗的居然是小蒋。电光灼烁间，只见小蒋一巴掌就拍向了黑狗的脑袋，没拍动，又跟着一拳，直击黑狗眼眶，揍得黑狗眼冒金星。那一通乱揍啊，让皇甫顿时傻眼，这个、这个女人啊！

皇甫一再咀嚼那画面，是从那一刻起迷上小蒋的吧。皇甫再给小蒋打电话时，也不顾三更半夜的，地中海就地中海吧。

可等真正选定装修公司，谈好价格，签了合同，再拿到装修设计图时，皇甫却糊涂了，这明明是他之前偏爱的美式乡村风格，他侧身看一眼小蒋，小蒋端坐在椅子上的样子，平静的，又心知肚明，目光中多了一丝皇甫从未见过的柔情。皇甫不敢置信，一脸茫然，你不是喜欢地中海吗？

皇甫搞不懂小蒋的突然转变，问，又不说，习惯性地难以细究，皇甫就只好把这当作一次胜利，微小的胜利。

跟着的是轰轰烈烈的装修期，按之前的约定，皇甫撒手不管，一切事宜都交予小蒋，皇甫只是通过小蒋发来的照片了解房子的进展，比如原先的厕所门被封上，新门开在厨房旁的生活阳台上，而小蒋痛恨的小储物室也从另一头打通连接到了厨房，这样看上去厨房就大了起来……

说起来时，小蒋总是做汇报的口吻，说你们家如何如何。皇甫就纠正说："是你们家。"

再来时是冬天，一个灰蒙蒙的午后，像几个月前的那一天。皇甫一个人走在路上，小区里人极少，入住率依旧低，大片房子空着，阳台栏杆都锈蚀，像老年人的牙齿，苍老得可怕。皇甫很久没有来过了，竟有了陌生感。到了楼下，转一个身，皇甫才看见那两片林子，斜斜地冒出来，在雾气中显出绿意，顽强的，只是没有风，也就听不到那阵令人愉悦的松涛声了。皇甫跟着有些失落，更不知道近在咫尺的房子到底变成了什么样子，小蒋也很久没发照片来，皇甫几次抢小蒋手机过来看，也只是徒劳，小蒋将手机设了新的密码。

和她约定的是中午，最后的验房日，皇甫先到，但他没有急于上去，他在楼下，站在之前还凹凸不平的土路上，如今，这里被红色渗水砖铺得像模像样了，而花坛也快完工，有人正往花坛里填土，要不了多久，来年春天吧，这里就会开出一大片应景的花朵来，是什么，皇甫不知道。

皇甫是怀揣了心思来的，甚至有些得意，这是他认定的最好时机。皇甫也想不出还有什么时刻能代替这一刻，他还特意戴了那顶灰白色鸭舌帽，是去年冬天小蒋买的，皇甫一直视为幸运物（虽然好像没什么幸运事发生），只是后悔那天没有戴上，目睹了那一幕，让人措手不及。

是不久前的事，那天皇甫不请自来，晚饭过后，走进纺织厂宿舍区，傍晚光线下，皇甫看见广场上黑压压的一片人，在跳舞，伴奏声轰隆作响，妇女们奋力地扭动着腰肢，挥霍着一天中最后的精力，而广场旁的横幅亘古未变，白底黑字，泣诉贪官污吏贱卖工厂致使工人流离失所云云——这景象总让皇甫哑然，他叉着手呆呆地看了一阵儿，却不料就此发现小蒋。

事实上皇甫先看见的是匆匆，牵着它的竟是一位陌生男人，这让皇甫紧张，以为是盗狗贼，近来小蒋老是向皇甫灌输城里越发猖獗的盗狗事件，说防不胜防，有的连麻醉枪都用上了，小蒋对此咬牙切齿。皇甫便有一瞬间的心慌。想着该怎样对付那男人时，小蒋却出现了，端着两杯软饮，递了一杯给男人，男人蹲着和匆匆亲热，深蓝色领带耷拉在匆匆的背上，像另一条尾巴。皇甫这才好好注意来人，身着正装，好像刚从某个会议上下来，皮鞋在黯淡下来的光线中依旧那么耀眼，隐隐透出成功的派头。皇甫还感叹，小蒋还认识这样的人啊！正犹豫要不要回避时，匆匆却发现了他，朝他这边奔来，皇甫就更奇怪了，咦，平时匆匆对他不闻不问的，他来了，它也只是敷衍地摇下尾巴了事，今天怎么倒格外亲切？

小蒋还是来了，出租车就停在楼下，皇甫在楼道前等候，哪怕寒气逼人，皇甫也没有退缩，小蒋看见他，愣了愣神，随即才说："你怎么不上去。"皇甫耸了耸肩。

两人上楼，这过程里，皇甫还是不说话的，鼓着腮帮，他希望自己说的第一句话是关于房子或者关于小蒋的。小蒋熟练地开门，说："忘了告诉你，我已经换了锁，要是没问题，就算全部完工了。不好，你也别怪我！"

房门打开的一刻，是小蒋先让出一个身位，示意皇甫说："进去吧。"皇甫没有动，目光也没有朝向屋内，小蒋不该这样和他说话的，她本该领着他进去，并用女主人的口吻对他说："进来吧。"

皇甫心眼小，一个字的区别就扰乱了他看房的心绪，他盯着小蒋的眼睛，试图从那双眼白过多的眼眶里搜寻一丝蛛丝马迹，可小蒋却不看他，刘海飘动，人就进去了，门口的光线暗了暗，跟着小蒋才说："又傻啦。"

小蒋合上电闸，房间里有什么东西回应了她，即时尖叫一声，然后更多光线哗啦啦地涌过来，万马奔腾，是灯光，皇甫感到一阵晕眩。小蒋终于转过身来，还大方地朝皇甫伸过手，顾长的手指舒展着，像片树叶，肉桂色的指尖，打磨光滑，没有别的饰物。

皇甫有些犹豫，怀疑这是个梦。那手悬在半空，等了几秒，见皇甫迟迟未动，手又收回，一个声音却响起："你连自己家都不想看了吗？"

皇甫在心里一遍遍告诫自己不要乱了阵脚，在这重要时刻，他准备已久的话，该说出来。

皇甫忍住。

房子的确没让皇甫失望，他甚至不敢相信这就是几个月前他和小蒋进来的地方，那个黑魆魆又赤裸的洞穴般的空间。皇甫站在客厅环顾，头顶的枝形吊灯散发出昏黄的光芒，仿佛历经几个世纪，泛黄的铜饰上似乎还留有旧日时光的印记，只是那寂寥的光线中有曲终人散的味道，令人凄恻。皇甫抽抽鼻子，有了几秒的清醒，忽然想到更早时，没有遇见小蒋的日子，一个人得过且过的，混沌不堪，没有想过房子、女人及其一切。皇甫几个房间走下来，那些木头家具沉重地躺在那里，各就其位，像一些兽。阳台果真没有封上，仍裸露着，风毫无阻碍地刮过来，推拉门边印有金黄凤尾草图案的窗帘飒飒抖动。

皇甫想，这就是家了？小蒋呢，站在客厅里，看惯了似的原地转一圈，问："怎么样？"

皇甫点头，正待说点什么，小蒋的手机却响起，皇甫只好等待，又捏了捏手心中的盒子，那枚钻戒还在，就躺在酒红色天鹅绒衬垫内，指圈完美地按照小蒋的无名指打造，无法再适合其他人。而那通冥思苦想已久的求婚词，皇甫却一个字也想不起来了。

小蒋接电话，低声说两句又挂掉，再抱歉地凝视皇甫，拎包的动作预示着看房的结束。小蒋说："还满意吧！"一种房屋经纪人的口吻。皇甫不知道什么时候小蒋用过这样的口气对自己说过话了。皇甫还是忍住，慢吞吞吐出那几个字："挺好的。"

小蒋说："那就好，总算没有白费，这样的话，钥匙就正式交给你了。"小蒋将一串钥匙递来，皇甫接过，彼此的手却没有接触，钥匙在一松一落间，颇有分量地躺到了皇甫的手心里，奇怪的齿纹，没有一丝温度。

皇甫就想起男人的那张脸，同样没有温度的，只是脸上的纹路暴露了他的年纪，人到中年了，却没有发福，看着就有些别扭，直到对方自信地伸过厚实的手掌来，说："我叫老李，你就是皇甫，小蒋的男友吧。"

犹如一道霹雳，皇甫霎时就明白"小蒋"这一称呼的来源了。是啊，"小蒋"。这两个字经由对方喊出来是那么得体那么水到渠成，充满磁性的，具有一种不可抗拒的包容，一时间仿佛只有"洛丽塔"可以比拟了。皇甫怔忡了，跟着是害怕，害怕了解对方的一切，是什么来头，和小蒋又有什么关系，为什么用那样的目光看着自己？好像一位货真价实的家长，皇甫最讨厌这样隐隐自得又不动声色的目光了，好像能随时吃掉他，而他也从未见小蒋在自己面前魂不守舍的样子，如临大敌。

男人走后，天沉下来，小蒋却一捋散乱开来的头发，说："我跟你说过的吧，以前我常跑出去，就认识他了，十七岁——对了，他是匆匆的主人……"

小蒋终于将自己的故事说了出来，其实不用说太多，皇甫自己就能拼凑那几年里小蒋的生活，可眼下皇甫只关心一个问题，他为什么回来？

小蒋说："他离了。"

这一瞬让皇甫难以招架，好像非这么不可，他万万没想到在这样的时刻，竟会出现这么一个男人，不早不迟的，以至于那天他竟忘了问小蒋，你打算怎么办？

173

皇甫还沉浸在这个问题里，忘了小蒋还在等他。在房子里，小蒋说："你再仔细看看吧，我要回店里，有几个预约客户在等。"说完就走了，皇甫甚至都来不及拉住她，只是喊了一声："小蒋。"声音机械沙哑，说不出的别扭，仿佛那男人一出现，皇甫就再也叫不好这两个字。

小蒋回头，将一缕发丝别在耳后，说："我走了。"

晚些时候，皇甫还是没忍住给小蒋打电话，克服了胆怯和偷偷摸摸的心理，问对方是不是犹豫了。小蒋回答干脆，"没有，怎么这么问？"皇甫说："那你怎么不开心，一点也不高兴？"小蒋就不说话了，皇甫还是问，小蒋只好说："你不会明白的，皇甫。"欲言又止。皇甫也跟着沉默，想自己究竟不会明白什么？皇甫也不知道自己为什么这样怎忑，一如当初的小心翼翼，或者就是本性，对一切事物都不愿深究？仿佛知道皇甫的心思，电话那头跟着传来一个轻飘飘的声音——和他没关系，皇甫。

皇甫就真的不明白了。

长久的沉默、叹息，然后才是最后的摊牌："我根本就不想结婚，皇甫，不想要孩子，不想过家庭生活，所以就算房子好了，我也不开心……"

皇甫觉得这想法似曾相识，哪里见过，哦，对了，那是遇到小蒋之前自己的想法啊。

是这里吧，谢桥路，皇甫不能确定。小蒋的店开在这里，几条街之隔的地方就是纺织厂的宿舍区，那片低矮的红色建筑早已被打上猩红的拆字，居民疏散，只待时间，那里将沦为一片废墟。皇甫去过一次，心情却比一栋栋空下来的房间还要空荡，皇甫从未受过这样的冷遇，电话稀里糊涂打到小蒋家，茜姨接的电话。皇甫就问："你们会搬到哪里去？不行，去我那里吧。"

茜姨一改往日的粗门大嗓，改用一种低沉幽怨的声音回答皇甫说：

"我没有看错你小皇，只是我家小蒋——"

"她还好吗？"皇甫问。自从小蒋回避他后，他连给她打电话的勇气都失去了。

"——她没和我们住在一起，小皇，也不知道要瞒你到什么时候，小蒋十八岁那年就搬出去了，这个家再没回来睡过一晚……"

皇甫愕然，好像一时乌云蔽日，什么东西罩下来。皇甫觉得自己是不是真有点蠢？跟着一遍遍回忆和小蒋在一起的片段，点点滴滴，这才顺藤摸瓜，想起小蒋的卧房，极其简单的，冷冷清清，一应家具还是儿时的风格，相框里一张圆嘟嘟的脸，从未长大，墙头上还能见到小红花的残影，漫漶的笔迹，而那张小木床上的床单被套一年四季未曾更换……

空房子。

是这里了，谢桥路。如今皇甫能来的地方就只剩这里。此前，皇甫不愿来，他无法忍受小蒋店里那股浓郁的猫狗气味，令人昏沉的，像被人无端敲一棍，再加上剃毛时刻，乱絮般的毛发从动物身上一点点剥离，空气里充斥着密集的金色线条，纷纷扬扬，皇甫体内就像有无数针尖穿刺，接近崩溃的，难以克服。难怪小蒋曾经说："原来匆匆不喜欢你，是因为你就没有喜欢过它们。"

皇甫承认。

皇甫还记得小蒋宠物生活馆就开在一爿五金店与服装店之间，如今，那两间店铺照旧营业，而宠物馆却大门紧闭，白底黑字的转让广告就贴在卷帘门上，赫然醒目。

是多久时候的事了，皇甫不知道，小蒋就这么不声不响地离开，让皇甫失魂落魄，然而更令人难以接受的是，皇甫仍不知道这个叫小蒋的女人究竟在回避什么？婚姻吗？

大半年后吧，皇甫再去看那房子，房子空着，一如当初小蒋交给他的模样。只是再来时，房子就有了经年的灰尘味道，没有人气，因而冰冷，而外面的阳光正好，站在阳台上，皇甫能一直望到很远的地方，松涛声就是这时响起来的，潮水一般，像是召唤什么似的，一遍又一遍。皇甫脸上竟有了笑意，想到小蒋，如今又在哪里呢？走的时候，皇甫又看见九楼那位长着老鼠脸的男人，男人用一种充满质疑的目光回视皇甫，好像在说："你还不打算住进来?"

李晃说：我喜欢锋利的小说，但往往动笔写成泥沼，你永远没法写出你自己欣赏的小说。

借着阴道而进入生命之中，是跟任何方式一样美好的。

via 亨利·米勒

她 是 如 何 治 愈 我 的

曹寇/作家

一、治疗阳痿的最佳途径

1

不知道与各位的情况是否差不多，早年我对女人特别有兴趣，后来就没什么兴趣了。

我对我老婆说："可能我阳痿了。"她愣了一下，把我从她身上掀下来，叹了口气。她没说什么，不说好。她嘴里尽是晚饭的气味，芹菜味。不感冒、鼻腔通顺的话，闭上嘴不说话要好点。现在她闭上嘴了，由此可见，她是个不错的老婆。菜烧得也很好。比如这芹菜，入口很脆，有点甜味。七分熟。她说："芹菜只能炒到七分熟。"但我现在所闻到的是沤过的芹菜味，它们在我们的胃液里被沤了又沤，烂了，散发着腐败的气味，所以我也没说什么。

除了我们身体内部，外面的空气还是很清新的。

后来张亮来找我报仇，我老婆仍然炒了这道七分熟的芹菜招待他。

我没怎么动筷子，张亮很喜欢。

所谓报仇，上次张亮输得很惨烈，据说他老婆小高为此跑到娘家待了几天。哭闹没有，我不知道。我只知道，如果我输了，我老婆会大哭大闹。所以我记得那次我老婆笑了。她提醒我，当心他们来找你报仇。

果然不出她所料。

"说吧，去哪儿打？"趁我老婆收拾碗筷进厨房的时候，我有点不耐烦地问。

张亮把牙签从口腔里拿出来，擦了把嘴角的口水，说："你说。"

芹菜这一点确实不好，太嵌牙。因此，我家牙签用得很快。据说牙签是由树木削制而成，很浪费国家林业资源，也就是对绿化工作的反动。节约能源、爱护树木，这是当代公民的责任和义务，大家都像张亮这样一顿饭要使用五六根牙签，环保工作从何谈起？我都可以想象大量水土正在流失的样子，很痛心。所以，我把牙签盒往我这边挪了挪，放在张亮伸手够不到的地方，回答道："去你家吧。"

我老婆有点不高兴，她怕我输，她想动用一个女人的无赖伎俩阻止苦力般的男人们婚后所剩下的唯一娱乐，这是不可能的。我只好在进卫生间的时候冲站在厨房门边直朝我翻白眼的她眨了眨眼，以此表示坚决不输的决心。我有信心，最近我老是赢他们钱。我也不知道这是为什么。把那泡浑浊的尿留在自己家的马桶又用更多的清水冲走之后，张亮也从椅子上站了起来。我们该动身了。但我还是防不胜防看到张亮在站起的时候弯了弯腰，这样一来他轻而易举地就拿到了那个牙签盒，并从中又抽出一根牙签。

2

到张亮家时，客厅收拾得很干净，小高正坐沙发上看电视。看来她不仅吃过饭，而且也洗过了澡。客厅里飘散着淡淡的沐浴露和洗发液的香气，一丝一丝的，让人感觉她那还潮湿的头发飘了起来，飘满了整间房子。她没穿外套，高领红毛衣，下身那条磨白牛仔裤。光着脚，拖鞋。她从沙发上站起来冲我打招呼的样子很清爽、好看，差点超过我老婆。

另外两个人正在赶往的路上。所以我们一起坐在沙发上了看了会儿电视。小高没像我们进门时把腿盘到沙发上去，而只是两腿相架，那只悬空的腿在摇晃，拖鞋欲掉不掉。

我由衷地称赞："小高，没想到你越来越漂亮了。"

"切。"小高笑道，"没你家她好看。"

张亮在她头发上摸了一把说："有自知之明就好，不要被他花言巧语所迷惑。"

我们都笑。

然后那两人到了，摆桌子开始。小高负责给大家添茶倒水，然后就坐在张亮身后密切注视牌局的进展情况。但是不知道为什么，刚刚开始，我就赢钱。

他们问："到底怎么回事吗，怎么我们一把也不成？"

"技术。"我笑道，"你们技术不行，别不服气。"

"靠。"张亮说，"别得意，一时一时的，运气，我也有过这运气，怎么打怎么赢，是不是？"他说着用手肘捅了捅小高。

小高冷冰冰地说："不记得了。"

我记得。是张亮结婚前。他把我们口袋里的钱大把大把地赢走，然后拿去给小高买这买那，以至于把小高都买来了。

几把下来，还是我赢。我说："你们不能老这样，你们再这样，我都觉得自己太不是东西了，这不明摆着欺负你们吗？"

"少废话吧，打。"他们被我搞得来了气，连烟都没心思抽。我理解他们，就像当年张亮占上风时那样，我就是不信邪，输了又输，还是要揪着张亮打。我相信好运气迟早会降临到我头上，果不其然。但是，各位，你能说清楚其中到底有什么在作怪吗？

小高开始丢下张亮，坐到我身后看我的牌。

"见鬼了真是。"她边坐下边说。

"嗯，"我笑道，"就是见鬼。"

不过，说实话，小高坐我旁边让我状态有点不对，她靠得近，身体的热量通过空气传了过来，有时，因为动作，不是她碰到了我，就是我碰到了她的红毛衣。还有她头发，干了，洗发液的气味热烘烘的一浪接着一浪。

即便如此，还是我赢。他们不抽烟，我倒是使劲抽。赢钱和烟雾让我有点恍惚。一恍惚，我就有歹念产生，那就是如果小高能变成张亮的钱也被我赢到手就有意思了。

这时候，小高去接了个电话，我听见她在说："没事，你家他正玩着呢。"

不知道谁的老婆。她要睡觉了，睡前问问情况，好睡踏实点。

3

但这一晚的情况后来发生了点变化，坐我对面的那家伙跟老婆通了几句话后，就要回家。说老婆头疼，下了命令，不回不行。我说我赢了无所谓。张亮他们死活拉着不让走。拉了许久也没改变其决心。情势之急就好像他老婆根本不是头疼，甚至刚才打电话的也非他老婆，而是另外一个好事者，那个好事者告诉他，他的老婆现在正和别的男人在他们夫妻的床上干好事，时间相当紧迫，如果不及时赶回家，那么，那个男人可就不客气了，会使你的老婆受孕，届时孩子出生，一个杂种，将来病了伤了，医院里验血、DNA什么的再发现儿子不是自己的，晚了。所以他必须要回家。

留不住，小高放走了他，她提议由自己替代走掉的那人。包括张亮，我们都不同意。这不合规矩，夫妻齐上，没这个说法啊。另外那家伙只好说："今天就到此为止吧。"也要回家，决心不比前一个要回家的人小。没办法，我也该走了。

但我没走成，张亮夫妇把我留了下来。这不奇怪，不止一次了，我知道，他们明天会再叫人来，他们不能就这么让我揣着他们的钱走人。晚上就歇他们家。小高下了三碗面，我们仨吃了，她还给我铺床。睡前我开了他们夫妻一个玩笑，叫他们动静弄小点。上了床后，我认真听了听，并没有什么声音，然后我就睡着了。

半夜里，我被尿意催醒了过来。我习惯性地伸手摸摸旁边，没有我老婆。我这才想到自己是在张亮家。于是我决定忍一忍，结果不太现实，只好起来去卫生间。为了不惊动门后的张亮夫妻，我尽量小心谨慎，连灯也没开，这也充分体现了我节约能源的一贯作风。

4

凭借窗外的灯火照入，我摸索前进。当我蹑手蹑脚来到卫生间的时候，小高正坐在马桶上叹气。对这种叹气我很熟悉，她不是因为什么值得叹气的事情，她叹气的原因完全是把尿撒完后的一个习惯而已。我赶紧退回门外，等她把裤子提好走出来，才很歉意地与她招呼了一声进了卫生间。不过，她就像没看见我一样，并没有什么特别的表情。

如你所知，这是一泡比较艰辛的尿。

小高并没有急着回房间，而是打开了客厅的壁灯，在厨房里喝水。夜里起来的人都口渴，我也是。所以在我从卫生间出来小高问我要不要喝水的时候，我没反对，也去了厨房。她没有另外取杯子，只是往自己刚刚喝过的杯子里添加了一点热水递给我。这虽然有点奇怪，但我觉得也没什么。

我喝了一口，问："他呢？"

小高用抹布擦了擦台面上的水迹，发了会儿怵，然后丢下句"在睡觉呗"，就回了房间，而且没关门。

我看着那扇没关上的门，又兴起了刚才在卫生间里的激动。但我知道这是多余的，所以喝完水后我不忘帮助小高关掉了客厅的壁灯，然后走向另一个房间。

这个房间的门居然是关着的，可能是风吹的吧。我扭开把手走进去后被眼前的景象吓了一跳，床上正睡着一个男人。他睡得很死，并没有发现我进来，而且他居然有这样一个睡眠习惯，那就是趴在床上，这让我看不清他的脸。但我知道，他应该是张亮。但是他为什么要趁我上卫生间的时候跑到我的床上呢？或者他是在我上卫生间的时候正巧也上完卫生间，然后迷迷糊糊地走错了房间？我们之间存在一个时间差？我正想摇晃他，小高在对面那个房间压抑着嗓门喊："你搞什么呢！"话音里充满了不满的情绪。

我不知道如何是好，只好走进小高的房间，果然，她的床上并无张亮。

"傻站那儿干什么？"她躲在被子里埋怨道。

我想求教一二，但没等我开口，小高就把脑袋抬起来不耐烦地命令道："你发什么神经？关门！"

我听从地关上了身后的门。现在，房间里只剩下我和小高了。她的高领红毛衣就搭在椅子上，呈蓝色。但我知道，那仍然是红色的。我突然明白了过来，我想，这都是他们二人故意安排的，他们希望通过这个方式把我赢来的钱给弄回去。我的外套不正在张亮现在睡觉的房间里吗？张亮只是在装睡而已，他是故意的。只要我爬上小高的床，按照下身的渴望行事，他就可以堂而皇之地把那些钱据为己有。不过，也没多少钱，至于吗？

"你怎么还站着?"小高简直忍无可忍,她气急败坏地从床上弹坐了起来。我只好把思想斗争放一放,爬上床,把她按在枕头上。因为在门外站立太久,我浑身冰凉,她向我散发着巨大的热量,这使我的渴望增添了更大的动力。我的手在按动她的时候触摸到了她的胸部,饱满而富有弹性,甚至可以感受到里面没穿内衣。确实如此,借着点窗外的光,我注意看了看,确实没穿,乳头在睡衣之下若隐若现,相当逼真。

现在,我明白了过来,既然他们决定如此,我为什么不接受呢?主要是那点钱也并不足以富裕一个家庭或摧毁一个家庭。于是我迅速地脱光了自己。

"你干吗?"小高问。

"干你。"我气喘吁吁地说,双手也在她的配合下剥光了她。

小高突然按住我。"怎么?"我心急火燎地问。

她没回答,而是掉转身体,横了床上,我也应之调整方位。明白了,这样就不会有床撞击墙的声音了。

"你真聪明。"我在她紧绷绷的小屁股上拍了一下。

她也很快乐,紧紧地把嘴闭着,很努力的样子。看起来她闭着嘴唇的力度一点不逊色于我所使的劲。用"干柴烈火"来形容我们再恰当不过了。

我说:"我以为我都阳痿了呢,真没想到。"小高没回答,只是将我夹紧。在最后关口,我们两嘴相接,把嚎叫有效地局限在有限的空间。张亮休想听见。

正是因此,我们保持着做爱的完整姿态就这么睡着了。

5

梦里我似乎担心过张亮会破门而入。但这个梦并没有使我醒过来。等我醒过来时,已近中午。小高就在身旁,脸冲着我,呼吸之间,略有隔夜的臭味。

我听见客厅里有一连串响动的声音，那肯定是张亮。他在干什么呢？而我此时此刻正赤身裸体地和小高睡在床上。叫我怎么办呢？我似乎还感到一点羞怯和紧张。如果一定要说什么做什么，我还是等小高醒来再决定吧。但她睡得太死，一只乳房压成饼状她居然都不觉得疼。我只好捏了捏另一只。她醒了。

这时候，客厅里的响声集中到了防盗门那儿。我们听到张亮打开了防盗门，楼道里司空见惯的喧哗像洪水一样冲了进来，好在被我们房间的门挡了一挡。与这些声音同时敲打我们房门的还有张亮的声音，他说：

"王奎，老婆喊呢，我回家了啊，凑齐人了再叫我吧。"

可以听得出来，就在他要带上防盗门的时候又暂停了，意犹未尽地把脑袋伸了进来，补充道："随叫随到。"

小高说："切，这就得意了他，你要努力啊。"

"嗯。"我点点头。

二、阳痿究竟需不需要治疗

下乡插队的时候，张老师风华正茂，一表人才，是生产队里的技术员，负责配制农药和开拖拉机。傍晚时分，他总爱坐在熄了火的拖拉机上吹口琴，很招女人喜欢。据他自己说，当时起码有两个姑娘他可以讨来做老婆，一个是跟他一起插队的女知青，另一个是当地的一个姑娘，都长得不错。至于那些生产队里的小妇女就别提了，上工的时候总凑在他附近。大集体时代，这些小妇女在地里干活只能算是磨洋工，她们总是干着干着就喊尿急了，也不跑远，当着张老师的面脱裤子，在广阔的农村大地上浇湿那么一小块。屁股他是见得太多了，瘪的饱的圆的方的，还有三角形的，即便如此丰富，张老师也不为所动。他背着水壶跳过那一小块湿的地方，继续给庄稼喷洒农药。

后来他上大学，大学毕业分配到红花镇中学教书，因为书念得好，所以教得也好。勤奋努力、兢兢业业，可谓数十年如一日。成绩优秀，论文获奖，还多次获得"先进工作者""优秀师德标兵"什么的荣誉，深受广大师生家长的尊敬。在结婚年龄到来之后，他也没怎么慌张，有条不紊地跟镇上副食品商店的一位女售货员谈了两年恋爱，然后结婚，并一鼓作气直接生了个儿子，不像人家动不动就生女儿。作为教师，他当然懂得怎么教育自己的儿子，儿子被调教得相当不错，成绩一直优秀，顺利地考到北京一所名牌大学的热门专业，后来当然也就留在首都了。这在当地是一件很有面子的事，"一个教育儿子失败的人肯定不是好教师"这句话被张老师证明了。不过在儿子念书的那些年里，老婆下岗，年老色衰，也没什么文化，找不到工作，日子过得还是比较苦的。这也没难倒张老师。他适时响应家长要求，组织了一个课外辅导强化班，业余时间搞起了形式多样的家教，收入颇为可观。他的丈母娘总夸女儿有福气，死的时候眼睛闭得很紧。

二〇〇〇年，张老师到了晋升高级职称的年龄。高级职称相当于大学里的副教授级别，对中学教师来说到顶了。文凭、论文、奖状，以及各种证书什么的，张老师一样不缺，结果当然是评上了。评上高级职称按规矩要请领导和部分同事吃饭，张老师也没例外，花了这个钱。在酒桌上，他接受了大家的祝贺，因为高兴，例外地多喝了几杯。回到家后，酒精使他仍然持续着兴奋，所以他要求跟老婆运动一下，以示庆祝。他老婆现在已经不欢迎他，因为她绝经了，对房事毫无兴趣。但想到丈夫这么多年来也不容易，工作家庭两不误，教师、丈夫和父亲，都堪称模范，再说这也是当老婆的分内的差事，距上一次都快半年了，如果拒绝，有点理亏。所以她就主动上床脱衣，像往常一样张开双腿。

事情从这里开始不对头了起来。张老师爬上老婆层层叠叠的肚皮之后才发现，自己那玩意儿根本没硬。弄了几下，还是没效果。他就突然酒醒了，对眼前的事情感到相当震惊。他问老婆："是不是阳痿了？"老婆心想，阳痿最好了，两人以后就一致了。但她没这么说，而是说："你喝得太多了，睡一觉就好了。"张老师若有所思地点点头，招呼老婆，说："好，睡吧。"不一会儿，老婆就鼾声如雷，张老师已经习惯了老婆的鼾声，也并不觉得有什么不对。但是，因为评上高级职称就意味着自己的奋斗史已经到头了，加上刚刚发现自己硬不起来，张老师第一回辗转反侧、感慨万千起来。这样一来，他就觉得老婆的鼾声确实太大了，影响了他感慨万千，所以他就默默地爬了起来，跑到卫生间抽起了烟。

自从老婆下岗开始，出于节省，张老师就不抽烟了，后来经济情况好转，他也没再恢复。抽烟有害健康，这是个常识。既然戒了，为什么还抽呢？多年以来，张老师一直都是按照常识和规律做事的，就像他曾经拒绝乡下那些示好的女人一样，他觉得一个人不该任着性子胡来，要努力使自己不走歪门邪道，做一个正统而健康的人。这些年来，拒绝烟酒就是一例。

这烟还是过年时买的，准备招待拜年的客人的。不过他家客人一向很少，烟拆了没抽完，剩半包一直撂在那儿，早已受潮变软。软沓沓的烟挂在张老师唇边，跟他裆下的玩意没什么区别。张老师沮丧至极，他想把烟抹直，但几次努力均以失败告终。所以他只好将烟扔进马桶，然后撒了泡尿。他两根手指捏着软蹋蹋的家伙，心情糟糕透了，虽然他知道男人最终不免如此下场，但他还是为自己的玩意退化为单纯的撒尿工具而感到某种哀悼的情绪。

张老师就是因此产生变化的。

之后他恢复了抽烟，先是一天一包，然后是一天两包，像是把多年没抽的烟给补回来似的；工作上也开始敷衍塞责，能干的就随便干干，不能干的坚决不干；像搞家教，他就更是毫无兴趣了。老婆说："好好的怎么就不干了呢？"他就说："老子工资还不够我们用吗？"他老婆被这句话吓了一跳，因为丈夫脾气也变坏了。儿子从北京回来，张老师也不像以前那样欢喜了，更懒得跟儿子谈点什么。以前当然绝不是这样。儿子觉得奇怪，就问妈妈，妈妈就将张老师这段时间的脾气告诉了儿子。儿子恍然大悟地"哦"了一下，说："更年期到了。"

关于更年期问题，儿子是懂的，他回北京后，查了些资料，关注一下有关更年期的东西，发现自己爸爸的一切症状都与书本上所说的相吻合。这让他感到放心多了，甚至还笑了。出于孝心，他汇了些钱给父母，并开了一张清单，嘱咐妈妈按单子买点适合更年期的人吃的补品给张老师。他妈妈不敢大意，买了，可张老师不想吃，但老婆劝得也让人心烦，所以睡前饭后都吸那些小玻璃瓶子里的液体，"吱吱"的。

学校里的同事领导也及时发现了张老师的变化，但他们可以理解，反正张老师革命算是干到头了，完全有消极怠工的资格。事实上，之前许多老教师都是这么干的。只是张老师太明显：课上了一半，突然就放下书本给学生自习，然后跑一边抽起了烟；作为班主任，他也失去了管理班级的兴趣，比如包干区卫生状况越来越糟，班级课堂纪律也江河日下，许多任课老师都很不满；冬季拔河比赛上，张老师的班级居然输了，大家都很奇怪，因为张老师班上的学生整体上块头都很大，高个子学生多，往年都是他们赢。于是，学生也开始有了意见，他们背后叽叽喳喳，认为这个集体的凝聚力已经彻底涣散了。有个非常有班级集体观念的女生还哭了。张老师听说了，就把她叫到办公室，问："李娟，听说你哭了？"李娟不好意思承认。张老师就说："有什么好哭的，开春后你们就毕业了，各奔东西，临毕业了，要自私一点，别的不用管，把自己成绩搞好，争取考个好学校，这才是关键。"事实上，李娟成绩很差，考上好学校的可能性几乎没有。不过，在张老师看来，这也没什么，他自己对这些话只有说出来的力气，并没有其他的想法。

张老师记得这个叫李娟的学生，从小学刚升入初中那会儿，瘦的跟把柴火似的，头发也枯黄，经常被同学欺负，也爱哭成个大花脸跑到老师面前告状，老师也都不待见她。一个小姑娘，动不动就被人欺负，说明什么，说明她除了可怜之外就是浑身上下都有引诱别人欺负的缺点。情况确实如此，这姑娘空有一腔集体荣誉感，成绩不好，还爱招惹是非。当然，初中三年是学生们争先恐后发育的阶段。在这一点上，李娟比较出色，老师们背地里也发现了。当李娟从办公室门前走过，大伙儿都不禁要多看几眼，她头发不黄了，也不拖鼻涕了。而且，腰是腰，屁股是屁股，小脸蛋也有点明星状，加上女孩子到了年纪就懂穿衣学问，来来去去的，人没到，胸先到了。不能不承认，李娟是个美女。同事们普遍认为，像李娟这样的姑娘，即便没有什么文化，到了社会上也会很受欢迎，起码嫁个有钱人是没有问题的。不过，张老师从来不参与这些有违师德的议论。

显而易见，张老师的话对李娟这样的学生一般毫无意义，好在李娟正如许多类似的学生一样，成绩不好归不好，但不像那些脑子聪明的学生到了一定阶段就开始不听话了，李娟非常听话，并且一直保持着小学生那种对老师的敬畏。她不懂装懂地一个劲点头，表示她对张老师的话很赞成。张老师觉得有点过意不去，但也不知道该对她说什么好了，就示意她出去。

寒假之前的期末考试，张老师的班级当然没考好。按以前，张老师会在学生面前自责一番，然后号召大家下次打个翻身仗。不过，这一次因为上述的原因，他一点感觉也没有，极其平淡地总结了一番，就打发学生回家过年了。他也根本没有在意那个李娟因为上次自己的一番话而有了较大的进步。

李娟为了取得更大的进步，到了来年春天，变得极其勤奋起来。在考试之前，老师们体会到的是这个一向不怎么样的学生突然开始好问了起来。她不顾同学们的嘲笑，天天趴在教室里做题，一遇到难题，就径直抱着书本跑到办公室找老师问。老师们虽然提倡学生发问，但一个学生如果老是来问问题的话，也挺烦的，尤其是一个在老师们看来毫无指望的学生。今非昔比的张老师更是烦不胜烦。但怎么办呢？他也没法拒绝，只能硬着头皮去给她讲解。

有一天，张老师继续给她讲题，但李娟对那道题始终不能领悟。张老师觉得时间这样被她占去就感到很痛苦，后来几乎是暴怒了，讲解完全变成了训斥。最后他不得不泄气地骂了起来，"你怎么就这么笨呢？真是猪啊你！"李娟再次哭了起来，她哭不是因为张老师说她笨，而是她也觉得自己确实笨。老师们长期以来都说她笨，她没什么意见。但她觉得自己这段时间如此努力，结果仍然是得到同样的评价，因此感到很绝望。她不能达到考上一个好学校的目的，也就是将会辜负张老师的期望。她就坐在张老师的身边耸动着肩膀哭，哭的确实很伤心，久久不能平息。即便张老师放缓口气劝她，也不能改变她要哭下去的决心。

张老师只好等待她停止哭泣。在停止之前，他所能做的也只是看着她哭。泪水大串滚出，她直接用手背去擦，这使她的脸全部湿润并泛红。耸动的肩膀圆润精致，领口的锁骨清晰可见。乳房隔着衬衣在颤抖，腰际和大腿组合得有某种令人疯狂的品质。因为悲伤，她显得相当诱人。

张老师还是第一次认真打量自己的这位学生，他想起了同事们背后的那些议论，同时也想起早年在乡下看到的那些屁股。一瞬间，非常神奇，他突然感到兴奋，那个久已没有任何反应的撒尿工具再次具备了最重要的功用。除了对身体的认识，他脑子里一片空白。

这件事情比上回那件事情更让张老师震惊。他想不明白这是怎么回事。他也没法控制这个情绪，那就是在之后的日子里，他很希望李娟能来向自己提问题；如果她没来问问题，他看到她，就会亲切地问："李娟，最近有什么不懂的吗？"事实证明，从那以后，只要李娟坐在他的身边，他的被儿子诊断为更年期的身体都会有激烈的反应。为了让李娟能够多来提问，他当然改变了态度，显得相当和蔼和热心。不过，这个态度也仅限于李娟，对于工作和家务，他的态度越来越恶劣。他越来越不愿意回家，也不愿意进课堂，他对老婆没兴趣，对儿子也一样。他只希望李娟能够和他一起坐在办公桌前，竭尽全力地回答她的一切问题。可以这么说，张老师在中考来临之前的那段时间，几乎帮助李娟把初中三年的全部内容都讲了一遍。这对李娟帮助很大，三年来的学习内容得以重温并巩固，精神上也获得鼓励和促进。最终，出乎所有人的意料，李娟考了个很不错的成绩，被一所市重点高中录取了。

录取通知书是由张老师亲自送上门的。到了李娟家看到自己这名女学生时，张老师差点没忍住哭了出来。考试结束以后，他就再未看到过李娟，现在看到了，他才想起来自己以后很可能再也看不到她了。

他心不在焉地应酬着李娟父母的感激，却一直关注着李娟的动向。她在给他茶杯添水时会微微弯曲膝盖，坐下来时会将两个膝盖并紧。有一会儿她进到自己房间很长时间没出来，他就顺着李娟父母的话，冲她房间喊"李娟，是不是啊""李娟，你说呢"之类的话将她引出来。因为喝了许多茶水，他上了一趟他们家的卫生间。在卫生间，他看到门后悬挂的一串毛巾。他将鼻子凑上去分别闻了一遍，然后自作主张地判定哪条毛巾是李娟的。这让他感到了极大的兴奋，脑子里甚至闪过一个念头，将这个毛巾揣进怀里带回家。

从卫生间出来的时候，他就打算走了。但他没有走，而是将身体深陷沙发，一改刚才的被动，热烈、主动地和这家人聊起了天。

多年来张老师不苟言笑，谈吐得体，严肃、刻板，始终一副公事公办的神情；可今天的他跟所有人印象中的张老师判若两人。他居然问到了李娟父母当年的恋爱情况以及他们的亲朋好友之类的问题，并对所听到的一切都大加赞赏。他也说起自己的往事，插队年代的知青生活和乡下女人，大学时代的逸闻趣事，以及当教师这些年来记忆深刻的学生和他们的家长。张老师滔滔不绝的叙述使李娟父母感到人的一生是那样漫长，一眼望不到边际；同时又是那么短暂，一切仿佛就在昨天。

但这是次要的，李娟父母不能不吃惊，一位已迈中年的老教师在他们的理解能力中不是这样的。或者说，一个正常人不可能在陌生人家里谈论这些东西；即便谈，也不会那么毫无保留、细致入微。他们渐渐露出了烦躁的神态，不时看向窗外，希望以此提醒这位神情恍惚的老师天不早了。虽然他们很感激眼前这位老师，很希望通过留他吃晚饭来表示一下感激，但某种来路不明的东西因为不在经验之内让他们隐隐约约感到不安，所以他们还是希望张老师回家比较好。

张老师注意到了他们的暗示，直接挑明，天确实不早了，并一再强调抽完手中的烟就走。但当他将烟抽到只剩下最后一点火头后，却没有摁进烟灰缸，而是又掏出一根烟，用这点火头将它续上。事出无奈，李娟父母只好主动提出请张老师留下来吃饭的邀请，于是他们开始忙碌了起来。李娟妈妈进了厨房，爸爸则下楼去买酒菜。终于，只剩下张老师和李娟了。

突然的冷清让张老师感受到了疲倦。

他由李娟陪同，在她家这套三居室里参观了起来，然后停留在李娟的房间。

书桌上仍然是初中生的那些课本书籍，墙上还贴着课程表。张老师盯着这张课程表看了很长时间。课表所指的这个学期已经结束，但他仍然能记得自己每天的课，上午或下午的第几节是他的课，在这张表上都清楚地记录了下来。张老师这么认真地看这张已经过期的课似乎是为了验证自己的记忆力，结果是记忆准确。多年以来，每一学期，都会有一张新课表，用了一学期后，张老师都能将它记得很清楚。直到第二学期开始，这点记忆才会被新的课程所覆盖。就像他的学生，他一轮一轮地教，从初一到初三，一批批将他们送走。刚开始也都能记住姓名，时间一长，路上遇见，学生们叫他，此时多半已想不起名字。大多数学生都对张老师有着良好的印象，毕业后，经常有学生重回母校，看望一下张老师，告诉老师自己的如今的情况。此时，他们已有新的师生关系，或者已有了新的生活。有的上了高中读了大学，去了外地以至出国；有的则过早走上社会，学了手艺，谋得一碗饭吃；还有几个学生，他们违法犯罪，被捕坐牢，年限不等，其中有一位因罪大恶极还被判处了死刑。当然，学生们毕业后所有的这一切都已不在张老师的负责之内，他只是感觉到学生们的各种去向是那么丰富，尤其在毕业时刻，他们充满了各种可能性，也就是说，他们的将来既可以这样，也可能那样，而自己，却始终在这个学校，一直和这些刚开始没发育后来发育了的孩子们打交道。一所学校的年龄特征总是一成不变的，变化的是教舍、教具的陈旧或更新，教师们则在这一过程中稳步衰老。多年以来，他第一次发现了这个奥秘。

张老师将目光从这张课程表上移开，内心充满了失落。

李娟此时就站在他的身边，她的裸露的胳膊甚至碰到了他。她在对着老师傻笑。

他说："李娟，你以后会回学校看我吗？"

"会啊，当然啦。"李娟坚定地说，声音很大，张老师不禁向房门看了一眼，她的父母不在那里。

"李娟，你能把房间门关一下吗？我有话要单独跟你说。"

她略微愣了一秒钟，然后关上了房门。

张老师深吐一口气，但汗如雨下，空调对他没什么作用。他说："李娟，我想给你看个东西，但你要答应我，不要吃惊，更不能叫，能答应吗？"

她有点紧张地问："什么东西啊？"

"你先回答我，能不能答应？"

她表示赞成地点了点头，然后事先用手捂住自己的嘴，就像这三年来一样傻。这个动作让张老师热泪盈眶。他义无反顾掏出了自己那个膨胀已久的玩意。

李娟还是惊恐万分地发出了尖叫。因为隔了两道门（房间门和厨房门）以及热烈的火苗声、抽油烟机的运转声和锅铲与锅的碰撞声占据了听觉，所以女儿的尖叫并没有被厨房里的李娟妈妈听见。这给予了张老师足够的时间。

他抓住拼命哭喊挣扎的李娟，在她耳边说道："你现在还有很多东西不懂，李娟，你以后长大了，嫁人了，会懂得很多东西，但你千万不要相信男人有什么更年期，更不要相信男人会阳痿，那全是骗人的，一定要记住我的话！"

说完，他就松开了她，然后打开窗户跳了下去。

曹寇说：我写了这么多，都在写一个玩意儿。

莫之为而为者，天也；莫之致而至者，命也。

via 孟子

时 间 轴 上 的 一 点

北影/摄影师

　　冷风抚摸我的脸，又溜进脚趾缝，我猛地打了个哆嗦，清醒了许多，也觉出痛了，先前倒有些麻木。这没有顶盖的半截屋子，单薄的墙壁在风中颤动，偶尔有重型卡车经过，它也会抖一抖。窗台上的玻璃都碎掉了，铁栏上锈迹斑斑。天寒地冷，断井残垣。被子盖了不知道多久，我已经忘记了它先前的颜色。早知道有这么一天的，吃这碗饭，走到哪里，死在哪里。有这破屋，已是运气，我自己不曾算过，这几日也该去了。此时动弹不得，也不饥饿，气儿也不出了，但痛苦却是真真实实的。地上生了苔藓，阴湿又夯实，沉重得全无声息。渐渐的，像是身子跟这泥地连在了一起，地下的重量不断翻上来，阻断了我看向天空的目光。

　　这几日常做梦，有时梦见自己醒了，有时醒来似乎身处梦中。几乎听不到自己的心跳，它仿佛随风飘远，很久之后，突然又回来了，等我回过神来，却又逃了。可是心里飘忽的往事，越邈远越清晰。

　　我背着手跟在她后面，她刚从家门口离开，一边抽泣一边蹦跳着。刚才那个瘸子打了她一巴掌，为的是制止她那没完没了的哭声。之前她跟她母亲闹别扭，磨蹭着不去上学，只管放声哭着，像是丢了心爱的玩具。那一巴掌使她瞬间安静了，她逃跑似的离开，跑出一段距离，双手撑着膝盖喘气，之后慢吞吞往学校走。其间抓了几根狗尾巴草，往自己脸上蹭了几下，咯咯咯笑起来，突然想起来又饶有余味地抽泣一下，这时候已经没有眼泪了。

"你要好好读书啊。"

"为什么呢?"

"那样才有出息。"

"好吧。"

她走一会儿，跑一会儿，时不时回头看看我，又继续往前。到了小学校的时候，她回身冲我招招手就消失了。我站了一会儿，看到小学校的旗杆钻出屋顶半米高，褪了色的旗旌拉着，好像来回的风都唤不醒它。

我来的那一天，桃花镇的黄昏开出了一树一树的桃花。那一抹绯红，比娇羞更开阔，像是少妇的脸，一阵风吹过，满地的心驰荡漾。

"哎你看，那个拎着包的老头是谁呀?"

"不知道啊，兴许是谁家的远亲吧……啧啧啧啧。"

"头发这么长，像什么样! 浑老头。"

"是个要饭的吧?"

"不像，但也不像个正常人。这年头哪还有人穿这种衣服，对襟衫，那可是民国时候的事啦!"

我朝女人们笑笑，她们互相咬耳朵似的说着话，随即就各自散了。房子一座连着一座，基本是两层高的水泥楼房。日头落下，我在这些房子之间来回踱步，背着手，把包扣在手腕上。远处传来孩子们的嬉闹声，那声音越来越近，随着渐暗的天色，有个头发扎得高高的小女孩出现在我跟前。我弯下腰看她，她顶着个大红花，光洁的额头透着血丝。

"好高的额头啊，读书的料。"我嘀咕了一句。

"爷爷你是在跟我说话吗？"

"你叫什么名字呀？"

"淘淘。"

说完她就跑开了，我跟紧她，穿过几个水泥房子间的弄堂，来到一座三层小楼面前。她站在这里向屋顶望去，还没站定，抬着头的身体就不自觉地往后退了几步。她只好放弃，接着便走进楼房后面的一座小平房。这是一座被拆了一半的木质老屋。小女孩钻进屋子不见了。我站在门前，扯了几次才合上拉链的齿轮，从包里拿出那两片竹子敲了几下。木门打开了，一个长相普通的女人先是探出头来，见我站着，她一脚跨出门槛，问我：

"先生你从哪里来？"

"从来处来。"

"先生，你请等一下。"说完她轻轻关上门。我把竹片放进包里，等着。很快她又打开门，"先生进来吧。"这道门可真结实，我已经有几十年没有摸到过这种触感的木头了，我滑上门栓，进到昏暗的房间。

厨房的灶头上爬过几只乌黑的蟑螂，女人用抹布轻轻抚过，似乎没用力，蟑螂快速地爬进地上水泥板的缝隙中。"去给爷爷盛碗饭。"女人搬了一个凳子到桌边。男人一直没开口，三十四五岁的样子，我在他眼中看到了水，好多的水，好像他整个人都在他的眼睛里，在水里。我禁不住在心里叹了口气，可惜啊，面容倒是斯文。饭菜简单，没有荤腥，我吃了两碗米饭。女人给我收拾了一张床铺，就在小女孩的房间，夜里的桃花镇安静得很，小女孩总是翻身，嘴里还咿咿呀呀说着什么，突然又呵呵呵地笑出声来。

第二天我起来的时候，女人已经忙开了。小女孩翘着屁股在赖床。女人忙乎了一阵儿，利索地把小女孩拖起来穿衣服。"他这样多久了？"

女人手上突然停了一下，接着继续忙着。"有两年多了。"我点点头，走出门。桃花镇的早晨烟雾缭绕，孩子们陆陆续续出门了。几个女人蹲在河边洗衣服，粉色的花瓣周围积起白色泡沫，它们轻轻摇晃，顺着水流飘到河的那边，那儿有一片青绿色的田地，稚嫩的麦苗仿佛很熟练地冒着尖，远远望去，那一片青绿悠然吐出一条氤氲。它渐渐稀薄，眼看着太阳就要出来了，我踱回去，女人叫我吃早饭。是白米粥，榨菜。男人并不看我，只看看小女孩，嘴角微微动了一下，低头喝粥。

"今年开春才下的床，还是不说话，电视机坏了会修。"女人推着自行车出门，把小女孩拎到后座上，她回头冲我做了个鬼脸。我哈哈大笑。

人间四月，日头还很温柔。我搬了条凳子到院子里，也算不上是个院子，屋檐往外，就是一个天井，这是肥水不流外人田。整座房子被拆了一半，因而也就只有半个天井。要是下起雨来，雨水从屋檐的瓦片上落下来，可好看得紧呢。我背手抬头瞅着这屋檐，年纪大了，喜欢盯着一样东西看，看久了，也就明了了。没有什么是看不透的，以前那些，都是不想看透而已。这会儿日头越来越高，刺到了眼睛，我回身坐下，看到左边厢房的窗户，男人正坐在窗前的写字台边发呆。我就盯着他看，过了很久，他才回过头来，见我看他，不好意思地笑了下，瞬间又恢复了原先的表情。他不是呆滞。我把目光落在自己手上，皮肤起了很深的皱纹，指关节粗大，褐色的老人斑有变黑的迹象。我想起了十七岁时，我师爷跟我说："你啊，骨骼清奇，可惜性格顽劣，不肯守规矩，这一行规矩第一，你若是守不住……唉，这都是命啊！"我师爷说完这些话，拎着茶壶就走了，失踪了。我们再也没有见过他，我心知他也是个守不得规矩之人，所以并不去计较他究竟去了何处。这都是命。

"来，喝杯茶。"男人不说话。我把杯子往前推了推。"喝吧，没关系的，我们是自己人。"他看了看我，露出一丝腼腆，这种腼腆不属于一个三十五岁的男人。我下意识地笑了，他没发现我的笑，我看得出他有些犹豫，但没动那杯茶。我自顾自地喝起来，并不看他。茶叶比先前刚泡下去时饱满了许多，一枚枚立着。我有些困倦，打了个哈欠，就闭上了眼睛。不知道他是什么时候拿起那杯茶的，我听到有个声音在说话。

"我是当兵的，今年有十九岁了。"

"你是哪里人？"

"海南那边的。想回去看看的，不知道为什么就是走不回去。好像迷了路，不知道家在哪个方向。"

"你朝着有水的地方走，就对了，那是回家的路。"

"我好像有点记起来了。你呢？你是怎么找到我的？"

"我只是路过，并不是来找你的。"

"你是哪里人？家在哪里？"

"不记得了，我四海为家。"

我一直在想我是谁，一直在找回家的路。今天终于想起来了，谢谢你。

你就是你自己。

我打了个长长的嗝，站起身，舒展了一下筋骨，老了不中用了，这么一会儿就感到累。茶杯见了底，茶叶在杯底抱成一团，他趴在桌上睡着了，发出很重的呼吸声，像是很久没有睡。我把茶杯洗了放回原处，女人把家收拾得很干净。残破，陈旧，贫瘠，局促，却干净。想起她那张脸，多普通的人啊，他有多好的福气。女人回来时男人醒了。他要帮女人做饭，女人吓了一跳。"你去把米淘了吧？"女人试探地问了一句，他说"好的"，说完就去米缸舀米，然后到水龙头边放水。我看到女人那张脸几乎要扭曲了，那是一种想哭却又极力忍住不哭的表情，因

200

为手上在忙活，为了使眼泪不掉出来，她几乎用尽了全身的力气。吃饭时，女人的情绪还没平静，她尽量克制自己不去看他，为此她只好不停地给小女孩夹菜。"多吃点青菜长个呢，今天在学校还乖吗?""乖的。"小女孩顽皮地歪头偷瞄我，又冲我做鬼脸。女人假装生气，敲了一下她的脑袋，又把菜往我这边推了推，冲我笑笑。"先生多吃些，家里没啥吃的，青菜还是有的，种了很多。"趁说话间，她用手背擦了擦眼角，脸上比平日红润了，像雨后的桃花。"先生什么时候来的? 干这一行多久了? 家里太小，实在不好意思了。"我冲男人摆摆手。"走江湖的，不讲究，有的住就行了。一辈子喽，在这住有几日，你家女人很能干。"他爽朗地笑了，看了女人一眼，那一眼轻松又平常，是那经过的岁月里千千万万眼中的其中一眼，反而是女人有些不自然了。她快把脸埋进饭碗里了，匆匆吃完就起身收拾别的去了。

那天晚上的桃花镇没有往日那样平静。从厢房里传来女人喘息的声音，年久的床板嘎吱嘎吱地响，小女孩的嘴里又飘出咿咿呀呀的话语，翌日的清晨来得特别晚。

"哎! 我跟你说，周医生，顺芝她丈夫，好了!"

"听说了，说是那个算命的给医好了。唉，这两年难为顺芝了，总算是好了。"

"谁说不是呢，要是我呀，整天对着一个活死人，早就带着孩子走了。"

"话不能这么说，周医生那还不是为了小秋? 要不是他，那孩子早没了。"

"谁知道他能好呀!"

"要我说呀，这事也怪了，周医生是谁呀，人家上过医科大学的，他自己都医不好自己，这算命的就行? 你看那老头，稀奇古怪的，听说周医生好了之后都不记得这两年的事，指不定他给他喝了什么呢。"

"别瞎说，总归是高兴的事。"

"先生，我前几天救了个落水的女孩，她叫小秋。这孩子眉清目秀的，书读得不错，讨人喜欢。有一天她来诊所找我，说：'周医生，给我点药吧，我有了。'当时把我弄蒙了，她才十七岁啊，她说完就哭了，哭着哭着就蹲在地上，我俯身下去扶她起来，刚好瘸子经过诊所门前，瘸子是她爹。他冲进来抓住我的领子打了我一拳，之后他自己就跌坐在地上。小秋哭着跟他说：'爹，爹你别打周医生，都是我的错。'说完又哭起来，瘸子抓起小秋就走了。那几日我整天琢磨小秋的事，之后她再也没有找我，我总想着去找她，但瘸子对我虎视眈眈，我得找他谈谈，误会不解开，小秋的事也解决不了。那之后又过了几天，我从诊所回家，经过河边，就看到一群人围在一起，有人喊着小秋跳河了小秋跳河了，人群里没人下水去救她。我赶紧脱掉衣服跳进河里，很快我就找到了小秋。小秋啊，自己还是孩子的身体，却有了孩子。我从后面抱着她，她已经昏过去了，我们离岸越来越近了，人们在朝我们招手，有人在喊周医生快到这边来。那也是一个四月，桃花都开了，我们这里一到四月就桃花飞扬，空气里都是桃花的味道。灼灼状桃花之鲜，依依尽杨柳之貌，说的不就是小秋这样的年纪吗？我突然感到一阵痛心，小秋的身体也随之沉重了起来，那一刻不知为什么，我感觉有谁在拉着我们往下沉。我有些惊慌，四肢有些失衡，我一只手抱着小秋，一只手胡乱拍着水面，双脚也在用力，身体继续往下沉，没一会儿就沉到水下。那个时候我脑子清醒得很，水面的波纹把天空的蓝色割成一道一道的，整个天空在不停地晃动，我见到人们张大了嘴，那些黑色的洞穴变得越来越大，我害怕起来，感觉它们快要将我吞噬。我闭上了眼睛。这时候身边出现了一大群鱼，我看得见，我知道我闭着眼。鱼儿开始啄我的眼睑、嘴巴、鼻子、耳朵，啄我的胳膊、大腿、手指、脚趾，啄我身体上每一个部位，几条大鱼用尾巴拍打我。我又开始动起来，胡乱动着手脚，突然脚趾碰到很凉的淤泥，一阵入骨的寒冷，我想我已经沉到了河底。但我感觉小秋还在，我还紧紧抱着她。那时候我想用尽生命来救小秋。于是我睁开了眼睛。河底下崎岖不平，到处是锋利的石头，我顺着能够着力的地方，手脚用力往水上弹，感觉石头划过我的身体，撕裂的痛，终于我仿佛看见了蓝色的光。恍惚间我听到小秋跟我说：'周医生，放开我吧。'这声音好像来自小秋，又好像来自我自己的身体。'周医生，放开我吧。''周医生，放开我吧。'不，不会的，不可能的。不管你是谁，我现在正用尽生命救你。如果我死了，难道只是为了放开你？有那么一瞬间，我感觉小秋钻进了我的身体，我仿佛能够体会她的痛苦，她的柔软。她好像温暖了我，我有一种回到母体的感觉。接着我看见了自己的血管，红色的血管镶嵌在透明的皮肤里，像宝石一样闪闪发光。我看见自己张开嘴巴，在笑。笑声淹没在水里，互相撞击的水将笑声拉远，又送回来。我被自己的笑声包围了。

"先生，那是一种前所未有的幸福。"

桃花镇上一共有三个秘密。关于小秋跳河的原因，人们各有各的答案，但都绝口不提，大家心照不宣地守着一个共有的秘密。瘸子一直守着周医生和小秋的秘密。他记恨在心，又无处可说。周医生得了痴症，再也不说话了，只有他知道小秋真正的秘密，但没人知道这件事。人们好像一点都不关心周医生的病，因为他整天在屋里，时间久了，人们把他给忘了。既然这样，人们也不会记得周医生落病的原因，反正都不会好了，再追究原因似乎也没有什么意义。谁也不会想到，桃花开了两次，周医生又说话了。

"先生，你算命，告诉我到底什么是命。"

"二十年之后，我会死在一间破屋里，这就是命。"

"那你留下，死在这儿，就没有破屋，就没有你说的'命'。"

"你不明白，我呀，要是不经过这里，将来就有可能不会死在破屋，但我已经在这里了。"

"那就不能改变？在你死前有千万个时间点，这任何一个时间点，都是一次机会，一次改变命的机会。"

"不，这任何一个时间点，都是一次机会，一次靠近的机会。没有改变，只有靠近，这就是命。"

北影说：假如我写了点什么，那只是因为我对自由有一种近乎冷酷的迷恋。

在黑暗的时代不反抗就意味着同谋。

via 让·保罗·萨特

＋

水 乳 记

＋

水鬼/机械类工作者

＋

一、吃食

六婶把一小撮苞谷粒用粽布裹得紧紧的，吊在壁上的铁钩上。大伙儿燃了柴，烤着结实的柴火，搓着手，看着那小包的苞谷粒。往常讲古的老人张了张嘴巴，手指扬扬，说：

"茶!"

没人搭理他，他吞了一口唾沫，合上嘴巴，也盯着那小袋苞谷粒看。六婶怒冲冲地添了一根柴，说：

"哪个也别想打它的主意。"

一只瘦得皮包骨的老鼠从壁板上慢慢爬着，抓着铁丝，想去吃那袋苞谷粒。铁钩荡了几下，老鼠掉在了地上，大伙又盯着老鼠看。顺子他爹像补蛇一样，两根手指捻住了老鼠的尾巴，提起来，说：

"烤着吃还是煮了汤吃?"

"煮着吃吧。"

火炕上架了一口锅，蓄上水，撒了些盐，剥净鼠皮，内脏涮洗一

206

下，连着鼠骨肉一起丢进沸水锅里。六婶拿了一叠陶碗，挨个儿发了，锅中冲起热气，便有人揭了锅盖，用瓢先自个儿舀了一浅碗，抿了一小口，说：

"好家伙，果真是吃粮食生肉的家伙。"

大伙儿纷纷扬起碗，六婶换了大瓢，一碗一碗倒着，并不倒满。讲古的老人捏着茶杯，盛了满满的，咂了一小口，盖上杯盖，精神旺了许多，喉咙也清润起来，说：

"吃出什么味儿没有?"

大家伙摇摇头，又点点头，老人说：

"有稻谷的香味儿。"

几个大人似乎没咂摸出谷子味儿，又小吃了一口，叹道：

"糯米味。"

"嗯，还有小米味。"

泥瓦匠捎了行头推开门，嘴里叫骂着"晦气! 晦气!"，见屋子里许多人手里都捏着碗，便踮起脚去看碗里的东西，又去看锅里的东西，见是一些颜色都不大变的汤水，便冷冷地卸下行头，挤在大伙中间，盘腿坐了，要了一只碗，自己伸手舀了一瓢。

"吃着了吗?"几个大人问。

泥瓦匠说：

"晦气! 晦气!"

泥瓦匠舌头伸在热汤里，滚了几下，小啜一口，漱口一样吐在了地上。他说：

"白被日头晒了一回。"

五伯问：

"没留你吃?"

泥瓦匠冷笑一声，说：

"嘿，吃不得，吃不得，你们晓得是哪一回事吗？"

大伙儿都摇摇头，泥瓦匠说：

"亏他还有几亩田地，这样的事也干得出。你们不晓得，我在他家屋皮上检着漏，揭开他家屋炕上瓦片一看，吓死一个人，炕上满满挂着七八个熏成腊肉的娃仔。我哪儿还敢吃，差点从瓦皮屋上滑下来，拿了行头就走。"

几个女人低下头去，男人们嘴里直叹气，既惊叹这种残忍，又仿佛明悟了竟然还有这样一种吃法。

六婶嘴里叫骂着：

"他还不是掘了别人家饿死的小孩的土，吃，有本事把自家小孩熏干了吃。"

大伙儿不再说话，又去舀汤，闷闷地吃着。柴火炸出火星，弹在树英的胸口，她并没发觉，猛子伸了手就去掸，她胸口的衣服里仿佛聚着一团气，一掸就变得干瘪瘪的。树英看着自己干瘪的胸口，失了神，用手挡着，又拉了拉，眼睛红起来。

六婶问树英：

"那孩子吃啥？"

女人哭起来说：

"孩子是死活养不长久的，他爹也这么说，喂了也是死，倒不如他爹吮几口汁水喝。"

讲古的老人抹一把嘴巴，说：

"先前讲些个薛仁贵征西，人家薛仁贵一餐就要吃掉几木桶饭，那会儿大家都是吃饱喝足了听我讲这些。这一年里收成坏得很，我现今可是没力气再讲那些个故事了，你们有力气听，我也没力气讲了。树英，吃奶算不得什么，你男人不吃难道还让别的男人吃？这女人的奶跟男人的精，古书上都明明白白写着，是顶补的东西。"

锅里的汤也吃得现了底，猛子说：

"再续几瓢水？"

大家伙不出声，有人说：

"续是可以续，可光续水还是不行。"

大家就又盯着六婶那袋苞谷粒看，六婶说：

"沤烂在地里也不让你们吃。"

六婶取下那小包苞谷粒，揣在怀里，托了一张板凳坐下，说起她小时候听来的一个故事。

她的五叔伯是个好吃懒做的人，四体不勤，五谷不分，他娘有次害了重病，下不了地，对他说：

"儿啊，我下不了地，地里只长野草不生粮食，咱母子迟早会饿死的。"

他五叔伯就说：

"娘，你在床上躺着，我上地里去。"

地里杂草丛生，人家是先烧杂草再掘土喂种子，他呢，把苞谷粒往地里一丢，就准备转身回去，又见地里长满着杂草不成事，放了火连种子一起烧了。还是有一粒种子避过了大火，经过雨水的浇淋，长成一株苞谷树，开花结了苞谷。他几月不上山，估计苞谷快成熟时，背了袋子上山预备采摘。月亮照在地上，照在山上，黑白分明。一只大鸟落在那唯一的一株苞谷树上啄食苞谷，他见了格外生气，骂起来：

"你个死鸟，我娘在床上饿得快死，就仗着这苞谷活命，活命的粮食你也偷吃！"

骂完就咿咿呀呀哭起来，大鸟听得这话，以为是个孝子，受了感动就衔了一块金子丢给了他。

六婶讲完他五叔伯的故事，大家枯瘦的脸上抽动几下，也不说话。天色越来越黑，屋外响起布谷鸟的声声叫唤，到了落种的季节了。热汤早已吃得干净，又无别的东西可吃，有人站起来，拍拍身上的灰，起身回家睡觉。我也该回去了，我燃了一根松油柴，火光照着小路，一条黑绳似的东西盘在路前，我凑近一照，分外惊喜，躺着的是一斤多有余的乌梢蛇。我捏住它的脖颈，蛇仿佛也饿得十分疲劲，全不动弹。

侯宝家的女人正好走来，伸了脑袋看我手里的蛇。蛇突然吐出信子，她马上缩回脑袋，变换了受惊的面容，满面笑着，说：

"明子，见者有份。"

我不好说什么，就说：

"我抓的，肉我总要分得多一些。"

她说那是那是，又问：

"你饿不饿？"

我说：

"汤水不充饥，肯定饿。"

她说：

"这蛇拿回去分，你屋里的人肯定也要吃几口，侯宝也要分吃几口，到我们嘴里的肉，只有这么一点点。"

她竖起中指，朝我比画着，眼里忽而放出光来，说：

"我们到溪边偷偷烤了吃？"

用尖石片破了蛇肚皮，掏干净内脏，在水里荡了几下，折了几节细树枝，穿了剥洗过后的蛇，放在火上烤。香味渐渐散出，蛇油滴在火上，燃起来，又马上熄下去。我们捻着肉，连着手指一起放进嘴里，很快吃得只剩一根蛇骨。身子变得温润起来，躺在硌人的石子上，身旁的火堆发着孱弱的红光。

月亮从云里破了出来，她说：

"明子，你想不想吃？"

"吃什么?"

"奶。"

二、剃度

辰河出白鱼,辰河的白鱼比其他地方要白,要小。在辰河镇,吃得起白鱼的只有几户人家。这一两年内,清乡的部队开始在这里驻扎,白鱼卖得更俏。

小尹第一次随母亲出船去捕白鱼,船过河掌洲时,他见到小小的洲上有一座白塔,塔顶长着一棵小树,塔身泛着瓷器的白光,他数了数,一共七级。老和尚盘腿坐在洲边,手里蔓出一根竹竿,延伸到河面上。

小尹问母亲:

"娘,老和尚是在钓鱼吗?"

她用手遮着前额,望向河掌洲,说:

"看样子是在钓鱼吧。"

"他钓鱼也跟我们一样卖给朱家吗?"

"钓了自己吃。"

"和尚也吃鱼?"

"吃。"

小尹见到河岸上长着大片的巴茅,听母亲说,白鱼就躲在巴茅下面,要逮它们可不容易。在巴茅抽穗时,小尹是吃过巴茅的穗的,嫩,而且有点甜。捕白鱼的都是妇女,男的大部分被抽去当兵。太阳与河面齐平时,小尹随母亲坐船往镇上去,再见到河掌洲上的白塔时,白塔变得黄澄澄的。

如果不是打仗,父亲就不会被抓去当兵,小尹想,那我除了会编帽子，还会织草鞋。小尹用稻草编了一顶帽子，坐在河岸上一块大石头上。几个士兵荷着一杆长枪，光着膀子，他们褪去裤子，走进水里，单手举枪，另一只手在背上搓着，又围成一个四方形，前面的人给后面的人搓洗后背。一个士兵见到岸上的小尹，拿枪瞄着，叫唤起来：

"嗨，小伙子看这里。"

小尹看着他，士兵嘴里鼓足一口气，"砰"的一声爆放出来，小尹身子痉挛了一下，河面似乎黑漆漆的，随即他听到几个兵士哈哈大笑。

"哎，你多大了？"

河面渐渐变得明朗，小尹呆呆地说：

"十五岁了。"

他们说：

"快了，快了，明年就可以跟我们一起拿枪去杀人了。"

小尹是见过杀人的。朱家的长工跟朱老爷的六太太发生过关系，朱老爷知道后，十分气愤，叫人砍去了长工的手脚，身子悬在马尾坡的一株杏树上。小尹有时候随母亲去给朱家送鱼，到马尾坡时远远就会见到那株杏树上挂着一个黑黑的影。快到树下时，小尹老想往上偷偷瞄一眼，母亲便会用手摁下他的脑袋，说：

"有什么好看的，走快些。"

朱老爷爱吃白鱼，吃得起白鱼的人都是本地的富裕人家。小尹长这么大，只吃过一次白鱼，味道确实比平常的鱼要鲜嫩一点，就是鱼骨都要比别的鱼软。蓄养在盆中的一条白鱼连续吐着气泡，最后翻了一个身子，浮在了水面上。他母亲叹了一口气，说：

"真是造孽。"

晚饭时小尹揭开锅盖，热气散得快尽时，才见到饭上躺着一条鱼，白白的。他母亲说：

"吃吧。"

又说：

"鱼骨头不要剔出来，吃了，吃慢些，小心卡着喉咙。"

小尹拿筷子挑起一小片肉，肉上粘着几根细小的鱼骨，放进嘴里嚼着，越嚼越少，最后化在了嘴巴里。

七月份晚饭的一天，小尹做好了饭，切了一片南瓜，烧作了菜，摆在油腻的桌上，用竹罩盖着，等母亲捕鱼回来。他燃了油灯，放在桌子上，看着火苗一闪一闪，一只蚊子飞在上面，马上掉进了灯里，浮在油上。他拗了一根小柴火，削尖了棍头，挑起那只死蚊子在灯火上烤。

母亲回来时，灯中的油已经浅了一半。她被一个妇女背着，身后拥着几个妇女。她们把她放在床上，安慰着她。小尹见到她娘的眼睛已经哭得水肿，红红的，像那条白鱼死时的眼睛一样，许久都不动一下。

"小尹，你娘叫那狗日的背枪的污了身子！"

小尹的耳朵里嗡嗡响着，他嘴巴微微张开，又合上，坐在床边，上下抚着母亲的背。

母亲眼睛渐渐有了血气，眼角溢着泪，缓缓抬起手来抹了一把，嘴唇翕动着，想说什么又哑在了喉咙里。

第二天送鱼的妇女们去军营，见了长官，说：

"今天的鱼，长官我们不收您一分钱，但求您把您手下的一个人毙了。"

长官说：

"怎么回事？"

当然是为了严肃军纪，几斤白鱼又算得了什么呢？长官听了当下许诺下来，说：

"白鱼的钱是多少我算你们多少，一分也不会少你们。人，你们放心，清乡正好抓了一批人，明天把他一起拉去跟他们毙了！"

辰河上沿河跪着长长的一排人，每个人后面都笔挺地立着一个荷枪的士兵，看台上的军官扬起手中的手枪，朝天打了几下。小尹挤在乡民当中，似乎要找一个穿军装跪着的人，但跪着的人都光着膀子，只穿一条黑色裤子。枪身一排排响了过去，枪决的人被撒上了石灰，抬进了河中预先备好的船上，朝下游开去。

小尹快十六岁了，母亲的肚子鼓鼓的。女人们劝说她，打了吧，小尹的母亲并不说话，只是让肚子一天天大起来。征兵的消息从太常乡传了出来，过不久就会到辰河镇来。小尹说：

"娘，我不想去当兵，我不想捏枪杀人。"

母亲想了一阵儿，说：

"你愿不愿意当和尚，做了和尚就不会被抓去当兵。"

小尹想到了那座七级白塔，在白日里泛着瓷器光泽的白塔，他点了点头。

小尹很久没和母亲一起坐船。船上了辰河，凉风吹进船舱，刮在母亲的身上，她紧了紧衣服。到了河掌洲，停了船，小尹扶着母亲，双脚第一次踏上了这片河中的小小陆地。

鹤鸣寺空空的，大殿不大，比起小尹家的屋子也大不了多少。几尊菩萨雕像立在屋脚，面目狰狞，不像小尹想象中的慈悲样子。老和尚提着木桶从屋外踱进来，面色清冷，小尹的母亲说：

"师傅，这里招不招弟子？"

老和尚看着她，看着她丰腴的身子，又看了一眼小尹，说：

"多大年岁了？是从镇上坐船过来的吧？"

母亲点点头，说：

"他还小，过了腊月正好满十四。"

老和尚不说话，提着木桶进了里面的屋子，盘腿坐在蒲团上，木桶放在旁边。母亲不知该怎么好，跟小尹说：

"老和尚已经看了你的样子，你在这等着，我进去跟他说说。"

屋子里除了老和尚的蒲团再无别的东西可坐，她跪下去时看到了木桶里有一尾白鱼在游动吐气。

"无论如何，"她屈下腰来，右手环在陡峭的腹底，左手捏着右手指，说，"请你收下我的儿子吧，哪怕打打杂也好。"

老和尚缓缓睁开眼来，说：

"去把门掩上。"

小尹见到母亲关门时，向前走了几步，母亲摇摇头，他就停了下来。大殿寂静得有些可怕，小尹踮着脚走到屋子外，寻了一个小小的缝隙觑着眼看。

老和尚拿了一个白瓷碗，放在案上，小尹的母亲撩起衣服，挤着乳房，白色乳汁犹如断线一样，一丝一丝地喷在碗里。老和尚从旁边的木桶里抓起白鱼，捏在手里，鱼大口呼吸吐气，鳃两边不断流出汁液，到白鱼的嘴里溢出小小的气泡时，老和尚把它放进了盛着乳汁的白碗里。白鱼仿佛获得重生一样，大口吸着乳汁。

案上摆着一个小小的炉子，烧着炭，炉子上放着一口装有水的小锅，水汽从锅中逶迤而起，老和尚在锅中横了两根筷子，白瓷碗架在筷子上，盖了锅盖。

母亲出来时小尹坐在大殿门口的石阶上，木木地看着洲上一只鹭鸶在水草里觅食。母亲说：

"师傅已经答应下来，日后你就在这里好生做事，我有空就会搭船过来看你。"

小尹不说话。隔了一阵子，问她母亲：

"娘，这里叫鹤鸣寺，可是为什么看不到鹤？"

母亲说：

"大约先前这里是有鹤的吧。"

剃度的时候小尹蹲在河边，师傅捏着剃刀将刀口在衣服上刮了两下，又在水里荡了下，按着小尹的脑袋，由上而下一刀刀剃着。

小尹看着水中自己的脑袋，头发慢慢变少，直到最后变成一个光头。

三、超度

死一个脚行僧又算得了什么。就在白日里，我打厚山过来，一路上不知见过多少死人蜷在道上，若是我不瞧准了走路，这双破布鞋定然要把他们踩上一两脚。那个乌着面的老女人挂着拐，转了头看向我，嘿，我想这老女人，我可有什么好看的，要我从挂包里捏一个白面馒头舍给你吗？倘若要是你再年轻个几十岁，莫说一个白面馒头，我就是夜里头去人家大院翻墙攀楼，也定要把摸上的几贯钱去吃了你的酒。

乌鸦停在树上，落在道上，就是破庙的瓦皮上都有它们的黑影。那时节天已发黑，吹了一点儿冷风，月亮也怕冷似的缩在云里不肯露出个嘴脸。我衣裳单薄，又行了一天的路，又疲又冷。破庙有微微火光从四面八方散出来，我双手拢进袖子，想在这荒山野外，庙也是个没得主的庙，去借个火烤一下再好生躺上一晚上。一个脚行僧正盘坐在火堆旁，他添了一根木柴，抬头见着了我。我双手从袖子里拱出来，搓着手，脸上堆着笑，随手又扯了一根断窗条，在火堆旁坐下，把木条加进火里，不大会儿火更旺了。那脚行僧只是冷冷地看了我一眼，便从身边的包袱里取出一本用黑布裹得极好的经书，翻了开来，放在膝盖上，也不去看书上的经文，闭了眼，嘴巴默念起来，我侧了耳去听，愣是一句都没听明白，和尚念经就是这副样子，学起来可也容易。

"嗨!"

我手在他眼前晃着,嗨了一声,他睁开眼来,我从挂包里拿出一块苞谷饼子,掰了一半捏在手里,隔火递着,他也不接,只是说:

"留着自己吃,我自己带得有。"

上蹿的火苗烧到了我的手,我立马缩了手,拿舌头在被火烫伤的地方舔了几口。我有些来气,真是好生不解情,若不是借了你的火烤,你就是饿死在林子里,死死乞求着我,我也只是蹲下来看看你的眼睛,绝不用指甲抠一粒苞谷饼给你。

我啃了一口苞谷饼,又硬又冷,硌进牙齿缝里半天都抠不出来。我折了一根细棍,架了饼在火上烤,烤得发焦发黄便退出火拿起来吃。脚行僧从包袱里拿出一个白面馒头,那馒头又白又软,在火光照耀下发着黄白的光,手指只是轻轻拿捏着,也轧几根手指印来,松了手指,马上又复回原样。我当然以为他要分我吃一口,哪里想得到他只是在火上热一下,咬了一口又翻了一页经书。

我说:

"小师傅是要过哪里去?"

"一路走走。"

我搓起手来,笑着说:

"僧人满天下走,也没见饿死几个,你们那个名号也好,叫什么化缘,我们讨饭,这世道烂成这个样子,谁还在乎你讨饭的。"

他收起经书,说:

"不全是靠化缘的,遇见丧事,凑巧走过,也会有人叫住你,要你默念经文,超度亡魂,末了斋饭自然会留你吃,盘缠也少不得多少要给一些的。"

我低下头,看着火,那火里面我白日见过的死人的面目流水一样闪现出来,一个个都蓬头乌面的,唯有最后一张,没错,面目清秀,就是我眼前坐着的这个脚行僧！我看得有些痴。若是阎罗责罚我来，下到地狱，那也是死后的事了，何况这饿死的许多人，也是老天造的孽，可也没听说天公下过地狱的。

我抬起头来，说：

"和尚，你的经文我闭着眼睛也是能念的，你的这身僧衣要是再借与我穿就更好不过了。"

脚行僧听得我说了这话，经文也不念了，看着我。

我从挂包里摸出一截绳索，跳过火堆，套住他的脖子。他的手在脖子上抠着，我勒得更紧，他拼命动弹着，发出几股怪叫就软了下来。

我除了他的僧衣，挎了他的包袱，那本经书乱在火堆旁，我捡起来，翻了几页，蝌蚪一样的文字密密麻麻满页爬着，正好，我也识不得几个字，人家问起来，胡乱说一通便是了。我正要走出去，又想起这脚行僧的话来，超度亡魂，我所犯的罪孽说不定就少了许多。我盘腿坐在死尸的身边，拿出经书，嘴巴里念着我自己也不知如何诌来的胡话。

连夜又赶了一宿。溪水里也干干净净，游鱼虾子都见不到一个。我蹲下来，看着水里自己的样子，头发也干枯松乱，若不是穿了僧衣，跟路边的乞食人也全然无两样。我拿出小刀，那刀兴许是被我贯日削削砍砍，磨钝了刃，割起头发来格外吃力。刮好后，摸一把头皮，还是有不少刺手的发茬。

说来也怪，那一天我竟然连着超度了两个亡魂，第一个自不必说，是那个脚行僧了，第二个说起来也该是我运气好，到了朱家口，远远就听到锣鼓唢呐的声音，那么就像脚行僧说的，遇见丧事，凑巧走过，胡乱念一通经，肉吃不上，斋饭也要吃他个几大碗。那户人家也是个大户人家，房子好大一座，黑字白纸满门贴着，披麻戴孝的人在门前穿流走动。我走过去，在大院的白灯笼下站着，有人走来，招呼我进去。

那个头上缠了一道白布的管家人物问我：

"师傅可曾做过法事？"

我说：

"法事是做过的，只是一人，没那么多名堂，倒是能诵经超度。"

管家在一个老女人耳边嘀咕了几句，点下头，走过来说：

"顾不得那么多了，按你说的办，这样的事要请院里的和尚来也不方便。"

我想，做场法事请一班和尚来可有什么不方便的？那管家人物引着我进了内堂，又折进了一间屋子，关了门。屋子里站着几个人，垂着手，里面见不到丝毫阳光，只有几根蜡烛闪着火光。里面极其安静，不，还有一个女人在那儿哭，我听得清清楚楚。

老女人对我说：

"做这场法事，可不要露了口实，咱们有言在先，做完了我少不得给你一些银子，就当是香油钱也好，盘缠也好，随你自己处置，做完了你就走。不论你到哪里去，反正不要再来朱家口，我看你也不是这附近的和尚。"

我说：

"我云游四方，去过的地方是不会再去的，这个你放心，其他的事我不管，我是个僧人，只晓得超度亡魂，生前的事与我不相干。"

老女人嗯了一声，又说：

"县府上大圖下坐首位的现在就在外面吃着酒，也不惧你说。"

我说："是是是"。

整个房间又归于安静，那个女子的哭泣声又在我耳边响起来，循声看过去，只消看得她的轮廓，便教我看得发痴。老女人走过去，说：

"哭哭啼啼做个什么，老爷是疼你，舍不得你，才要你去陪着他。"

房间当中停着一口没盖棺的棺材，老女人对站着的几个人使了一个眼色，女子放声哭出来，随即被人用布堵了嘴巴，用绳子缚了手脚，抬进棺材。

我呆呆摸出经书，慢慢展开黑布，翻到经书的第一页，绕着棺材，嘴里念起谁也听不懂的经文。棺材还没落盖，她仰面躺在棺材里，这会儿竟然在里面笑，那笑仿佛恨极了我，蜡烛的光火映在她的眼睛，闪闪的像两颗鬼火。

水鬼说：我看得见的一生是一个精心伪装的圈套。

字词的组合就是句子。对我来说，一个句子应该和一个故事联结在一起。

via **胡安·鲁尔福**

国 镇 往 事 之 蛇 神 牛 鬼

野夫/作家

朱叫花

既然他说国镇是从他祖上的国姓爷屯兵时就开始有的，那就从他说起吧。

国镇一直把乞丐称之为"告花子"，"告"大约是"叫"的古音残留。叫花子也算是江湖中人，属于五花八门中的一种。他们的始祖是传说中春秋年间的范丹，孔夫子因于陈蔡时曾经找范丹借过米，于是他就让他的徒子徒孙，找所有的缙绅人家、书香门第来讨债。他们的组织叫丐帮，丐帮的大会叫"花子节"，至今还在民间隐秘传承。

叫花子是一种职业，也是一种身份。那些偶尔在灾年出来行乞的饥民，不能算是叫花子，只能叫作跑饥荒的。一旦灾荒过去，他们还得回去务农耕。真正的叫花子，那是一生的事业。正宗的都有一些杂耍手艺，挨门行乞需要会一点三棒鼓啊、莲花闹之类的曲艺。现在那些跪地叩头如捣蒜的，在帮里被视为下三滥，属于污衣派的子孙。真正的净衣派的传人，都会一些歪门邪道、奇门遁甲之类的功夫。

朱叫花便是净衣派的师承，他在国镇闻名且赖以存活的独门绝技是"蛇医"。

在那个年代，整个国镇都处于饥饿之中，不仅人都要饿着，就连老鼠也都搬家逃荒。老鼠成群结队地流离失所，山里的蛇便会食不果腹。原本蛇是不吃人的，可那些年似乎是饿急了，开始从众多的饿殍身上求食，于是尝到了人肉的滋味。也许是口口相传，它们忽然就染上了吃人的恶习，经常会出洞发起对山民的袭击。

国镇的蛇种类繁多，无毒或轻毒的有水蛇、乌梢蛇、烂草蛇之流；剧毒的有三步倒、五步邪、青竹彪一类。那时国镇的西医院没有血清之类的好药，通常只能治疗一些无毒蛇咬出的外伤。但凡被毒蛇下口的百姓，只能去找上街的朱叫花。

朱叫花神乎其技，号称只要不超过三个时辰——也就是六小时——他都可以救命。事实上，他确实救活了许多奄奄一息的伤者，有的大腿已经肿得像粪桶一般粗，竟然也能被他三天两夜救回来，于是镇人皆视之为神人。

他的治疗手段据说也很简单，通常是捆绑伤口上方的肢体，不许毒液流窜。然后是切开伤口放血和吸血，其实西医也都这样做。但唯一叫绝的是他的敷药——他自制的一种烂草糊糊，给伤者被捆扎以下的部位全部涂上，一个时辰之后，便见伤口处污血如泉涌。过两天那些已经肿得黑亮的肢体，便会慢慢恢复原型和颜色。然后再服用他配制的几粒丹方，呕吐出大盆秽物，人就可以自行回家了。

他的秘方究竟由哪些植物构成，这是他的独门师承，打死也不可能传出。

国镇辖区很大，不是每个地方被蛇咬的山民，都能确保六小时之内被抬来，于是死亡还是不断发生。镇政府曾经动员他交出药方，他说这是祖师爷给叫花子留的一口饭，传出去要天诛地灭。叫花子已经是穷苦卑微至极的人群了，镇政府也不能砸破他们的讨口钵吧。

这些底层人没有党所需要的觉悟，动员不行那就改为在运动中威胁。朱叫花言语不多，却很硬朗。他说："叫花子的命，挨打是本分。我大字不识一个，这从口头上交出来的配方，你们能信吗？你们能找到那些稀奇八怪的草药吗？你按照配方救不活别人，还得说是我弄虚作假，我还得挨打。可我按着配方就能救命，你们又得说是我弄了手脚。哪样都是死，我还不如自己放出笼子里的毒蛇，让它们把我咬死算了。我贱命一条，人死卵朝天。只怕我死之后，轮到你们再被蛇咬了，就再也没得人救命了。你们镇政府要配方，不就是想要治病救人吗？我死之后，只怕你们陪葬的就多了，你们看着办吧。"

镇政府看他软硬不吃，一想他的道理也对，只好不再强迫。不强迫不等于没有好奇心，新来的黄书记又是个特别唯物主义的人，向来不信民间这些歪门邪道，认为没有解不开的谜团，于是决定让派出所的便衣跟踪——你配药的总要采药吧，看看你从哪里采摘的植物，总可以分析出他的科学原理吧。

警察小牟是新来的人手，朱叫花不认识。小牟监视朱叫花很久，这天终于发现了秘密。他神色慌张地跑到镇政府报告，说完就吓得晕死过去了。他说他看见朱叫花，手里缠着他喂养的那条三步倒出门。那蛇已经有手腕般粗细，被他扼住七寸，盘绞在他的手臂上。待他翻过了碉楼坡，只见他对着蛇腹狠狠地咬了一口，顿时蛇血飙了他半边脸。他把痛苦挣扎的三步倒放在地上，那蛇就蜿蜒地挣扎前行，他就跟着蛇蹑步追踪。

那条受伤的蛇终于奄奄待毙地爬到了一个山崖下，对着一片青草就吃了起来，还在草上面打滚做盘。一会儿朱叫花用口袋把蛇装了起来，然后把那一片青草都连根刨起，背着带回了家。原来蛇被人咬了，可以自己找寻解药，那这个解药，也就是可以治疗蛇伤的秘方。黄书记看着小牟采回的那几片草叶，寒毛卓竖地摇头叹息——这样去找药，谁能下得去口啊？还是算了吧，也就他们叫花子做得出来了。

朱叫花那时也就五十多岁，素来言语不多，孤家寡人一个，只是长年与蛇相伴。

也许成天都是和蛇相对，所以他的目光也渐渐有了几分毒气。他轻易不看人，看人都是直盯着对方，像蛇一样既不眨眼也不转眸，看得人心里发凉，背后直冒冷汗，十分瘆人。

他自言自语得最多的一句话是"蛇咬人，犹可治；人咬人，无药医。"

这句话慢慢地竟然成了国镇人的口头禅。年轻人以为他说的是人的牙齿有毒，于是一些泼妇莽汉打架的时候，喜欢咬人取胜。只有那些政治运动中过来的老人，才知道这句话的深意。人性比蛇毒，所谓人咬人，就是栽赃的意思。一旦被恶人小人咬定你，那真是有口难辩、无药可医了。

朱叫花瘦长如竹，好着青衣长袍，左脚微跛，偶尔上街也隐如蛇行。他的面皮长年发乌，恍若中毒已深的模样。他的生计完全靠的是患者们的微薄报答，平日好的也只是一杯寡酒。他从不喜欢与人谈天说地。他在国镇，仿佛是一个来历不明的暗探或卧底，始终保持着与正常百姓人家的距离。他似乎一直守着丐帮的规矩，不把自己混同于人民之中，只是冷眼打量着这个巨变颠倒的世界。

冬天的时候，他和他的蛇一样的冬眠了。因为冬天没有蛇咬伤的病人上门，所以他就成了这个世界的废物。他躲在他那如醉汉般歪歪倒倒的木板屋里，完全依靠另外三个季节的存粮度日。邻居要根据他屋顶破瓦漏出的烟火，来判断他的生死状况。不是垂死的人，谁也不愿去串门拜访他的蛇窝。但是，乞丐除外。

国镇人好面子，即便讨口逃荒，也要奔赴远方。而远方，自然也会有乞丐走来。这些陌生的异乡人，鹑衣百结地经过国镇，有的拍着渔鼓，有的打着竹琴，他们总能找到朱叫花的隐身之处。在那些简单的竹板鼓声中，朱叫花裂缝的门总能"吱呀"一声洞开。门像是被遥控打开的，但人是不出来的。外面的过客要躬身进去，再掩上门户，未几，再油光发亮地躬身出来。里面的门又吱呀地合上，行者要回身对着门鞠躬三巡，再歌唱着远去。

朱叫花无送无迎，显出的是道心。同道们来去无痕，循的是古礼。门后究竟说过什么发生过什么，不足与外人道也。

夏天的时候，朱叫花会成为国镇的一道风景。

蛇性喜凉，他必须每天把他豢养的蛇，搬到屋檐下用冷水洗澡，并且喂食。只有这个时候，国镇人才知道他是怎样与蛇为伍的。那些花花绿绿的蛇，在他的大木盆里像一堆锦缎。他用凉水为它们冲刷，仔细地摩挲它们的每一瓣鳞缝。蛇们似乎也感到舒服至极，扭动腾挪如舞蹈，显出百般的妖娆缠人。

孩子们多会在此时去远远地围观，不断发出惊呼。他会把一堆煮熟的鸡蛋剥皮之后，一点点地用食指捅着，喂进那些蛇口中去。有的蛇似乎不愿意吃，不肯咽下，他的食指就会把鸡蛋顶进蛇喉深处。有的蛇似乎生气了，一口死死地咬住他的食指，他明显疼痛出汗，挣扎地想要抽出，血滴也渗出来溶入水中，染起一片猩红。

所有的围观者都吓得战战兢兢，不敢出声，又担心愤怒的蛇突然逃出木盆，因此大家随时做好逃亡的准备。只见朱叫花不急不躁，也不打蛇，只是抬起被咬住的食指，对着蛇的眼睛吹气，口里念着什么咒语。一会儿就看见浑身用劲而变得僵硬的蛇身慢慢软弱下来，待蛇口张开后，他慢慢地抽出那印满牙痕的手指。

对他而言，蛇像是三妻四妾一般簇拥着他的繁华世界。它们任性撒娇，与之狂欢中落下的唇印和啮痕，都是对他万千宠爱的一种表现。蛇很少有声带，它们的沉默影响了他的性格，所以他也在这样的合欢中，享受着他独自的隐秘快乐。他对蛇的咒语又像是耳语，没有人知道他们怎样对话和交流。而他对整个国镇，似乎已经不屑于过多言语了。

他是国镇的始祖之后，却活得像一个外乡人一样孤独。

就是这一年，一九六六年的夏天。国镇前街的阳河忽然"枯瘦如柴"，滩上只有缓缓水波滑动而失去了往日的喧哗。深处几如死潭，飘满了浮沤和死鱼。持久的旱季使河水蒸发出一种烂鱼的腥秽，瘴气盈满小街。所谓久旱也并非焦阳灼灼，只是阴阴溽暑，闷热如蒸笼，就是不下雨。

国镇人日日看天，议论着要去请街首封刀避居的老巫师覃端公复出江湖，去"打龙洞"逼雨。这是土家人的一种民俗巫风，遇旱季便请"端公"做法事，然后号令众生，去一深潭处投石于水，谓之"打龙洞"，意在迫使龙就范下雨。这与汉人的祈龙祭龙大相径庭。

覃端公大约已无意逞勇了，更重要的是镇政府严打封建迷信，他就更坚辞不出。镇人于惶惶中终于看见了阳河上的奇观——上万条水蛇浮游于小河中，水面摇动着密麻麻的褐黑扁头，河水顿时浑浊如汤。不知源于何种旨意，更不知何时这小小水域中竟蛰居了这么多的长虫，那个下午，空气中弥满了恐怖的血腥和阴沟的烂臭。天阴如坠，仿佛大祸将至。

蛇们在浊波中"交臂接踵"地优美扭动，只有水被无数次切割的声音。目瞪口呆的人们汗毛倒竖。在这无声的挑衅下终于忍无可忍，遂频繁出动，手执竹竿朝水面乱打，不时有死蛇翻出白肚被挑上岸。然而蛇们不惊不避，也不上岸攻击，依旧蜿蜒舞蹈，前赴后继地被人们驱赶致死。

人蛇之战——不，应该是人对蛇的屠杀——持续到黄昏，蛇的数量似乎仍旧不减，河岸上尸横遍野，血水使小河泛滥出霞光的灿烂。这让倦怠且黔驴技穷的国镇人感到毛骨悚然，束手无策之际，终于阴云堆积，闷雷从天边滚来如蒙面客的马车，一场暴雨洗净了现场。当人们回到各自的彩廊避雨再看时，河上一蛇俱无，逝无踪迹，仿佛一切都不曾发生，而只是经历了一场向晚的噩梦。

朱叫花绝对目睹了这场暴乱，国镇的人们看见他非常稀罕地，独自在雨中的河岸切切漫步。他看着衰草丛中尸横遍野的蛇，兀然泪下，这些他熟悉的生灵，甚至是他赖以为生的生灵，就这样在夏天无辜被击毙。他口中念念有词，谁也不知道是在哭丧还是在诅咒。他心有戚戚，决定夜里去拜访一下许久未见的覃端公。

一切都复归平静的当夜，惊魂未定的人们开始预感到时代的劫难将至。

覃端公

端公，是国镇人对民间巫师的尊称，口头上，一般也唤作"土老师"。

夷水发源于国镇，想必这一带就是古代"北蛮南夷"中南方之夷人所活动的流域。夷，似乎在《说文解字》中是指弯弓射箭的人；但从象形造字的角度看，又像是一个被捆绑的人。这似乎说明，夷人最初野蛮尚武，渔猎为生；之后被惩罚驱逐，避居深山了。国镇人一直喜欢背着手走路，自称是被捆绑流放来此地的，大约也有先祖记忆的潜意识流传。

整个夷水流域，居于巴楚之间，巫觋之风自古盛行。无论庙堂与江湖，问事与决策都掌握在巫官之手。他们是人与神的沟通者，通过神秘的舞蹈和唱咒来连接天地，代神立言。两千年来他们的法术暗自传承，平日则受请作法，踏歌诵舞，帮百姓娱神禳灾。

他们负有神圣使命，掌管驱魔逐鬼的职责，男巫便习称为"端公"，女觋则唤为"神婆"。端公一说是唐代的官职，用以尊称这些巫师。但国镇人则听覃端公说，是因为他们跟师父习巫术之后，要进行过职考试，才能单独执业；而过职考试其中一个关键的考校，便是要徒手端起烧红了的铁犁铧，于是老百姓就叫他们"端公"了。

自古医巫同源，端公还要负责为人治病。偶然治疗好了要谢神，治不好的那就继续负责跳端公舞送葬。总之在一切民间祈福消灾、祭祀神鬼的仪式中，都需要端公来执掌。端公一般不会单独出场，他们都会带着弟子和法器前来。真正法术高深且辈分很老的，则被称为掌坛师，弟子们负责站案，要配合掌坛师完成法事。

覃端公便是这样一个掌坛师。在国镇，民国出道且硕果仅存的正宗掌坛师，也就他一个了。其他的同道，在打击会道门和封建迷信的历次运动中，早已花果飘零。

巫师是民间的智者，识文断字，知晓天地穷通之变。他师父早在江山鼎革之际，就已经预言了这个时代是他们这一行的末日。覃端公大智若愚地蜗居在国镇上街的小巷深处，平日以打草鞋为生。那时的他已经年过半百了，瘦骨支离，唇上的两绺长须分别下垂，颏下的山羊胡子也垂直地悬着，远看其面目，像是大写着一个"个"字。国镇的老者多是青布长帕缠头，只有他始终戴着一顶脏兮兮的毡帽，这算是他曾经的身份的唯一残留的印证了。

他曾经是国镇的尊者，街坊百姓见着他都要执礼甚恭。在新时代他被划成了"坏分子"，不得不接受镇人的监督改造。再也没有任何法事需要他的出场了，他那蓝布长衫缀满了补丁，那被紧裹的身子日渐萎缩佝偻。在咒语、吟唱和舞蹈都被禁绝的年代，他曾经每一个灵巧的器官，现在都显得多余，甚至成为他的累累负债。祖宗的法术不再被允许崇信，他那开口便是四言八句和密咒的舌头便渐趋笨拙，以至于最后他都懒得跟人说话。

他打草鞋的工具就是他的长条凳，将凳子翻过来四脚朝天，一堆稻草和麻丝在他的手上变魔术一般地被搓成绳子，拴到那个条凳的脚上。之后他那惯使司刀令牌的双手，灵巧地上下翻飞，很快就能编出一只草鞋。他在编织草鞋的过程中一直念念有词，因此街面的草鞋只能卖到八分钱一双，而他的偏偏就能卖到一毛。国镇人在暗中始终相信，覃端公在他的草蛇灰线中，编织了他的独家密咒，穿上这样的草鞋出门，不会遭遇恶鬼犯身。

一双再结实的草鞋，通常也只能穿半个月便会磨穿。覃端公在白天就是一架造鞋机器；只有到了月黑风高的深夜，他才在国镇人的沉睡中醒来。他的老妻早已过世，儿女都已去了远方。他会经常在那些独酌之夜，从夹墙中取出私藏的太上老君和元始天尊等等神像，开始独自地燃香祭拜。还有那些造型狰狞的各种傩面和司刀令牌等等法器，都将在他粗糙的老手中擦拭放光。

他不敢点灯检点这些祖传的法宝，只能借着窗外的月光，自将磨洗认前朝。月色好时，酒兴正酣，他会抄起那些司刀令牌在狭窄的堂屋起舞。这时，心中的神咒还会从稀疏的牙齿间漏出，从上坛到下坛，整套的曲词似乎还依稀可辨。一顿演练结束，他似乎又恢复了他的壮年神气，仿佛从阴阳两界自由穿梭中归来，有些风流自赏的得意，也有些英雄无用的落寞。最后收拾完这些宝贝，依旧去隐秘处珍藏，然后他会突然冷笑长叹一句："你们不信，哼哼，到时就晓得。"

黑夜的世界是他真正活着的世界。夏夜闲的发慌时，他也会一身皂袍独自上街。他像一个传说中巡夜的夜叉，影子一般慢慢飘过国镇寂静的巷陌。国镇的木屋那时多很矮小，他顺手就能摸到一些人家的瓦檐。他用端公特有的灵异感觉，查勘着他所处的世界，时不时会悄悄揭开一块瓦片，闻闻那瓦片下的气味。如果是特别熟识的人家，次日他会上门去婉转说道："你家可能触了火神，要小心灯烛啊。"也有人家不信他的预言，不久也就真的毁于丙丁。

即便镇政府怎样地严禁封建迷信，国镇的父老乡亲，大多数还是对覃端公保持着礼敬。有些年轻妇人疑心孩子中邪或被外乡人叫魂，依旧还得在半夜悄悄叩门，前来拜请覃端公行法，帮孩子赶走那些邪魔外道。这样的事情确有危险，一旦被人告发，他就难免又得被批斗。但熬不过街坊邻里的情面，也躲不掉内心深处的悲悯，往往不得不半夜去那些苦主之家，再次操刀驱鬼，画符念咒，自己跟自己做好一场恶战。

覃端公就这样游走在人神之间，过着半人半鬼的离群索居生活。在白日，他是哑巴，老眼中的视线也都全部编进了草绳之中。他似乎只用余光打量这个巨变的时代，便足以窥见其全部的秘密。他像先民一样每天结绳记事，在内心记录着国镇的历史沧桑。只有在那些忍不住技痒的暗夜，他用自己的密咒让鬼神附体之时，人们才会见识到另外一个完全陌生的邻人。他压抑的低声吟唱，也足以蹿房越脊；其灵活舞动的身体，在那一刻陡现光芒。黑夜还给他以尊严，依旧令人敬畏；但似乎鸡叫三遍之后，他的灵魂就会自然退幕，白天留给他的仍然是那个老朽的躯壳，他躲在自己的躯壳背后，在世界的边上独自冷笑着。

对于朱叫花的黄昏到访，覃端公一点也不惊奇。他们彼此都在国镇长大，各自师承各门的绝技，井水不犯河水，保持着互相的尊敬和礼数。在镇政府的学习班里，覃端公是牛鬼，朱叫花是蛇神，并称牛鬼蛇神。于是在私下，他们也都这样悄悄地戏称对方。但是一旦有外人在场，他们就装得素昧平生，好像彼此并无往来。

朱叫花推门进来，覃端公正在打理稻草，埋头用孝歌的道白声腔，故意戏谑地问道："敢问蛇神是从旱路而来，还是从水路而来？"

朱叫花愣了一下，苦笑着用道白答道："从旱路而来怎讲？从水路而来又怎讲？"

覃端公这才抬眼说："旱路而来要伤脚，水路而来嘛，只怕今天要丧生哟？"

朱叫花撇嘴翻着白眼说："你都晓得喥？敢问覃老师咋个看的嘛，今天这事，古怪哟。"

覃端公摇头苦笑道："朱先生，你们蛇界的事情，我们鬼界管不着啊。"

朱叫花赶紧作揖道："覃老师管天管地，这个事嘛，关涉到国镇兴亡，哪有你不晓得的？我这是专门来讨教的，你好歹还是泄一点天机嘛。"

覃端公忽然换了一副苦脸说："朱先生读过《五公经》没得？"

朱叫花急忙摇头说："没有，怎讲？"

覃端公用傩戏的声腔低吟道："将军头上一把草，反手为王任征剿……"

朱叫花不明所以地问："啥子意思嘛？后面呢？咋个说？"

覃端公摇头不语，半响咕噜道："不敢说不敢说，说破英雄惊煞人啊。黄巢杀人八百万，个个都是在劫难逃。劫运将至，你我都小心为妙吧。"

揖别了覃端公，朱叫花出门张皇，一时立在当街，不知如何进退。他像惊蛰的蛇一般，似乎一梦醒来，已经无从辨识原来的世界了。难道在这些熟门熟路的门户背后，真的在酝酿着惊世的凶险？他看见街巷的灯火明灭，一些人点燃干枯的艾草在熏蚊子，空气中流动着中药的奇香。

他怔怔地走着，忽然就听见街边的一个门户深处，传来一声声凄厉的哭叫。那是一个女人的惨叫，并伴随着一个男人的骂声。女人的声音不像是本地人，有着夜鸟一般的尖利。他听不出她在哭诉什么，却渐渐听出了男人的声音，是那个著名的章石匠。他认识这个中街的石匠，那年也曾找他救治过蛇伤。

章石匠的家里，何以会传出这样的哭声呢?

章石匠

国镇人把妻子称之为"幼客"。发音如此，当然也可以写成是右客。

为什么是这样的称谓，似乎已经无法从辞源学上找到依据和来历了。是不是因为童养媳制度，幼年女子就到夫家做客并成长，然后长大之后就叫幼客，这个实在无法考据。总之，章石匠的幼客，死去已经多年，就葬在碉楼坡的阴面，但是他们已经育有一对儿女。

章石匠是大石匠的出身，学的是架桥建庙之类的大活。这样的师傅，对于刻碑打狮子之类的手艺，往往视为雕虫小技，心底有些不屑。但是，这样的大石匠在过去，也就是被新政权称为的旧社会，是靠走四方揽活才能生存的。本地不可能天天修桥，新政权不许再修庙，还不许民间手艺人乱走他乡，那章石匠就陷入了困境。

困境中的章石匠拖着一对儿女，浑身的力气无处施展，自然就变成了脾气。他脾气很不好，每天的眉毛都拧着，看人看物横竖都是不快活。走路遇见阿猫阿狗，只要够得着，他都要踢出去一脚。久而久之，国镇的禽兽闻他将至，也要知趣地先躲开再说。好好一个大石匠，英雄无用武之地，只好变成一个帮人修灶砌墙的泥瓦匠。整个国镇岁时不好，连泥瓦匠的活儿也不够养命，一些死了老人的人家就来喊他去帮忙砌坟。

算命的瞎子哥拿过他的八字，说是还有一段姻缘。也许屋头有个幼客帮他泻火了，他的生计也能跟着变好。下街的媒婆廖秋英似乎不忍章石匠的凄惶，很快就帮他拉纤弄来了一个下江的婆姨。章石匠大约拿出了压箱的积蓄谢媒，这天就悄悄地迎进了这个外地的续弦。那个年头的国镇，穷人家的再婚早已不兴吹打。廖秋英带着两个下江客，趁夜色押运来蒙头的新娘，塞给章石匠之后，拿钱走人就再也不管了。

章石匠解开蒙头布，发现那妇人已然气若游丝。他急忙灌水喂饭，搬上床准备宽衣解带。妇人好不容易喘过气来，昏昏沉沉却没有半点力气。眼睛用力想要睁圆，却只剩泪如泉涌；两只手软绵绵地想要抵挡，却完全无法阻止章石匠的蛮力。上衣很快就被剥落，她力图攥住的破旧绸裤，"哗"的一声裂帛，在章石匠愤怒的手中化为碎片。

她极力咕噜着什么，不断疲惫地摇头，双手紧紧地捂住私处，却完全听不懂她的言语。章石匠端来桐油灯，开始初次打量这个买来的幼客。那妇人看似中年，眉眼中残存一些风韵，但白皙的皮肤已经像陈年的窗户纸，显得破旧而皱褶。她的乳房较大但松弛如穷人的粮袋，随着她的摇头而晃动，但左边的乳头却没有了，只像是一个多年的伤疤在那里留下红晕。她双手捂住私处。章石匠有些惊疑且好奇地放下灯盏，非要掰开她的双手。妇人痛苦地呜咽挣扎，依旧无法阻止这样的逼视。

他看见那里简直就像是一个伤口，更像是一个弹洞展示着创伤。疼痛挣扎的女人哭泣呻吟，甚至不敢夹紧自己的双腿。由于许久没有治疗和盥洗，屋里明显散发出一种异味。原本冲动的章石匠，忽然就如被针扎的气球，顿时就萎谢在那里。他愤怒地质问这个他想要圆房的妇人，但妇人发出的支吾声是他完全听不懂的一种语言。

他看着这个买来的残次品怒火熊熊，只好坐到一边去抽叶子烟，烟味冲淡了满屋的异味。妇人依旧赤裸裸地在床上横陈，掩面抽泣，抖动得木床乱响。章石匠咬牙切齿地低声骂了一句，妇人大约听出他的意思，只好停止呜咽。章石匠不停地打量这个原本准备偕老的妇人，一时不知该如何是好。

她从哪里来？他深知自己买来的这种妇女，大多都是被强行拐卖。行规是事先说好了的，一旦出手交货，一切的处置都算他自己的事情。

他内心的愤恨油然而生，决定明天去找廖秋英扯皮。即便是卖人，你好歹也得是个能使用的啊。

这个妇人的到来，似乎第一次打破了国镇的宁静。寻常岁月中，天黑未久，镇人就早早入睡。那时的煤油需要凭票购买，平民人家只好尽量不掌灯度日。木屋连着木楼，稀疏的板壁无以隔音，恨不得下街的鼾声上街都能闻见。即便是青壮男女的合欢，也都不敢声张呻吟。然而此夜，妇人的呜咽却断续难止，连带惊起碉楼坡的乌鸦，开始绕树三匝，夜啼不已。

乌鸦被国镇人称为老娃，是一种不祥的象征。但凡老娃夜啼，便觉鬼气森森，一些孤寡失眠的老人，便要担心明早无法醒来。乌鸦夜啼像死亡的前奏，一时笼罩在国镇上空，驱之不散的余响，唤醒了无数人栖栖遑遑的心。

章石匠陷入无法言说的愤懑，他要想真正享受这个妇人，还得为她疗伤治病，这就需要继续破财。但更加令他恼火的是，这样的私处的伤病，且不知究竟是何缘故，如何可以示人。一旦传出去，整个国镇尽人皆知，他原本想要隐秘安顿的男女生活，必将成为邻人的笑谈。

他原本热气腾腾的欲火，陡然被这个残破的妇人吹灭，于是就把全部的怨恨转给了这个无辜的外乡人。他仿佛觉得是这个妇人主动给他带来了麻烦和耻辱，如果不是心疼那几十元的谢媒钱，他恨不得把她立马就扔进河里去。眼下唯一的办法是找廖秋英退货，实在不行，至少也得把这个灾星再一次卖出去，总之不能砸在他自己手上。

眼看天色微曙，夜啼的老娃渐渐散去。为了消除屋里的异味，也怕孩子们窥见这个赤裸的所谓继母，他只好去烧热一盆水，撒了大把盐，端到床前来，比划着呵斥那个妇人下床自己盥洗。那妇人大致看懂了他的意思，颤颤巍巍地起床，先是擦拭了一把泪痕斑斑的颜面，再艰难地蹲下盥洗那私处时，忽然痛得跳了起来，"呀呀呀"一阵乱叫。章石匠听不懂其言语，愤怒地抽了她一巴掌，不许她高声呻吟，继续要她洗涮。那妇人只好小心翼翼地蹲下，浑身都在颤抖，一点点抚弄那道伤口。

憋了一夜的章石匠，似乎带着几世的压抑怒火，大早就气汹汹地朝下街走去。廖秋英的家在尿巷子的尽头，巷边放着尿桶，充满了陈年的骚臭。他顺便撒了一泡长尿，恨不得把积蓄的精液都撒出来了。巷子里早起的狗，看见脸色阴沉的他奔来，也都闭口让路。他拿脚踢响了廖秋英的门楣，里边急忙喊着莫急莫急，一阵碎步跑来，"吱呀"一声打开半扇门。

他看见廖秋英还在扣斜襟的扣袢，右边的奶子晃荡着。他眼睛一亮，一把抓住那奶子就推门进去了。廖秋英疼的呲牙咧嘴，不敢高声叫疼，低声怒吼你要做啥子，我喊人了哟。章石匠知道她寡居多年，无人可喊，直接就把她顶进屋内，回手关上门。

廖秋英自知不敌，内心有愧地问道："大清早你跑来做啥？昨晚上还没弄够啊？"

章石匠压抑着骂道："弄，弄你妈个屁。你给老子退钱。"

廖秋英装着无辜地说："咋个嘛？莫不成还是男人吗？"

章石匠盯着她喝道："你们从哪里弄来的这个烂婆娘？下面稀烂的，老子用不着，还得帮她治病吗？给老子退钱，老子要退货。"

廖秋英两手一摊笑道："章石匠，你也不是一个细娃，江湖规矩你也晓得。我只是帮你做个中间人，人家下江客，好不容易帮你送货上门，拿钱走人。你找我有个屁用啊？老娘一辈子修桥补路，半条街的男人都要谢我，你自己不当场验货，现在被你弄破了再来喊冤，喊你妈个脑壳啊。"

章石匠被噎得吞吞吐吐地说："你哪是帮老子，你是给老子请了个祖先人进屋。弄不成不说，还得老子供着吗？你今天不给老子退钱，老子就……就对不住你了。"

廖秋英哂笑着说："要钱没有，要命有一条。老娘这么大年纪了，还怕你娃弄死我啊？"

章石匠一时急眼，张口结舌，也是昨夜憋慌了，要拿廖秋英出气。一把抱起她直奔内屋床上，将之反身按倒在床边，轻松一拉就拉下了廖秋英的裤子。廖秋英假意扭动，皱巴巴的屁股在晨光下摇晃，嘴里叽里咕噜地骂道："你这个畜生，你敢日你老娘，老娘是你嫂子一辈的，老娘起来整不死你娃。"

章石匠看见那黑乎乎的两瓣，如干枯变色的芍药，单手拉下自己的裤子。半晌，廖秋英才翻身坐起，满脸潮红地盯着他骂道："这下你消气了吧？你个狗日的，老娘守了半辈子的身，被你个杂种一瓜瓢给毁了。"

章石匠余恨未消地说："屋里那个咋个办？你得给老子想清楚。老子是没钱帮她医病的，更不可能白养着吃干饭。你说说，究竟是哪里弄来的，到底是啥子毛病，老子看着烦心。"

廖秋英一边提裤子，一边说："你日马三十块钱，还想找个金枝玉叶啊？我跟你明说，这两个下江客我也是头回打交道，人家说那婆娘是解放前的窑姐，新社会从良之后死了男客，才低价转到你手上的。如果不是从前落下的病，你还想找这么乖的婆娘啊？你就赶快找个郎中帮她看好了，还能接着用几年。"

章石匠悻悻地说："你个缺德婆娘，搞半天你给老子卖的个婊子啊？你得帮我卖出去，老子是养不起的。否则，老子天天来搞你。"

"哼，哪个怕哪个？跟你说正经的，抓紧找周神仙看病。他有偏方，治好了是个宝，治不好再说。老娘只管你这一回，你也休想吃一辈子的便宜饭。"

像被刚刚捞出锅的面条，软塌塌的章石匠晃晃悠悠地走在小街上，恍觉万念俱灰。

国镇的炊烟开始袅袅，与晨雾纠缠弥漫，像即将升起的谣言一般恍惚。那些早起担水卖菜的人，都似乎不怀好意地看着他从尿巷子钻出来，感觉到他满身尚有余骚。他有如芒刺在背，浑身不自在起来。有人给他打招呼问他吃了吗，他觉得是在暗示或者讥笑，恶狠狠地瞪一眼，懒心淡肠也不答话。

原本想要改善的生活，忽然却因为这个幼客的到来，要平添万千烦恼。郁闷的章石匠想起廖秋英推荐的周神仙，心里更加冒火。什么神仙，前几年治死了他的原配。明明是产后风，非说是他不该产后行房。弄得一街的人都嘲笑他是叫驴，巴不得天天要挂出来示威。害得四乡八里的寡妇姑娘，听说为他说媒就跑，像是鬼子进村似的害怕。最后只好花钱买个外乡的，结果却弄出来这么一个烂货。

他越想越心烦，不知不觉地就走到了周神仙的夷水回春堂门前。回春堂的柜台还没有打开，一排门板歪斜地树立在那，像周神仙的那一口黄牙。章石匠想起这些窝心事，余怒顿起，顺手捡起地上的一块瓦片，狠狠地朝那柜台砸过去。

只听屋内传出一声高吼："何方妖孽？竟敢砸老夫门户。"

章石匠也不答话，埋头怒气冲冲地回去，一街几个早起的人感到莫名其妙，只看着傻笑。不一会儿，回春堂的门板"吱呀"被拆卸下来一块，黑洞洞的柜台里，伸出一个长发长髯的老苍头。那双贼溜溜的眼睛四下巡回警觉地打量一圈，"啪"地吐出一口痰，又骂骂咧咧地缩了回去。

注：本文经野夫独家授权首发，节选自其长篇小说《国镇往事》。标题为编者拟定。

野夫说：我是自由写作者。

监制	/	阿　丁
主编	/	孙一圣
执行主编	/	张不退

图书版权	/	诚客优品
出品人	/	杨学会
特约监制	/	胡永刚
责任编辑	/	丁文梅
制作编辑	/	佟　洋
封面设计	/	hanyindesign

文章投稿	/	guorenxiaoshuo@163.com
图片投稿	/	guorenxiaoshuo@126.com
果仁微信	/	guorenxiaoshuo
果仁官微	/	@果仁小说

诚客官网	/	www.chengbook.com
诚客官微	/	@北京诚客优品文化
美读微博	/	@-美读-
美读微信	/	meidubook